KB117769

나도타키의 머리

NADORAKI NO KUBI

© Ichi Sawamura 2018

First published in Japan in 2018 by KADOKAWA CORPORATION, Tokyo.
Korean translation rights arranged with KADOKAWA CORPORATION, Tokyo
through BC Agency.

나도라키의 머리

などらきの首

사와무라 이치 소설
이선희 옮김

arte

차례

일러두기

주석은 모두 옮긴이의 것이며, 본문 하단에 각주로 표기했습니다.

5층
사무실에서

1

오후 2시. 횡뎅그렁한 15평짜리 임대 사무실. 찜통처럼 더운 사무실 한가운데에 나는 망연히 서 있었다. 영상 제작회사인 '유한회사 디지털 퓨처 연구소'가 지난주에 나갔다는 말은 들었지만, 실제로 확인하고서 큰 충격을 받았다. 다음 순간, 불안이 스멀스멀 피어올랐다.

이번에는 석 달이었다. 입주한 지 고작 석 달 만에 나가다니.

지난번 편집 프로덕션은 여섯 달이었다. 그전에 있던 변호사 사무실은 1년이 조금 넘었고.

"이거 큰일이군."

무심코 그런 말이 입에서 새어나왔다. 베란다 창문에서 밖을 내다보던 세가와가 돌아보고는, 떫은 표정을 지으며 연극적인 말투로 대답했다.

"그러게요. 정말 큰일입니다."

건물의 관리를 맡긴 '아이러브부동산' 직원이다. 그의 손에는 노트북 컴퓨터가 들려 있었다.

오기쿠보 역에서 도보로 10분. 환상 8호선 근처에 있는 상가 건물인 'UM빌딩'은 내가 소유한 건물 중에서 나쁘지 않은 물건이었다. 아니, 지금도 나쁘지 않다. 차 소리가 조금 신경 쓰이지만 햇빛도 잘 들고 동선에도 문제가 없다. 근처에 묘지가 있는 것도, 조직 폭력배 사무실이 있는 것도 아니다. 즉, 흔히 말하는 '심리적 하자'는 찾아볼 수 없다.

실제로 1층부터 4층까지의 임대 사무실은 공실이 하나도 없고, 10년 가까이 임차인도 바뀌지 않았다. 임차인들 사이에 문제가 있다는 말 또한 듣지 못했다.

그런데 최근 1, 2년 사이에 이 5층만 계속해서 임차인이 바뀌고 있는 것이다. 이곳도 당연히 심리적 하자는 없다. 예전에 사건이나 사고로 사람이 죽거나 자살한 적도 없다.

흔히 말하는 '사고 물건'이 아닌 것이다. 그럼에도……

"지금은 들리지 않네요. 현관에선 거의 들리지 않고, 주로 창가에서 들린다고 하지 않았던가요?"

세가와가 실내를 둘러보면서 말한 뒤, 컴퓨터를 열었다. 한 손으로 무거운 듯이 들고, 다른 한 손으로 키를 두들겼다. 자세가 부자연스럽고 위험해 보였다. 앉아서 하면 좋을 텐데, 라고 생각한 순간 세가와가 화면에 시선을 고정한 채 덧붙였다.

"역시 그렇네요."

얼마 전에 세가와와 같이 연구소 소장을 만났을 때의 일이 떠올랐다. 50대 남성이고 대머리에 체구가 작은 소장은 커피숍에서 고개를 살짝 숙인 채 "어린애 목소리로 '아파, 아파'라며 울먹이는 소리가 들려요, 그러면 나까지……"라고 가냘픈 목소리로 말하곤 배를 문질렀다. 당장이라도 눈물을 흘릴 것 같은 그를 바라보면서 나는 아무 말도 할 수 없었다.

이 임대 사무실에서는 밤이 되면 어린아이의 목소리가 들린다고 한다. 더구나 그 목소리를 듣는 사이에, 자신까지 아픔을 느끼게 된다.

변호사 사무실의 대표 변호사는 집요하게 물었다. "정말로 사고 물건이 아닌가요?"

"그 소리를 듣기만 해도 우울하고 답답해져서 아무 일도 할 수가 없어요." 편집 프로덕션 사장은 창백한 얼굴로 말했다. "그러는 사이에 몸이 아프기 시작하죠. 배도 아프고 등도 아프고, 그리고 허벅지까지……."

얼굴을 찡그린 채 발을 질질 끌면서 커피숍에서 나가는 그의 모습은 연기로 보이지 않았다.

배를 문지르면서 전철역 안으로 들어가는 연구소 소장의 모습도 연기라곤 할 수 없었다.

어린아이의 목소리. 그리고 아픔.

"어떻게 해야 하는 건데……."

세가와의 목소리를 듣고 정신이 들었다.

세가와가 이마를 긁적이며 말했다. "이상한 소문이 퍼지기 전에 대책을 세우지 않으면 더 이상 임차인이 들어오지 않을 겁니다. 인터넷에 널리 퍼지면 그걸로 끝일 수도 있고요."

환상 8호선에서 자동차 경적 소리가 들렸다.

"알고 있어." 나는 팔짱을 끼며 답했다.

대답을 하긴 했지만 도대체 무엇을 어떻게 해야 하는가? 건물주로서 할 수 있는 일은 전부 했다. 연구소가 들어오기 직전에 전체적으로 리모델링을 했다. 그때 벽의 안쪽과 바닥도 확인했지만 마음에 걸리는 부분은 하나도 없었다.

묘한 부적이나 사내아이처럼 생긴 나무 인형, 기다란 머리카락 다발, 알아볼 수 없는 글씨를 마구 휘갈겨 쓴 편지. 그런 게 발견됐다면 '이것 때문이었나?'라고 생각하게 된다. 그러면 액막이를 하든 공양을 하든 대책을 세울 수 있다.

'넌 뭘 해도 안 돼.'

아버지의 목소리와 함께 침대에 누워 있던 야위고 초췌한 얼굴이 떠올라서, 나는 황급히 머리를 좌우로 흔들었다. 그러곤 마음속으로 중얼거렸다. 아니, 그럴 리 없어. 난 해낼 수 있어.

나는 노트북 컴퓨터를 닫은 부동산회사 직원의 이름을 불렀다. "세가와 씨, 아버지였다면 이런 때에 어떻게 하셨을까?"

이 말은 갑작스레 돌아가신 아버지로부터 토지와 건물을 상속받았을 뿐, 어떤 노하우도 배우지 못했다는 고백이나 다름없었다. 하지만 세가와에게 무시당하더라도 감수할 수밖에 없다. 세 동이 있는 건물의 사무실 하나 때문에 머리를 감싸고 있을 때가 아니다.

"글쎄요."

단정한 눈썹이 아래로 처졌다. 그는 가여워하는 듯한, 무시하는 듯한 눈으로 나를 보았다. 풋내기를 쳐다보는 눈이다. 나이는 나와 비슷한 30대 후반쯤 되지 않았을까? 나는 말없이 그를 바라보면서 지시를 기다렸다.

"애초에 우메모토 씨가 계실 때는 이런 일이 없었거든요. 그래서 참고가 되지 않는다고나 할까…….”

어느새 존댓말에서 반존댓말로 바뀌었다. 나도 우메모토다, 라고 말하고 싶은 것을 간신히 참았다.

“하지만 우메모토 씨였다면 가장 효과가 있을 만한 일을 하셨겠지요. 아무리 믿을 수 없어도, 아무리 돈이 들어도, 그런 돈은 아끼지 않으셨을 겁니다.” 세가와는 천장을 올려다보면서 덧붙였다. “주변 신사에서 신관을 불러 액막이를 하진 않으셨을 겁니다. 기왕 하려면 철저하게 하셨겠죠.”

“어떻게?” 나는 조바심이 드러나지 않도록 신경 쓰면서 물었다.

“이 업계에선 이런 일이 꽤 많거든요. 오랫동안 일하다 보면 받아들일 수밖에 없지요. 영혼이라든지, 사람의 힘이 미치지 않는 것이라든지……. 그런 걸 받아들이고 대처하면 해결되는 경우가 있습니다. 직업적으로 해주는 사람도 있고요. 개중에는 ‘이 사람에게 맡기면 안심이다’라는 사람도 있죠.” 세가와는 매우 진지한 얼굴로 덧붙였다. “우메모토 씨라면 의뢰하셨을 겁니다, 영혼을 진정시키는 그런 ‘진정꾼’에게.”

밖에서 또 자동차 경적 소리가 들렸다.

2

진정꾼과 연락하는 일은 세가와에게 맡겼다. 내가 하겠다고 말했더니 이런 반응이 돌아왔다.

“이런 일은 소정의 절차를 밟아야 하거든요. 그 사람은 특히 그런 절차에 까다로운 것 같더군요. 풋내…… 실례했습니다, 어쨌든 저에게 맡겨주십시오."

사무실 문을 잠그면서 세가와는 영업적인 웃음을 지었다.

UM빌딩 5층에 진정꾼이 오기로 한 날은 그로부터 열흘이 지난 후였다.

그날 오후 4시 45분. JR 오기쿠보 역을 나와 건물로 가는 동안, 나는 지금까지 있었던 일을 되돌아보았다. 부동산 업계는 사사건건 길흉을 따지거나 사고가 있었는지 신경 쓰는 세계라는 건 알고 있다. 어린 시절에 아버지에게 들은 것 같기도 하다. 그런데 그런 일이 실제로 일어날 줄은 꿈에도 몰랐다.

환상 8호선을 향해 골목길을 걸어갔다.

세가와가 말한 진정꾼이란 이런 문제를 독자적인 방식으로 해결하는 남성이라고 한다. 기도사나 제령사라고 하지 않는 이유는 '보이지 않고, 느끼지 않고, 기도하지도 않기' 때문이다. 그런데 어떻게 해야 하는지 대처 방법은 알고 있어서 직업으로 삼고 있다는 것이다.

"하지만 말이죠." 일정을 알려주기 위해 연락을 해왔을 때, 세가와는 수화기를 향해 목소리를 낮추었다. "우리 업계에선 '파괴꾼'이라고 부르는 사람도 있지요. 이유는 잘 모르겠지만요."

UM빌딩 앞에 도착했다. 진갈색 외벽을 올려다보고 있자 누군가 걸쭉한 목소리로 밝게 인사를 해왔다.

"안녕하십니까!"

긴 머리를 뒤에서 묶은, 키가 크고 뚱뚱한 남자가 미소를 지었다. 화려한 알로하셔츠가 찢어질 것 같았다.

드래건피시의 대표인 사쿠라바였다. 드래건피시는 4층에 있는 디자인 사무실이다. 외모는 건달처럼 생겼지만 붙임성이 좋아서 얼굴을 마주치면 항상 반갑게 말을 걸어준다.

고개 숙여서 인사하자 그는 만면에 미소를 짓더니, "참 그렇지, 이번에도 예년처럼 갱신하려고 하니까 잘 부탁합니다"라고 말하며 정중하게 고개를 숙였다. 그때 옆에서 우물쭈물하면서 "잘 부탁합니다……"라는 가느다란 목소리가 들렸다. 나는 그제야 사쿠라바 뒤에 한 청년이 숨듯이 서 있었다는 걸 알았다. 덥수룩한 머리에 창백한 얼굴, 검은 테 안경은 흐릿했다. 드래건피시의 직원이다. 이름은 분명…….

"야, 마쓰시마! 인사 하나도 제대로 못해!"

사쿠라바는 농담처럼 말하며 마쓰시마의 머리를 탁 때렸다. 마쓰시마는 삐쩍 마른 몸을 움츠리더니 "자, 잘 부탁합니다"라고 말하며 고개를 숙였다.

좁은 엘리베이터에 있는 동안 사쿠라바는 일 이야기며 근처에서 발견한 고양이 이야기를 빠른 말투로 즐겁게 떠들었다. 나는 맞장구를 치는 게 고작이었지만, 그의 이야기는 제법 재미있어서 어두운 마음이 조금 밝아졌다.

마쓰시마는 엘리베이터의 버튼 앞에서 답답한 듯이 억지웃음을 짓고 있었다.

4층에 도착하자 사쿠라바는 "그럼 앞으로도 잘 부탁합니다"라고 경쾌하게 말하고 내렸다. 마쓰시마는 가볍게 목례를 하고 사쿠라바의 뒤를 따라갔다. 문이 닫히고 정적이 가득 찬 순간, 온몸에 긴장이 내달렸다. 갑자기 불안이 팽창되었다.

5층. 엘리베이터에서 내렸더니 바로 앞에 있는 문에 도어스토퍼가 끼워져 있었다. 크하하, 하고 기묘한 웃음소리가 안쪽에서 새어 나왔다. 벌써 도착한 모양이다. 세가와와 진정꾼이.

현관에는 눈에 익은 낡은 구두와 함께 게다*가 나란히 있었다.

"이쪽은 진정꾼인……"

세가와의 소개를 기다리지 않고 낯선 남자가 손을 내밀었다.

"안녕하세요, 곤도입니다. 반갑습니다."

감색 진베에** 차림에 둥근 선글라스를 쓰고 수염을 기른 남자였다. 입술 사이로 큼지막한 앞니가 보였다. 생각보다 젊다. 이제막 서른이 지났을까?

인사를 마친 뒤, 곤도는 약간 자란 빡빡이 머리를 긁적이면서 입을 열었다.

"우메모토 아저씨는 한 번 뵌 적이 있습니다. 꽤 오래전이지만요. 삼가 명복을 빕니다." 그리고 내가 대답하기도 전에 말을 이었다. "참 좋은 분이셨죠. 이런 일을 하고 있으면 깔보는 녀석들이 많거든요. 사기꾼 취급을 한다고 할까요? 하지만 아저씨는 달랐어요. 나에게 경의를 표했다고 하면, 너무 거만해 보이려나요?"

그러곤 큰 소리로 웃어댔다.

"그때는 '만약 무슨 일이 있으면 꼭 도와주십시오'라고 하셨는데, 정말로 뭐가 있다니……"

가까스로 말을 막고 대꾸했다. "부탁합니다. 꼭 도와주십시오."

"알겠습니다" 곤도는 사무실을 둘러보며 말했다. "어디 보자, 소리는 주로 창가에서 난다고 하셨죠?"

"네."

---

* 일본 사람들이 신는 나막신.

** 주로 남성이나 어린아이들이 여름철에 입는 간편한 일상복.

세가와의 대답을 듣고 곤도는 콧노래를 부르며 베란다로 나갔다. 그러곤 곧바로 돌아와 실내의 여기저기를 살피면서 돌아다녔다. 좁은 부엌을 들여다보고 화장실에까지 들어갔다.

나는 화장실 문이 닫히는 걸 보고 나서 세가와에게 귀엣말을 했다. "괜찮을까?"

"솔직히 말하면 저도 깜짝 놀랐지만, 역에서 만나서 같이 왔습니다. 그런데……." 세가와는 목소리를 낮추고 화장실 쪽을 힐끔 쳐다보면서 덧붙였다. "병원이나 대기업 같은 곳도 꽤 하는 것 같아요. 예를 들면……."

그는 몇몇 기업의 이름을 말했다. 초대형 식품회사와 영화사, TV 방송국 등이다.

"그런데 용케 우리처럼 작은 곳을……."

"조금 전에 들은 얘기에 따르면, 그게 다 우메모토 씨의 인덕 덕분이겠죠."

세가와는 그곳에서 입을 다물고는 은근슬쩍 눈길을 피했다. 나는 내 얼굴이 일그러진 걸 알아차렸다. 주먹을 꽉 쥐고 있는 것도.

곤도는 화장실에서 나오더니 실실 웃으면서 말했다. "큰 것도 작은 것도 보지 않았습니다. 확인한 것뿐이죠."

그러곤 손목시계를 보았다. 어린애들이 차는 싸구려 검은색 스포츠 시계였다. 곤도는 가볍게 혀를 차고 구석에 있는 캐리어가 방 앞에 몸을 숙였다. 내용물을 살펴보는 듯했다.

말없이 지켜보고 있자 내 쪽에 등을 향한 채 곤도가 말했다. "있다, 고 말하기는 좀 그렇군요."

"무슨 말씀이시죠?" 세가와가 영업용 웃음을 지으며 대꾸했다.

"왜 흔히 말하잖아요, 이런 일이 있으면 죽은 사람의 영혼이

'있다'든지 '없다'든지. 원래 모든 땅에는 신이 '있다'든지 말입니다. 다들 그런 식으로 생각하죠. 거기서부터 착각이 시작되는 겁니다. 있다면 나가게 하자, 그게 힘들다면 저세상으로 편히 보내주자, 그것도 힘들다면 얌전히 있게 하자, 라는 식으로 대처하죠. 실은 전부 잘못된 겁니다."

곤도가 몸을 돌려 내 쪽을 돌아보았다. 선글라스 위에서 동그란 눈이 삐져나왔다.

"정확하게 말하면 이런 겁니다, 여기에 있으면 사람의 컨디션이 나빠지는 거죠."

나는 대답을 할 수 없었다. 그 말 그대로다. 그는 지금 일어나고 있는 상황을 정확히 알고 있다.

곤도가 치아를 드러내고 히쭉 웃으며 말했다. "사람이 여기에 있으면 컨디션이 나빠진다, 이 사무실에 있던 사람의 이야기를 간단히 정리하면 그렇게 되죠. 어린아이의 목소리가 들린다거나 갑자기 몸이 아프다거나, 자세한 부분을 생략하면 말이죠."

"네."

"그렇게 생각하면 가장 간단하니까요." 곤도가 허리를 들고 나를 쳐다보았다. "여기만이 아닙니다. 이런 건 대부분 그래요. 어디까지나 장소와 사람의 문제죠. 장소가 사람에게 어떤 영향을 미치는가 하는 얘기입니다. 그런데 영혼이니, 신이니, 괜히 쓸데없는 개념을 가져오니까 복잡해지는 거죠. 그렇게 착각하면 실패할 수밖에 없고, 결국 해결하지 못하게 됩니다."

곤도는 탁한 회색 액체가 든 2리터짜리 페트병을 든 채 좌우로 흔들어댔다.

"화학반응이란 거 아시죠? 그것과 똑같습니다. 연소에 비유하면 이해하기 쉽겠군요. 산소와 물질과의 화학반응! 물질을 전부 태우고 나면 불이 꺼지잖습니까? 산소가 없어져도 불이 꺼지죠. 다시 말해 ……." 그는 내 곁으로 걸어와서 덧붙였다. "이곳의 산소가 전부 없어질 때까지 계속 태우면 돼요. 이곳에 있어도 아무 일도 일어나지 않을 때까지 계속 사람의 상태를 바꾸는 겁니다……. 이해가 되시나요?"

곤도는 그렇게 말하며 과장스럽게 고개를 갸웃거렸다. 정체를 알 수 없는 위압감에 압도되면서도 나는 고개를 끄덕였다. 그의 말이 나름대로 이해가 되었기 때문이다. 영혼이나 토지신을 들먹이는 것보다 훨씬 설득력이 있다. 그와 동시에 의문도 솟구쳤다.

계속 태우고, 계속 사람의 상태를 바꾼다니, 구체적으로 어떻게 한다는 걸까.

그때 문에서 끼익 하는 소리가 나고, 누군가가 들어오는 기척이 느껴졌다.

곤도는 히죽 웃더니 기분 좋은 표정을 지으며 말했다. "도착했습니다, '초'가……."

3

안으로 들어온 사람은 거구의 빡빡머리 사내와, 갈색으로 염색한 머리에 얼굴이 하얀 청년이었다. 청년은 열일고여덟 살쯤 됐을까? 어린 티가 남아 있는 얼굴에는 이제 막 생긴 것으로 보이는 멍과 찰과상이 있었다.

"수고했어. 이 자식, 토끼려고 했어?"

곤도의 말에 거구의 사내는 "넷!" 하고 기이하리만큼 황송해하는 말투로 대답했다.

"흐음, 그랬군."

곤도는 몇 번이나 고개를 끄덕이더니 청년에게 얼굴을 가까이 댔다. 청년은 당장이라도 울음을 터뜨릴 것처럼 울먹이며, 목이 어깨에 파묻힐 만큼 고개를 떨구었다. 늘어진 티셔츠의 여기저기에 있는 얼룩은 핏자국일까?

청년은 옆에서 봐도 알 수 있을 만큼 바들바들 떨고 있었다.

곤도가 히죽거리면서 물었다. "키는 얼마지? 몸무게도."

청년은 시선을 바닥에 향한 채 대답했다. "……167입니다. 몸무게는 잘 몰라요……."

"그래?"

곤도는 흐흠 하고 즐거운 듯 콧소리를 내면서 거구의 사내에게 시선을 돌렸다. 거구의 사내는 "넵!" 하고 정중히 대답하고는 캐리어가방으로 달려갔다. 그가 안에서 꺼낸 것은 작은 체중계였다. 무슨 일을 하려는지 짐작이 되지 않았다.

"여기는 15평?"

뜬금없이 그렇게 물어서 순간적으로 당황했다. 나는 곤도의 선글라스를 보면서 "네"라고 대답했다.

청년은 어느새 체중계에 올라가 있었다. 체중계 앞에서는 거구의 사내가 청년을 노려보며 "움직이지 말랬잖아!"라고 낮은 목소리로 위협했다. 청년은 딱딱하게 굳은 채 체중계 위에서 눈을 꼭 감았다.

거구의 사내가 말했다. "58입니다."

곤도는 "흐음" 하고 천장을 올려다보면서 가볍게 턱수염을 긁었다. 그러곤 목소리를 높였다.

"좋아. 그러면 모레, 10시 반에 와."

나에게 하는 말이란 걸 알아차릴 때까지 몇 초가 걸렸다.

"저기, 그러니까⋯⋯."

"미리 해두지. 그때쯤이면 끝났을 거야. 확인할 때는 그쪽도 참석해야 하지만."

그것이 이번 일의 절차인가?

그렇게 생각하고 있는데 세가와가 끼어들었다.

"아니, 그런 말은 아직⋯⋯."

"못 들었다고? 그야 당연하지. 아직 말을 안 했으니까." 곤도는 음침하게 웃으며 말했다. "일반인에게는 보여줄 수 없거든. 아! 문은 닫고 나가."

선글라스 안쪽에서 둥근 눈이 나를 노려보았다.

나는 세가와와 함께 밖으로 나와 문을 닫고, 엘리베이터에서 내린 후 건물 밖으로 나왔다. 우리 두 사람은 아무 말도 하지 않았다. 건물을 올려다보니 5층 창문이 어두워졌다.

세가와가 겁먹은 얼굴로 중얼거렸다. "초로 다 태우는 건가? 파괴꾼이라고 하더니, 혹시 저 청년을⋯⋯."

"설마 그럴 리가⋯⋯."

입으로는 부정했지만 마음속으로는 거의 확신했다. 그 청년은 산제물이고, 이른바 괴현상의 희생물이다. 그리고⋯⋯ 짓눌리고 파괴될 것이다.

공포에 질린 채 벌벌 떨던 청년의 얼굴이 떠올랐다.

이제 됐다. 이제 5층은 예전처럼 아무 문제가 없을 것이다. 집에 가는 길에 수도 없이 스스로에게 말했지만 우울한 마음은 조금도 맑아지지 않았다.

곤도가 지정한 날짜와 시간에 UM빌딩 5층에 갈 때까지 계속.

전철역에서 만난 세가와는 나를 보자마자 물었다. "어떻게 됐을까요?"

걱정스러운 모습이었지만 어딘지 모르게 즐기는 것처럼도 보였다.

엘리베이터를 타고 올라가 문을 열었다. 안으로 들어가자 "왔어?" 하는 목소리가 들렸다.

한가운데에 캠핑용 랜턴이 켜 있고, 주변은 어두컴컴했다. 한쪽 구석에서 곤도가 벽에 기댄 채 휴대폰을 만지작거리고 있었다. 거구의 사내와 청년은 보이지 않았다.

"그 애는……."

내 질문에 곤도는 휴대폰에서 얼굴도 들지 않고 중얼거렸다. "집에 갔어. 나와 교대로."

나는 그의 옷이 바뀐 것을 알아차렸다. 오늘의 진베에는 갈색이다.

내 표정을 알아차렸는지, 곤도가 선글라스를 밑으로 내리고 말했다. "그 풋내기 혼자 52시간 동안 여기에 있게 했어. 이것저것 준비해서 말이지. 요전의 비유로 말하면, 오래 태우기 위한 사전 준비라고나 할까?"

캐리어가방 옆에는 빈 페트병이 놓여 있었다.

"결과는요?"

곤도는 소리를 죽이고 쿡쿡 웃고 나서 만족한 표정으로 말했다. "깡그리 다 태웠어."

그러곤 벽에서 등을 떼고 캐리어가방 앞에 몸을 숙여 체중계를 꺼냈다.

"아직 기록이 남아 있을까? 음, 35킬로그램이 됐군. 뭐 그만큼 수분이 나왔으면 이렇게 될 만하지." 곤도는 나를 올려다보며 말했다.

나와 세가와는 얼굴을 마주 보았다. 곤도는 어떤 무게인지 말하지 않았지만, 무의식중에 상상하게 된다. 고작 이틀 만에 23킬로그램이나 줄어들다니…….

"외모도 얘기해줄까? 피부나 치아나 눈 같은 거?" 곤도가 히죽거리면서 물었다.

"아니, 됐습니다." 나는 재빨리 대꾸한 뒤, 화제를 바꾸었다. "저기, 지금부터 참석해서 확인해야 하나요?"

"그래. 우메모토 도련님과 세가와 형님은…… 어디 보자, 날짜가 바뀔 때까지 있어. 난 내일 아침까지 있을게. 그런 다음." 곤도가 일어나면서 말하곤 콜라가 든 페트병을 손에 들었다. "아무 일도 없으면 이걸 놓고 돌아갈 테니까 사흘 후에 여기서 열고 마셔봐. 평범한 콜라 맛이 나면 사건이 해결된 거야. 이곳은 사람에게 아무런 영향도 미치지 않게 됐다는 거지."

세가와가 물었다. "그건 평범한 콜라죠?"

"그래." 곤도는 치아를 부딪치며 킥킥 웃었다. "물론 뚜껑을 따지 않은 거야. 만약 실패했다면 다른 맛이 나지. 어떤 맛이 나는지는 그때마다……."

그때, 세가와가 큰 소리로 곤도의 말을 가로막았다.

"잠깐!" 세가와는 사무실을 두리번거리더니 한쪽 귀에 손을 대고 울 것 같은 얼굴로 말했다. "뭐야? 뭐야? 이럴 수가!"

곤도가 험악한 얼굴로 소리쳤다. "뭐야? 이 자식, 사람이 말하고 있는데……."

곤도는 갑자기 말을 하다 말고, 눈 깜짝할 사이에 험악한 표정을 지우더니 멍하니 입을 벌렸다. 그러곤 세가와의 눈을 보면서 경악한 얼굴로 물었다.

"들려?"

세가와가 작게 고개를 끄덕였다.

이럴 수가. 그렇게 생각한 순간.

……아파…….

목소리가 들렸다. 남자아이의 가냘픈 목소리가. 울면서 신음하는 듯한 목소리가.

……아파…… 너무 아파…….

랜턴의 불빛 속에서 셋이 얼굴을 마주 본 순간.

"크윽."

세가와가 몸을 반으로 꺾고 그 자리에 웅크렸다. 그러더니 배를 부여잡으며 몸을 둥글게 말았다.

"으앗!"

다음에 쓰러진 사람은 곤도였다. 곤도는 오른쪽 허벅지를 누르며 바닥에 나뒹굴었다.

아파, 아파, 아파, 아파…….

목소리가 계속 이어졌다. 그때, 찌릿 하고 옆구리에 위화감이 가로질렀다. "앗!" 하고 소리를 지른 순간, 어마어마한 통증이 옆구리를 덮쳤다.

주먹으로 얻어맞고, 발로 차이고, 몽둥이 같은 걸로 두들겨 맞는 듯한 고통이었다.

"으아아아아."

스스로 생각해도 한심한 소리를 내뱉으며, 나는 처참하게 무너져 내렸다.

4

나는 바닥에 쓰러진 두 사람을 질질 끌고 가까스로 사무실을 빠져나왔다. 엘리베이터를 타고 1층까지 내려왔다. 겨우 일어설 수 있게 된 세가와와 함께 양쪽에서 곤도를 부축해 건물에서 나왔다. 출입구 앞의 아스팔트 위에 소리도 없이 주저앉아 있을 때 기이한 비명이 들렸다.

"아야야……."

곤도의 목소리란 걸 알아차릴 때까지 잠시 시간이 걸렸다. 그는 두 손으로 아스팔트를 짚고 어린아이처럼 엉엉 울었다. 옆에서 몸을 일으킨 세가와가 얼어붙은 얼굴로 그 모습을 지켜보았다.

옆구리의 통증은 어느새 나았고, 목소리도 들리지 않았다.

그래도 곤도는 울음을 멈추지 않았다.

겨우 진정한 곤도를 양쪽에서 부축하고 전철역까지 데려다준 뒤, 세가와와 헤어진 건 날짜가 바뀔 무렵이었다. 그로부터 사흘 후인 오늘 점심때가 지나서 세가와가 연락을 해왔다.

세가와는 어두운 목소리로 말했다. "더는 얽히고 싶지 않다고 합니다. 물론 보수도 필요 없다고 하고요."

나는 휴대폰을 두 손으로 움켜쥐고 간절하게 말했다. "……손을 떼겠다는 건가?"

"전화를 했더니 그 말만 하고 탁 끊더군요. 더는 얘기도 하고 싶지 않은 것 같습니다."

나는 어떻게 해야 좋을지 몰라서 집 안 거실에서 우왕좌왕했다. 여러 업계에서 절대적인 신뢰를 받고 있는 곤도가 꼬리를 말고 도망쳤다. 세가와도 두려움에 떨고 있다는 것이 전화기 너머로 전해졌다.

"다른 방법은 없나? 액막이를 잘하는 유명한 사람이라든지."

"위쪽과 의논해보겠습니다."

세가와는 다시 연락하겠다는 말을 남기고 다급히 전화를 끊었다. 무엇을 의논할지 알아차리고 곧바로 '아이러브부동산'에 전화를 걸었다.

전화를 받은 여직원은 미안한 목소리로 과장스럽게 말했다. "세가와 씨는 급한 일로 외출했습니다. 연락이 닿는 대로 전화드리라고 하겠습니다."

상황이 심각하다는 것은 분명했다. 어떻게 하면 좋지? 나는 전화를 끊고 거실 한복판에 망연히 서 있었다.

옆구리가 쑤시는 것 같아서 손으로 만져 확인했다. 눌러도 통증은 느껴지지 않았다. 셔츠를 걷어 올려도 이상한 점은 보이지 않았다. 등 뒤에서 기척이 느껴졌다. 황급히 뒤를 돌아보았지만 아무도 없었다.

그때 남자아이의 목소리가 들려서 소스라치게 놀랐다. 잠시 후, 집 앞을 경쾌하게 달려가는 발소리가 들리고, "그러다 넘어지면 어떡해!" 하는 여성의 목소리가 이어졌다. 개구쟁이 아들과 엄마의 목소리란 걸 알고 가슴을 쓸어내렸다. 집 안에 있는 것만으로도 신경이 예민해지고 긴장이 임습했다.

나는 집에서 뛰쳐나와 여기저기 돌아다녔다. 내가 가지고 있는 다른 건물, 눈에 띈 커피숍, 서점, 역, 전철, 시끄러운 음악이 들리는 가전제품 판매점.

지금은 집에서 가까운 '미노리'의 카운터에 엎드려 있다. 신코엔지 역 근처에 있는 단골 술집이다. 열 명이 들어가면 만석이 되는, 뒷골목에 있는 작은 가게였다.

"우메 씨." 다정한 목소리를 듣고 얼굴을 들자 여주인인 미노리가 카운터 너머에서 물었다. "너무 많이 마신 거 아니야?"

나이를 알 수 없는 단정한 얼굴에 걱정스러운 표정이 깃들어 있었다.

"미안해. 일 때문에 그래. 골치 아픈 일이 있어서……."

나는 몽롱한 머리를 가까스로 움직여서 말을 짜냈다. 그것만으로도 관자놀이가 아파서 얼굴을 찡그리게 된다. 테이블 자리에 있는 손님의 목소리가 몹시 귀에 거슬렸다.

미노리는 접시를 닦으면서 고개를 끄덕였다. "그래, 들었어. 도중에 이해할 수 없는 부분도 있었지만 힘들겠더라."

"내가 말했어?"

"그래. 오기쿠보의 빌딩이 어떻다, 다른 빌딩이 어떻다 하면서. 또…… 아버님 얘기도."

그런 말까지 하다니.

나는 경악하며 걱정스러워하는 미노리의 얼굴을 바라보았다. "이상한 말을 해서 미안해."

겨우 정신을 차리고 사과한 뒤, 다시 카운터에 엎드렸다. 아픈 머리를 누르고 있자 지금 여기에 있는 내가 너무도 비참하게 여겨졌다.

복지 전문학교를 졸업하고 간병 회사에 취직한 것까지는 좋았지만, 격무를 견디지 못해 1년도 못 되어 그만두고 여러 군데 직장을 전전했다. 그런데 제대로 해낸 일은 하나도 없었다. 가장 오래한 일은 경비원이었던가?

어쩔 수 없이 본가로 돌아오자 아버지는 "이럴 줄 알았어"라고 화난 목소리로 말했다. "그래서 네가 먹고살 수 있도록 임대업을 하고 있었다"라고 덧붙이면서.

아버지가 뇌경색으로 돌아가신 것은 그 직후인 2년 전의 일이었다. 내가 집으로 돌아올 때까지 기다렸고, 내가 걱정돼서 살아 계셨던 것이다. 그렇게 생각하니 더욱 비참해졌다.

'넌 뭘 해도 안 되겠지만.'

아버지의 목소리가 귀의 안쪽에서 울려 퍼졌다. 죽음의 밑바닥에 있을 때, 모든 걸 포기한 목소리다. 실제로 나는 지금 벼랑 끝에 몰려 있다. 겨우 사무실 하나의 문제조차 해결하지 못한 채.

"있잖아, 우메 씨."

미노리의 목소리가 들렸다. 무거운 머리를 들자 어렴풋한 시야 너머에서 메모지를 내미는 그녀의 모습이 보였다.

"여기에 전화해봐."

나는 메모지를 들고 물끄러미 쳐다보았다. "여긴 어디야?"

미노리가 진지한 얼굴로 대답했다. "고엔지에 있는 '데라시네'라는 바의 전화번호야."

무슨 말이지?

그녀는 당황하는 내 모습을 똑바로 바라보면서 말했다. "거기에서 점술사 같은 사람이 일한대. 스피리추얼⋯⋯이라고 하던가? 어쨌든 그런 사람이야. 보통 사람 눈에는 보이지 않는 걸 볼 수 있대."

미노리는 전화번호 옆에 있는 글자를 가리켰다.

"히가라는 게 그 사람 이름이야. 여자래."

"그 사람한테 부탁하라는 거야?"

격렬한 두통을 참으며 겨우 입을 떼서 물었더니 미노리는 순순히 대답했다.

"그러는 편이 좋을 것 같아. 소문을 많이 들었거든. 손님에게도, 이 바닥 사람에게도. 난 영혼이나 신 같은 건 믿지 않아. 영혼을 볼 수 있다는 사람도 믿지 않고. 그런데……." 미노리는 카운터에서 약간 몸을 내밀고 덧붙였다. "히가라는 사람에게 부탁하면, 모든 게 원만히 수습된다고 하더라."

"뭐?"

"생각도 달라지고 모든 게 잘된대. 카운슬러 같은 것도 하고 있나? 아무튼……."

전화해봐, 라고 거듭 말했다. 접시 닦는 손길을 멈추고, 진지한 눈으로 나를 바라보면서.

"……고마워." 나는 그렇게 대답하고 물을 달라고 했다.

곧바로 집으로 돌아왔다. 샤워를 해서 취기를 날려 보낸 뒤, 침실에서 메모지에 있는 번호로 전화를 걸었다. 호출음이 이어졌다. 시각은 밤 11시. 술집이라면 영업을 할 시간이지만 오늘은 문을 닫은 걸까?

귀에서 휴대폰을 떼려고 했을 때, 미성이라고 해도 좋을 만한 남자의 목소리가 들렸다.

"데라시네입니다."

나는 이름을 말하면서 머릿속으로 어떻게 말을 꺼내야 좋을지 생각했다.

남자가 의아한 목소리로 말했다. "여보세요?"

멀리서 음악이 들렸다.

"저기, 그곳에서 일하는 히가 씨라는 분께 상담할 게 있는데요."

"아, 네." 남자의 목소리가 약간 높아졌다.

"바쁘실 텐데 죄송합니다만 히가 씨라는 분과 통화할 수 있을까요? 오기쿠보에 있는 건물에……."

"죄송하지만 오늘은 나오지 않았습니다." 남자는 정말로 미안한 목소리로 사과했다.

실망이 온몸을 휘감았지만 이를 악물고 참았다. 하긴 느닷없이 전화해서 연결이 되리라고 생각하는 편이 더 이상하지 않은가.

전화해달라고 부탁하려고 했을 때 남자가 정중하게 말했다. "급하신 일이라면 전화드리라고 할 테니까 괜찮으시면 전화번호를 말씀해주시겠습니까?"

일 처리가 익숙하다. 이런 전화를 자주 받는 걸까?

휴대폰 번호를 말하고 단단히 부탁했다. "급한 용건이니까 꼭 전해주십시오."

뻔뻔한 부탁이라는 건 알고 있지만 그렇게 말할 수밖에 없었다. 우연히 굴러들어온 좋은 기회다. 이번 기회를 놓치면 다른 대책은 짐작도 되지 않는다.

전화를 끊음과 동시에 어깨가 무거워져서 침대에 털썩 엎드렸다. 그 순간, 눈꺼풀이 달라붙으며 잠의 세계로 빠져들었다.

멀리서 들리는 전화의 착신음으로 인해 눈을 떴다. 창밖에서 햇살이 들어오고 있었다. 머리맡의 시계는 9시 반을 가리켰다.

바닥에 있던 휴대폰 액정 화면에 모르는 번호가 찍혀 있었다. 휴대폰을 주워서 물끄러미 바라본 순간, 어젯밤 일이 떠올랐다.

순식간에 머리가 맑아져서 황급히 전화를 걸었다. 이 번호는 설마! 그렇다면 얼마나 좋을까…….

"여보세요."

휴대폰 너머에서 여성의 목소리가 들렸다. 약간 혀가 짧은 듯한 가느다란 목소리였다.

나는 벌떡 일어나서 말했다. "저는 우메모토라고 하는데, 히가 님이신가요? 저기, 데라시네에서 일하시는…….."

속삭이는 듯한 대답이 돌아왔다. "네, 제가 히가 마코토예요."

심장이 세차게 쿵쾅거렸다. "전화를 못 받아서 죄송합니다. 그리고 연락해주셔서 감사합니다."

"아니에요. 저기, 들었어요. 저, 점장한테서요."

"네. 꼭 논의하고 싶은 게 있습니다. 말씀드려도 되겠습니까?"

주저하는 듯한, 망설이는 듯한 숨소리가 들리고 히가 마코토가 말했다. "네, 말씀하세요."

천이 스치는 소리와 걸어 다니는 소리가 이어졌다.

감사의 기도를 올리고 싶은 심정으로 나는 사정을 설명했다. 심한 갈증으로 인해 말을 하자마자 목이 따끔거렸지만, 물 마실 시간도 아까웠다.

"……그러세요?"

설명을 마치자 그녀는 그렇게 대답하고 "흐음" 하고 기묘한 소리를 냈다. 잠시 침묵이 이어졌다. 대답을 재촉하는 편이 좋을까? 아니, 가만히 있는 편이 좋을지도 모른다. 말투도 반응도 태연하지만, 생각해보면 태연한 편이 더 이상하지 않은가. 건물의 한 사무실에서 기묘한 일이 일어나니까 어떻게 좀 해달라, 라는 이야기를 듣고 "그러세요?"라고 대답하는 편이.

히가 마코토는 나와는 다른 세계의 사람이다.

잠시 후, 그녀가 단호하게 말했다. "알겠어요. 내일, 아니, 오늘 어떠세요? 오늘 밤 8시에 그 건물에서 만나요."

순간, 당황해서 아무 말도 할 수 없었다. 이렇게까지 적극적으로 협조해주리라곤 상상도 못 했다. 아직 보수 이야기도 하지 않았는데.

"아니, 아직 보수도……." 나는 머리에 떠오른 말을 그대로 입에 담았다.

"괜찮아요. 보수는 필요 없어요." 그녀는 조금 전보다 더욱 단호하게, 이해할 수 없는 말을 했다. "언니 정도가 아니면 보수를 받을 수 없거든요."

5

저녁 7시 50분. 건물 앞에 서 있자 낯익은 청년이 다가왔다. 4층 드래건피시에 다니는 마쓰시마였다. 손에는 불룩한 비닐봉지를 들고 있었다.

"여어!"

"안녕하세요." 그는 한순간 눈을 맞추고 대답하곤 내 옆을 지나가다가 발을 멈추고 모깃소리 같은 목소리로 물었다. "……위에서 무슨 일이 있었나요?"

"아니, 아무 일도 없었어." 나는 최대한 태연함을 가장하고 되물었다. "왜?"

그는 발밑을 바라본 채 대답했다. "임차인이 계속 바뀌어서요."

수상쩍게 여기고 있다.

"우연이야, 우연. 임차인에게 사정이 있어서……." 나는 당황해서 황급히 대답했다. 그의 얼굴을 보고 있자니 변명거리가 떠올랐다. "딱히 문제가 있는 건 아니야. 예를 들면 아래층이, 마쓰시마 씨 회사가 시끄러워서 그런 건 아니니까 걱정하지 마."

억지 미소를 지으며 말하자 그는 다시 나를 똑바로 쳐다보았다. 그러더니 "그렇군요, 그럼 실례할게요"라고 무표정하게 말하고 건물 안으로 사라졌다. 안쪽에서 엘리베이터 문이 열리는 소리가 들린 순간, 건물 맞은편에서 걸어오는 한 여성이 보였다.

가로등 불빛이 작은 체구를 비췄다. 부스스한 금발. 검은색 티셔츠에 파란색 스키니 바지. 가방은 보이지 않았다.

아니군.

하지만 여성은 나를 향해 똑바로 다가와, 커다란 눈으로 올려다보면서 물었다. "우메모토 씨인가요?"

"네?" 나는 얼떨결에 목소리를 높이면서 물었다. "저기, 히가 마코토 씨……?"

"네. 처음 뵙겠습니다." 그녀는 고개를 숙이며 말했다.

상상과는 180도 다른 모습을 보고 나는 할 말을 잃었다. 갸름한 얼굴에는 아직 어린 티가 남아 있다. 이제 겨우 스무 살쯤 됐을까? 눈 밑에는 진한 다크서클이 생겨 있었다.

"이 건물이군요." 마코토는 출입구를 바라보며 말했다.

"그렇습니다."

"흐음." 그녀는 위층을 올려다보고 눈을 몇 번 천천히 깜빡이더니, 당연한 것처럼 말했다. "엄청난 게 있네요."

그러곤 총총히 안으로 들어갔다. 나는 황급히 따라가려고 하다가 알아차렸다. 이대로 5층으로 가는 건 위험하다.

"위험해요. 방금 말씀하신 대로 그곳에는……."

"괜찮아요." 마코토는 엘리베이터 앞에서 뒤돌아보더니 금발을 쓸어올리며 말했다. "저라면 막을 수 있어요. '5층의 괴이함'을, 가련한 영혼을요."

그녀는 열쇠로 5층 사무실 문을 열고 벽의 스위치를 눌렀다. 아무것도 없는 공간이 갑자기 환해졌다. 전기를 공급해달라고 전력회사에 미리 연락해둔 덕분이다. 그녀는 신발을 벗고 천천히 안으로 들어가 상황을 살폈다. 나는 재빨리 자세를 낮추고 그녀의 뒤에 숨듯이 따라갔다.

"조금 떨어지세요."

마코토의 차가운 목소리를 듣고 나는 뒷걸음질 쳤다. 마음속에서 자괴감이 솟구쳤다. 그녀는 말없이 나를 보다가 이윽고 창문 쪽을 향했다.

"지금…… 들렸어요."

나는 황급히 몸을 도사렸다. 며칠 전의 기억이 되살아나면서, 슬픔과 괴로움에 가득 찬 목소리가 들릴 것을 각오했다.

하지만 아무 소리도 들리지 않았다. 마코토의 맨발이 바닥을 스치는 소리와 내 심장박동 말고는 아무 소리도 들리지 않는 것이다. 내 귀에는 아직 닿지 않은 걸까?

마코토가 누군가에게 대꾸하듯이 말했다. "그래, 많이 아프지?"

그러더니 천천히 돌아다니며 허공을 향해 "응", "그래"라고 맞장구를 쳤다.

나는 마른침을 삼키고 그녀의 모습을 지켜보았다.

마코토가 창문을 등진 채 걸음을 멈추고 나를 바라보았다.

그러곤 오른손으로 허공을 쓰다듬으면서 담담하게 말했다. "알았어요, 이 애는 여기서 죽은 애예요. 몇 년 전에 누군가가 낳자마자 바로 죽였죠."

거기까지 말한 뒤, 그녀는 눈짓으로 등 뒤의 창문을 가리켰다.

"그런 다음에 베란다에 방치했어요. 휴대용 냉장고 같은 곳에 넣어서요. 여기서 이사 갈 때 시신을 가져갔거나 버렸거나 했겠지만, 영혼은 아직 저기에 있어요. 바깥쪽 창문에 달라붙어서요."

"……그럴 수가."

너무나 황당한 말이라서 믿어지지 않았다. 잡지나 TV 같은 곳에 나올 만한 이야기다. 더구나 아무리 뚫어지게 쳐다보아도 창문 너머에는 야경밖에 보이지 않았다.

"많이 괴로웠지? 엄마에게도 아빠에게도 축복받지 못하고, 법으로도 태어난 게 아니라서. 어느 누구에게도 인정받지 못한 채 바깥에 방치되다니." 마코토는 입술을 깨물고는 얼굴을 일그러뜨린 채 속삭이듯 덧붙였다. "가엾기도 해라……."

뺨에는 눈물이 흐르고 있었다.

나는 무의식중에 한 걸음 다가가서 물었다. "그, 그 애는 어떻게 되는 건가요?"

마코토의 말을 그대로 믿을 수는 없었다. 하지만 그녀의 눈물에 마음이 움직여서, 그녀의 설명에 맞춰 물어본 것이다.

마코토는 눈물을 닦고는 희미하게 고개를 끄덕이며 말했다. "아마 명복을 빌어주면……."

그녀는 천천히 창문을 바라보며 베란다 자물쇠에 손을 댔다. 그러곤 달칵 소리를 내고 창문을 열더니, 돌연 움직임을 멈추었다. 눈 깜짝할 사이에 그녀의 몸이 딱딱하게 굳었다.

"저기, 무슨 일이라도······."

"······뭐? 말도 안 돼!"

마코토가 소리를 질렀다. 조금 전과는 다른 불안한 목소리였다. 그녀는 창문에서 떨어져 두 손으로 양쪽 귀를 덮었다.

"진짜? 진짜야?"

그녀가 금발을 흔들며 돌아보았다. 눈은 놀라움으로 크게 벌어졌고, 입술은 새파래졌다. 무슨 일이 있는 걸까?

그렇게 물어보려고 한 순간 "윽!" 하면서 마코토가 몸을 꺾었다. 그러더니 배를 부여잡고 털썩 주저앉으며 무릎을 꿇었다. 이를 악물고 온몸의 힘을 쥐어짜는 것처럼 "어떻게 된 거지······? 이런 일은 있을 수 없어"라고 말하며 눈을 희번덕거리더니 "꾸엑" 하고 격렬하게 게워냈다. 크림색 토사물이 바닥 여기저기에 흩어졌다. 그녀에게 뛰어가려고 하다가 나는 곧바로 걸음을 멈추었다.

······아파····· 너무 아파.

다시 그 목소리가 들려왔다. 그 순간, 오한이 온몸으로 퍼져나갔다.

아파, 아파, 아····· 파······.

마코토가 비명을 지르며 바닥에서 굴렀다. 망설일 때가 아니었다. 나는 바닥을 걷어차고 두 걸음 만에 그녀의 옆으로 다가가, 몸을 숙인 채 한쪽 팔로 가냘픈 몸을 안았다.

그와 동시에 통증이 등을 가로질렀다.

"으악!" 나는 몸을 뒤로 젖히면서 비명을 질렀다.

눈에 눈물이 차올라 시야가 흐려졌다. 가까스로 마코토를 껴안고 현관 쪽으로 걸음을 내디딘 순간, 이번에는 둔통이 배를 덮쳤다. 순간적으로 숨을 쉴 수 없었다. 마코토를 감싸고 몸을 비틀었을 때, 이번에는 어깨부터 바닥으로 떨어졌다. 온몸이 마비되는 듯한 통증이 손발의 끝까지 관통했다.

아아아, 아파…… 너무 아파…… 아파…… 너무너무 아파.

남자아이의 목소리는 더욱 커지고 더욱 괴로워 보였다.

어떻게든 일어나기 위해 손으로 바닥을 짚은 순간, 토사물에 미끄러지면서 이번에는 얼굴부터 바닥으로 떨어졌다. 위액과 고기 냄새가 코를 지나 목으로 내려가는 바람에 목이 찢어질 것처럼 기침을 했다.

다음에 통증을 느낀 곳은 허벅지였다. 그러자 다리에 힘이 들어가지 않았다.

아아아아파아아아아아아아으으으으……

마코토가 거북처럼 몸을 웅크리고 오열했다. 나는 허벅지의 격렬한 통증에 몸을 비틀고 신음했다. 남자아이의 목소리는 점점 더 크게 울려 퍼졌다. 천장의 불빛이 너무나 눈부셨다.

모든 걸 포기한 듯한 아버지 얼굴이 떠올랐다.

그때 멀리서 금속이 부딪치는 소리가 들렸다. 바닥을 타고 진동이 느껴졌다. 머리의 한쪽에서 누군가가 들어왔다고 생각한 직후, 여성의 목소리가 들렸다.

"정말 못 말려." 조바심과 분노, 황당함이 뒤섞인 말투였다.

쿵! 바닥에서 큰 소리가 들렸다.

그와 동시에 갑자기 통증이 사라졌다. 얼굴과 어깨처럼 내가 직접 부딪힌 곳 이외의 통증은 말끔하게 사라진 것이다. 남자아이의 목소리도 들리지 않았다.

뭐가 어떻게 된 건지 이해도, 짐작도 할 수 없어서 나는 그 자리에 벌러덩 드러누웠다. 얼굴을 돌리자 바닥을 밟고 있는 두 다리가 보였다. 검은색 양말을 신고 있다. 바지도 검은색이다. 발의 크기로 볼 때 여성인 듯했다. 조금 전 목소리의 주인인가?

누구지?

나는 벌떡 몸을 일으켰다.

기다란 금발에 체구가 작은 여성이 험악한 얼굴로 나를 내려다보았다. 남쪽 나라 출신처럼 생긴 얼굴. 강인함이 깃든 커다란 눈. 하얀색 티셔츠에는 영어가 마구 휘갈겨 쓰여 있었다.

마코토가 갈라진 목소리로 말했다. "마코, 토…….."

그러곤 그대로 누운 채 멍하니 여성을 올려다보았다. 무슨 뜻인지 알아차리고 내 입에서 "헉!" 하는 목소리가 새어나왔다.

나를 내려다보던 여성이 후욱 하고 긴 한숨을 토해내며 말했다. "히가 마코토예요."

6

"왜 이런 짓을 했어?" 창문 반대편 벽 쪽에서 마코토가 어이없는 목소리로 물었다.

처음에 마코토라고 말했던 여성이 맞은편에서 무릎을 꿇고 콧물을 훌쩍였다.

"……미안해."

목소리도 태도도, 여기에 왔을 때와는 천지 차이였다.

나는 아픈 어깨를 매만지면서 두 사람을 지켜보았다. 아무래도 오해가 있었던 모양이다. 진짜 마코토의 설명을 듣고 가까스로 상황은 이해했지만 아직 감정이 따라가지 못했다.

나중에 온 여성이 진짜 히가 마코토였다. 그리고 처음에 마코토라고 주장했던 여성은 아사오 나나. 데라시네에 자주 오는 손님으로, 진짜 마코토와 친하게 지낸다고 한다.

내가 데라시네에 전화를 걸었던 어젯밤, 두 사람은 집에서 술을 마시고 있었다. 둘이 같이 살고 있는 것이다. 아침에 나나가 눈을 뜨자 마코토의 휴대폰에 메시지가 들어와 있었다. 순간적으로 장난기가 발동한 나나는 메시지에서 내 연락처를 알아내 곧장 전화를 걸었다. 잠에서 깬 나는 부재중 전화를 보고 연락했는데, 그때 전화를 받은 사람이 나나였다. 그리고 이야기의 흐름에 따라 신분을 위장하고 괴현상을 해결하겠다고 자처한 것이다.

마코토는 저녁때까지 잤다고 한다. 느지막이 일어나 데라시네에 가려고 준비할 때, 점장의 메시지를 보고 불길한 예감이 들어서 집을 뛰쳐나왔다. 나에게 전화를 걸었지만 연결이 되지 않아서 점장에게 연락해 내 용건을 알아냈다고 한다. 그러곤 '오기쿠보의 건물'이라는 말을 단서로 오직 감만으로 여기를 찾아냈다는 것이다.

마코토는 나나 앞에 몸을 웅크리고 어린애를 타이르듯 말했다. "있잖아, 나나. 거짓말을 해선 안 돼. 내게 온 전화를 가로채서도 안 돼. 머리에 떠오른 말을 하면서 영혼 탓으로 돌리는 것도 안 되고. 내가 오지 않았으면 어떻게 됐을 것 같아? 나나도, 그리고 저기……."

"우메모토입니다."

"이 우메모토 씨도 큰일 날 뻔했잖아."

나나는 대답하지 않았다.

"마침 잘됐어. 이번 기회에 내 흉내도 그만두지 않을래? 머리도 말투도. 알았어?"

마코토의 표정이 다시 험악해졌다. 나나는 아무 대답도 하지 않았다.

"나나!"

"……하지만." 나나는 몸을 움츠리며 어린애처럼 칭얼거렸다. "나도 너처럼 곤경에 처한 사람을 도와주고, 또……."

"고맙다는 말을 듣고 싶어?" 얼굴을 찡그리고 마코토가 물었다.

나나는 잠시 입을 다물었다가 가냘픈 목소리로 말했다. "굉장하다, 훌륭하다고 칭찬받고 싶었어. 난 뭘 해도 안 되니까."

"하아." 마코토는 한숨을 쉬면서 머리를 긁적였다. "물론 네 마음은 이해해. 나도 너랑 비슷하게 생각했던 때도 있었고."

마코토는 창문 쪽으로 눈을 돌렸다. 아까부터 가끔 왼손으로 오른손의 반지를 만지작거렸다.

내 시선을 알아차렸는지 그녀가 반지를 가리켰다. "이거요? 일단 막아뒀어요. 밖에서 오는 녀석을요. 여긴 그거죠? 목소리가 들리거나 몸이 아프지 않나요?"

"그, 그래요." 나는 마코토의 옆에서 몸을 구부리고 물었다. "척보고 아시겠어요?"

지금까지 한 말이 사실이라면 그녀는 이곳에서 어떤 일이 일어나는지 모를 것이다. 알 기회가 없었으니까.

"네." 마코토는 고개를 끄덕였다. "여기에 올 때 밖에서 봤어요. 가끔 있는 현상이니까 어떻게 막아야 할지도 알아요."

"가끔 있는 현상이요?"

그녀는 다시 고개를 끄덕이며 말했다. "네. 그렇게 하는 사람은 많지만, 실제로 이런 일이 발생하는 경우는 많지 않아요."

무슨 말인지 이해할 수 없었다. 그래도 그녀가 사태를 정확히 맞혔다는 사실은 알 수 있었다. 실제로 지금은 목소리도 멈추었고 통증도 사라졌다.

나는 마코토에게 가까이 다가가서 물었다. "무슨 일이 일어난 거죠? 무슨 영혼이 어떤 이유로……."

"이건 영혼이 아니에요." 마코토는 복잡한 표정을 짓더니 살짝 고개를 갸웃거렸다. "오히려 초능력에 가깝다고 할까요? 아니, 어, 언령(言靈)이라고 해야 할지, 주술이라고 해야 할지……."

나나가 의아한 눈길로 마코토를 바라보았다.

나는 황급히 물었다. "어쨌든 완전히 막으려면……."

그녀는 조금 전에 '일단 막아두었다'고 했다. 지금의 상황은 일시적이라는 뜻이다. 그렇다면 확실한 대처 방법이 있을 것이다.

"마코토 씨, 부탁할게요. 제발 이곳을 어떻게 해주세요."

나는 정식으로 부탁했다. 마코토는 잠시 생각에 잠긴 표정을 지었다.

"일은 받을게요. 하지만 메인은 우메모토 씨가 해주세요."

"내가요?"

"그래요." 마코토가 무릎 관절에서 소리를 내며 일어나더니 나나를 바라보았다. "나나, 정리할까?"

나나는 멍한 얼굴로 마코토를 올려다보더니, 이윽고 눈을 반짝이면서 고개를 끄덕였다.

휴지로 토사물을 닦아낸 뒤, 나와 나나는 마코토가 시키는 대로 5층 사무실에서 나와 계단을 내려갔다. 4층에 도착하자 마코토는 4층 사무실의 인터폰을 눌렀다.

잠시 후, 자물쇠 돌아가는 소리가 들리고 마쓰시마가 문틈으로 얼굴을 내밀었다. 나를 보더니 안경 안쪽의 눈이 크게 벌어졌다.

"어, 무슨 일로······."

"마침 잘됐어요."

마코토는 다짜고짜 그렇게 말하더니, 문을 잡고 힘껏 잡아당겼다. 그러곤 그 힘을 이기지 못해 비틀거리는 마쓰시마를 향해 말했다.

"갑자기 찾아와서 미안해요. 병원에 가세요. 가능하면 지금 당장이요!" 그녀는 다정하면서도 의연하게 말했다. "당신이 날려 보낸 '아픔'이 전부 5층으로 '날아왔어요.'"

다음 순간, 창백한 마쓰시마의 얼굴이 더욱 창백해졌다.

7

그로부터 이틀 후, 밤 10시. 횡뎅그렁한 5층 사무실의 한가운데에서 나는 크게 숨을 내쉬었다. 전날부터 숙박하며 상황을 지켜보았지만 이상한 점은 하나도 없었다. 목소리도 들리지 않고 통증도 느껴지지 않았다.

마쓰시마가 4층에 없다. 그것만으로 아무 일도 일어나지 않는다는 사실이 이걸로 증명된 것이다.

바닥에 큰대자로 누웠다. 쭉 뻗은 손발에 너저분하게 흩어진 일회용 도시락 팩과 비닐봉지, 페트병이 닿았다. 활짝 열어놓은 창문 너머에서 자동차의 경적 소리가 들렸다.

머릿속에서 그저께 일이 떠올랐다.

마코토는 "죄송해요"라고 말하며 손을 이마 위에 올려 차양을 만들더니, 마쓰시마를 옆으로 비키게 하고 성큼성큼 안으로 들어갔다. 뒤를 따라 들어가자 그녀는 커다란 유리 책상 앞에서 장승처럼 우뚝 섰다.

책상 너머의 고급 의자에는 사쿠라바가 어안이 벙벙한 얼굴로 앉아 있었다. 사무실에는 그들 이외에 아무도 없었다.

"연락도 없이 찾아와서 미안해요." 마코토는 사과를 하더니 질문을 던졌다. "조금 전의 사람을 주먹으로 때리고 발로 걸어찬 사람이 당신인가요?"

사쿠라바의 둥글고 큼지막한 얼굴이 순식간에 검붉어졌다. 그러곤 문을 닫고 들어온 마쓰시마에게 떨리는 목소리로 말했다. "네가 누구 덕분에 먹고사는지…….."

네, 라고 대답한 것이나 마찬가지였다.

그런 다음, 나와 마코토와 나나는 그 자리에서 쓰러진 마쓰시마를 데리고 4층에서 나왔다. 택시를 타고 가까운 구급병원으로 가는 동안, 마코토는 사건의 진상을 설명해주었다.

"어렸을 때 아프면 이렇게 말하잖아요? '아픔아, 아픔아, 날아가라!'라고요. 가끔은 정말로 아픔이 날아가요. 그러곤 아무 관계도 없는 곳에 떨어지죠."

조수석에 있던 내 입에서 "네?"라고 얼빠진 목소리가 튀어나왔다. 초로의 운전사가 웃음을 참기 위해 손으로 입을 가렸다. 무리도 아니다. 그건 단순한 주문이 아닌가. 모든 사람이 알고 있지만 아무도 믿지 않는, 아파하는 어린아이를 달래기 위해 말해주는 틀에 박힌 주문. 그런데 실제로 그런 일이 일어날 줄이야.

마쓰시마가 축 늘어진 모습으로 말했다. "……역시 날아갔군요. 어린 시절을 떠올리며 마음속으로 주문을 외우면 아픔이 사라졌거든요."

마쓰시마의 옆에서 나나가 놀란 표정을 지었다.

마쓰시마는 2년 전쯤에 드래건피시에 입사한 이후, 사쿠라바한테서 종종 구타를 당했다고 한다. 온후하고 붙임성이 좋은 것은 겉모습뿐이고, 직원에게 하는 행동은 잔인하고 음습했다. 마쓰시마는 배와 허벅지, 등처럼 옷에 가려져 보이지 않는 곳만 얻어맞았다. 사쿠라바에 대한 공포로 인해 직원들은 자주 바뀌었고, 지금은 마쓰시마 말고 한 명밖에 남지 않았다고 한다.

"왜 그만두지 않았나요?" 마코토가 넌지시 물었다.

마쓰시마는 몇 번이나 머뭇거리고 나서 대답했다. "여기서 도망치면 끝이라고 생각했어요. 다른 회사에도 오래 다니지 못했으니까요."

나나의 눈에 눈물이 고였다.

병원에서 진찰받는 마쓰시마를 기다리는 동안, 마코토는 연신 고개를 끄덕이며 나나의 이야기를 들었다. 나나가 오늘 있었던 일들을 설명해준 것이다.

나는 지금까지 있었던 일들을 떠올렸다.

훌륭한 친구인 마코토를 동경한 나머지, 마코토의 이름을 사칭한 나나.

더는 도망치고 싶지 않아서 아픔을 날려 보내며 어떻게든 버티려고 한 마쓰시마.

어떤 일도 오래하지 못한 채, 아버지처럼 제대로 일하기 위해 아등바등했던 나.

모두 똑같다. 지금까지의 자신을 부끄러워하며 바꾸려고 하다가, 예상과 달리 이상한 일이 벌어졌다. 그래서 나나에게도 화가 나지 않았고, 마쓰시마가 한 짓도 민폐라고 여겨지지 않았다.

"다 나을 때까지 쉬겠습니다. 사쿠라바 씨에게도 제가 직접 말하고요." 병원에서 나올 때, 마쓰시마는 사람이 달라진 것처럼 확실하게 말했다. "그동안 죄송했습니다."

고개를 숙이는 마쓰시마를 보며 "아니야, 괜찮아"라고 대답하고 나는 집으로 돌아왔다.

그리고 어제 여기에 오는 도중에 엘리베이터 앞에서 마주친 사쿠라바에게 전후 사정을 말해주었다. 그는 말없이 내 이야기를 들었다.

"치료비는 전부 제가 내겠습니다." 이야기를 마치자 사쿠라바는 진지한 얼굴로 말했다. 그러곤 충혈된 눈으로 나를 보면서 덧붙였다. "그리고 다음엔 계약 연장을 하지 않겠습니다. 우메모토 씨에게 피해를 주었으니까요."

나는 매우 자연스럽게 대답했다. "아닙니다. 그건 다음에 정식으로 얘기하지요. 여기서 나가게 하고 끝낼 생각은 없으니까요."

아무런 계산도 없이 순수하게 한 말이었다. 머릿속에서는 아버지의 얼굴이 떠오르지 않았다.

사쿠라바는 "죄송합니다"라고 말하며 머리를 숙였다.

밖에서 길게 울려 퍼지는 경적 소리에 정신이 들었다. 뒷정리를 마치고 불을 끈 뒤 차단기를 내리고, 5층 사무실 문을 잠갔다. 건물에서 나오자마자 곧장 고엔지로 향했다.

데라시네는 역에서 가까운 상가 건물의 4층에 있었다.

카운터 자리에 앉자 마코토가 컵받침을 놓으면서 물었다. "이제 날아오지 않나요?"

"네, 전혀요."

내 대답을 듣고 그녀는 미소를 지었다. "다행이네요."

사쿠라바와 있었던 일을 말하는 동안, 그녀는 계속 고개를 끄덕이면서 환하게 웃었다.

몇 잔째 술잔을 비웠을 무렵, 수염을 기른 점장이 문득 생각난 얼굴로 말했다.

"참, 마코토 씨. 그거, 우메모토 씨에게 의논하면 되지 않을까?"

하지만 그녀는 망설이는 표정을 지었다. "아니, 그건 좀……."

"뭔데 그래요?"

"……그게 실은."

말하기 힘든 이야기인지, 마코토는 겨우 입을 뗐다.

"같이 살던 친구가 고향으로 내려가게 돼서 올해 안에 이사를 해야 하거든요." 그녀는 눈을 살짝 치켜뜨며 덧붙였다. "혹시 이 근처에 싸게 빌릴 수 있는 집이 있을까요?"

"글쎄요, 난 상가 건물밖에 가지고 있지 않아서……."

그 순간, 머릿속에서 번뜩이는 게 있었다. 여기서 그렇게 멀지 않은 곳에 있는 '제2UM빌딩' 4층이 얼마 전부터 비어 있다. 단기간에 회사 두 개가 잇따라 나간 것이다. 특별한 이유가 있는 걸까? 만약에 그렇다면…….

"마코토 씨, 이렇게 하면 어떨까요?" 나는 자세를 바로 하고 덧

붙였다. "실은 고신도오리에서 와세다도오리를 넘어서 조금 더
가면 내 건물이 있는데, 그게 말이죠…….."

"네? 혹시!"

마코토는 눈을 빛내며 몸을 앞으로 내밀었다.

학교는
죽음의 냄새

1

시립 미쓰카도 초등학교의 정면 현관. 4학년 신발장 옆의 우산 꽂이 위.

그곳 벽에 큼지막한 사진이 걸려 있다. 9년 전인 1986년 운동회의 인간 피라미드를 찍은 사진이다. 사진 속에 있는 아이들은 당시 6학년.

4단의 피라미드를 쌓은 남학생 열 명이 일그러진 얼굴로 이쪽을 보고 있다. 오른쪽 뒤편에는 여학생 피라미드가 있다. 이것도 4단이다. 햇볕을 받은 체조복은 새하얗고, 그을린 피부는 검게 빛나고 있었다. 멀리 있는 깃발에 '일치단결'이라고 쓰여 있는 걸 겨우 알아볼 수 있었다.

한밤중이 되면 이 사진에서 학부모의 환호성과 아이들의 신음 소리가 들린다고 한다.

그런 소문의 진위를 확인하기 위해 나는 밤 11시에 학교에 몰래 들어왔다. 현관문은 잠겨 있었지만 힘껏 흔들었더니 간단히 열렸다.

어둠 속에 떠오르는 사진을 바라보면서 나는 기다렸다. 하지만 소문이 자자한 현상은 일어나지 않고, '진짜' 특유의 기척은 떠다니지 않았다.

나는 옛날 선배들의 용감한 모습을 바라보았다. 극심한 고통과 오랜 인내 끝에 10초 정도의 박수와 한순간의 성취감을 얻을 수 있는 훌륭한 퍼포먼스. 나도 2학기가 되면 싫어도 연습을 해야 한다. 선생님들에게 혼나면서 상처투성이가 되고, 실제 운동회에서는 전교생과 학부모들 앞에서 이런 표정을 짓게 되리라. 그렇게 생각하니 벌써부터 우울해졌다. 지금 키가 160센티미터이니까 분명히 맨 아랫단이리라. 생각만 해도 숨이 막힌다. 지긋지긋하다. 하품이 나온다.

미하루! 미하루!

먼 곳에서 부르는 소리를 듣고 눈을 뜨니, 귀엽고 통통한 동안의 여성이 눈물이 가득 고인 눈으로 나를 내려다보고 있었다. 두 손으로 내 어깨를 흔들고 있었다.

교생인 사에키 아사코였다. 지난주 목요일에 우리 반인 6학년 2반에 배치되었다.

"미하루, 무슨 일이야? 왜 여기서 자는 거야?"

주변이 밝아졌다. 바닥은 차가울 만큼 서늘했고 작은 돌멩이가 팔을 찔렀다. 사진을 보는 사이에 그대로 잠든 모양이다.

"……안녕하세요."

민망함에 쓴웃음을 지으며 인사를 하자 사에키는 "다행이다"라고 말하며 나를 꼭 껴안았다.

30분 후, 나는 교직원실 구석에서 선생님들한테 야단을 맞았다. 학교에서 잠든 이유를 "학교 괴담에 관심이 있어서요"라고 말한 탓이다.

담임인 아마노는 지장보살님 같은 얼굴에 쓴웃음을 담고 말했다. "부모님이 얼마나 걱정하시겠어? 무서운 사건이 있은 지 얼마 안 됐잖아."

지하철에 독가스를 뿌린 탓에 많은 사람이 죽거나 다친 지 3개월이 지났고, 그 일을 저지른 신흥종교의 교주는 지난달에 체포되었다. 부모님이 나를 걱정한다고 여겨지지는 않았다. 하지만 세상에 불안감이 팽배한 건 사실이고, 사에키의 당황한 모습도 결코 과장이라곤 할 수 없었다.

나는 순순히 "죄송해요"라고 말했다. 그 말을 한 건 벌써 열 번이 넘는다.

교장도 교감도 다른 선생님들도 더 이상 할 말이 없는지 입을 다물었다. 이제 곧 끝난다. 그렇게 생각한 직후에 교감이 쓸데없는 말을 덧붙였다.

"언니는 그렇게 똑똑한데……."

"언니 얘기는 하지 마세요!"

머리가 움직이기 전에 입이 먼저 움직였다. 두 살 위의 언니와 비교당하는 것만은 참을 수 없었다.

멍청했다, 어리석었다고 후회해도 이미 때는 늦었다. 이번에는 반항적인 태도에 대해 선생님들이 모두 입에 거품을 물고 설교했다. 선생님들의 이야기를 듣는 척하면서 나는 생각했다.

심령 현상 같은 학교의 소문, 이른바 학교 괴담은 시시하다.

전부 지어낸 이야기다. '진짜'는 만날 수 없다.

"이번에도 아니었구나." 후루이치 슌스케는 진지한 얼굴로 대꾸했다.

나의 몇 안 되는 친구다. 내가 보거나 듣거나 느끼는 것에도 나름대로 공감해주고 있다. '어느 누구도 다른 사람의 주관을 부정할 순 없다'라는 신념 때문이지, 영감이나 영혼의 존재를 믿는 건 아니라고 한다. 불만이 없는 건 아니지만 논리적인 사고방식이고, 나와 평범하게 대화해주는 것도 고맙다. 나를 별종으로 취급해 멀어지는 아이들과는 다르다. "난 너랑 똑같은 영감(靈感) 체질이야"라면서 친한 척 다가오는 아이와도, 똑같은 이유로 비아냥거리며 시비 거는 아이와도 다르다.

점심시간의 교실. 나는 창가에 있는 후루이치의 책상에 걸터앉았다. 그는 의자에 단정하게 앉아서 안경을 닦았다. 안경을 쓰지 않아서 그런지 평소보다 어리게 보였다.

복도 쪽 책상의 맨 뒷자리. 사에키 자리의 주변에는 오늘도 아이들로 울타리가 만들어졌다. 벌써 우리 반의 인기인으로 등극했다. 밝고 활기차며 나이보다 어리게 보이고, 그와 동시에 어른스럽기도 한 그녀를 아이들이 좋아하는 것은 당연하다.

"사에키 선생님, 뒷머리가 삐져나왔어요."

"뭐? 진짜? 어머나, 난 몰라!"

남학생의 지적을 받은 그녀는 얼굴을 새빨갛게 물들이고 머리를 매만졌다. 점심시간이 되고 벌써 몇 번째 폭소가 터졌다.

밖에는 비가 내렸다. 교정에는 커다란 물웅덩이가 몇 개나 생기고, 옅은 안개가 피어올랐다. 사물함에 우산이 있어서 다행이라고 안도하면서, 나는 낙담의 한숨을 쉬었다.

"이걸로 3전 3패. 전멸이야. 열리지 않는 교실은 그저 지저분했을 뿐이고, 옥상에도 아무것도 없었어."

"소문으로는, 투신자살한 여자가 옥상에 있었다고 했던가?"

"그래. 뛰어내리기 전이 가장 행복하다는 말도 안 되는 이유로. 어차피 지어낸 얘기겠지 뭐. 이제 만화에서 가져온 듯한 괴담밖에 남지 않았어. 밤 12시에 여자 화장실의 거울이 어떻다든지, 음악실의 베토벤 초상화가 어떻다든지."

"검증해봐야 소용없겠지." 후루이치는 다시 안경을 쓰면서 말했다. "근데 히가, 이제 와서 물어보는 것도 뭣하지만 그렇게 조사해서 뭐할 거야?"

"그냥 호기심이야."

"흐음." 그는 내 대답을 듣고 턱을 만지며 말했다. "'영혼이 보였습니다. 영혼의 목소리가 들렸습니다. 진짜였습니다.' 그다음은?"

"영혼이 곤경에 처해 있다면 구해주고 싶어."

"그게 아니라면? 가령 원한을 품고 이 세상에 머물러 있다면?"

"설득해야지."

"악의가 있다면? 그것도 설득할 거야?"

"해치울까?" 나는 반쯤 웃으면서 말했다.

후루이치는 멍한 얼굴로 나를 쳐다보더니, 이윽고 나지막이 웃었다. "넌 무섭지 않나 보구나."

"뭐가?"

"영혼 같은 거."

"전혀. 호기심이 공포를 이기기 때문일까?"

"굉장하다." 후루이치는 가느다란 눈을 크게 뜨고 말했다. "난

한밤중에 학교에 올 수도 없는데."

"왜? 그냥 어두운 것뿐인데?" 나는 솔직하게 말했다.

밤의 학교를 무서워하는 사람이 있다는 건 알고 있다. 그들을 이상하다고 생각하진 않지만 나는 아무렇지도 않다. 낮이든 밤이든 학교는 단지 건물일 뿐이다.

"아침에 오는 건 아무렇지도 않잖아. 그거랑 똑같아."

후루이치는 고개를 좌우로 가로저었다. "아니야. 어둡지 않아도 학교는 무서운 곳이야."

"왜?"

"죽음의 냄새가 나니까."

후루이치가 불쑥 시적인 말을 해서 몹시 당황스러웠다. 무슨 말인지 이해할 수 없었다. 후루이치의 얼굴은 조금 전과 똑같아서 농담으론 보이지 않았다.

학교가 무섭다니 무슨 뜻이지? 죽음의 냄새라는 건 또 뭐야?

나는 다시 반쯤 웃으면서 말했다. "그게 무슨 말이야? 학교는 죽음과는……."

그때 복도가 소란스러워지면서 울음소리가 시끄럽게 울려 퍼졌다. 그러더니 우리 반의 절친 콤비인 시라카와와 오노가 앞문에서 구르듯 교실로 들어왔다. 네모난 얼굴을 새빨갛게 물들이고 우는 시라카와를, 오노가 갓난아이를 어르듯 달래고 있었다.

"이제 괜찮아. 무서웠지? 잘 견뎠어."

재작년이었던가, 일본뇌염 예방주사를 맞는 날에도 똑같은 광경을 본 기억이 있다. 체육관에서 처참한 반핵영화를 봤을 때도, 거대한 나방이 교실 안으로 날아왔을 때도.

공주병 환자라는 별명은 시라카와에게 잘 어울렸다. 이번에는 벌에게라도 쫓긴 걸까, 아니면 화단의 팬지꽃이라도 시든 걸까.

가까이 다가간 여자애들에게 오노가 뭐라고 설명을 했다. 귀를 쫑긋 세워도 잘 들리지 않았다. 황급히 뛰어간 사에키가 말을 걸었지만 시라카와는 세차게 머리를 옆으로 흔들었다.

"으으, 미, 미하루."

시라카와가 뜬금없이 나를 불렀다. 성이 아니라 이름으로 부를 만큼 친하지 않잖아, 라고 가벼운 조바심을 느꼈다. 아이들의 시선이 일제히 나에게 쏠렸다.

"……왜?"

"도, 도와줘. 너무 무서워. 한 발짝도 못 걷겠어. 더는 서 있을 수 없어."

"왜?"

오노가 화난 얼굴로 소리쳤다. "잔말 말고!"

시라카와 주연의 비극에 나도 출연해야 하는 모양이다.

"미하루." 사에키가 심각한 얼굴로 부르며 허울 좋은 말을 입에 담았다. "이유는 잘 모르겠지만 이런 때는 친구끼리 도와주는 게 어때? 응?"

"적당히 맞춰주면 금방 끝나." 후루이치가 시선을 밑으로 향한 채 나지막이 속삭였다.

나는 책상에서 내려와 그 애들 곁으로 성큼성큼 다가갔다. 그러곤 급식대 앞에서 웅크리고 있는 시라카와 앞에 몸을 숙였다. 시라카와는 눈물을 뚝뚝 떨구고 있었다. 나는 처녀귀신 같은 모습을 멍하니 바라보면서 다음 말을 기다렸다.

"유…… 유령이 있었어."

"엉?" 예상치 못한 말을 듣고 내 입에서 얼빠진 소리가 나왔다.

"체육관에서 놀고 있었는데, 뒤쪽에서, 으, 으……."

대체 무슨 말을 하는지 이해할 수 없었다. 시선으로 도움을 청하자 오노가 대신 설명했다.

"너 몰라? 비 오는 날에만 체육관에 나타나는 유령 말이야! 난 그런 거 안 믿지만…… 목소리가 들린 것 같긴 해."

"목소리?"

오노가 고개를 끄덕였다. "그래. 중얼중얼 말하는 목소리. 누군가의 이름을 부른 것 같아. 우리 말곤 아무도 없었는데."

얼굴이 새빨개진 시라카와와 달리, 오노의 얼굴은 창백했다.

나는 냉정하게 대답했다. "……목소리라면 들려도 이상하지 않잖아? 밖에서 애들이 떠드는 소리가 창문 사이로……."

오노가 절박한 모습으로 반박했다. "아니야! 나도 처음엔 그렇게 생각했는데, 그건 절대로 아니야. 발소리도 났어. 목소리가 들린 곳 근처에서 끼익끼익 하고. 무슨 말인지 알겠지?"

체육관 바닥을 밟는 신발 소리다. 즉, 밖에서 나는 소리일 수 없다. 나는 고개를 끄덕였다.

"발소리와 목소리가 멀어졌다고 생각한 순간…… 엄청난 소리가 들렸어."

오노가 온몸을 부르르 떨었다. 연기로는 보이지 않았다. 시라카와의 행동에 말을 맞추는 것 같지도 않았다. 그제야 나도 진지해졌다.

"엄청난 소리라니, 무슨……."

"떨어졌어!" 시라카와가 떼쟁이 어린애처럼 말했다. "사람이 위에서 떨어지는 것 같은 소리가 들렸다고! 찌부러지는 듯한 소리가……. 미하루, 도와줘. 너 이런 거 잘 알잖아? 보이잖아? 유령을 없애든 액막이를 하든 정화를 하든, 뭐든지 해줘!"

시라카와는 두 손으로 얼굴을 가린 채 울며불며 소리쳤다. 시라카와의 침이 뺨에 튀었지만 짜증이 난 건 몇 초뿐이었다.

비 오는 날에만 체육관에 나타나는 유령⋯⋯.

들은 적이 있는 것 같기도 하다. 너무 뻔한 이야기라서 한 귀로 흘려버린 채 그대로 잊어버린 모양이다.

교실이 떠나가라 소리를 지르는 시라카와의 모습은 너무나 연극적이고 거짓의 냄새가 난다. 하지만 오노도 똑같은 목소리와 발소리를 들었다고 한다. 두 사람이 동시에 기묘한 일을 겪은 것이다. 소리만 들었다는 것도 진실인 것 같다.

이번에야말로 '진짜'인가.

"유령을 없애줘." 오노가 속삭였다.

이런 때에만 친한 척하는 건 뻔뻔스러운 일이라고 생각했지만, 거절하면 더 골치 아프게 되리라는 건 눈에 뻔히 보였다.

나는 두 사람을 쳐다본 뒤, 주변을 둘러보고 나서 솔직하게 말했다. "지금 이 주변엔 아무것도 없어. 마음에 걸리면 소금이라도 뿌려. 급식 아주머니께 말하면 주실 거야."

두 사람에게서는 아무것도 느껴지지 않고, 아무것도 보이지 않았다. 다시 말해, 영혼이 달라붙거나 하진 않았다. 오노의 얼굴에 긴장감이 감돌았다.

아뿔싸, 하고 생각했을 때는 이미 늦었다. 시라카와가 갓난아이처럼 목 놓아 울면서 "너무해! 제발 도와줘!" 하며 나를 껴안았다. 눈물과 콧물과 뜨뜻미지근한 뺨이 귀에 닿았다.

온몸에 소름이 돋는 걸 느끼면서 나는 "미안해, 잘못했어"라고 생각지도 못한 말을 입에 담았다.

사에키가 불안한 얼굴로 주변에 있는 아이들을 둘러보며 물었다. "진짜로 유령이 나와? 비 오는 날에?"

2

"신경 쓰지 마." 종소리가 울리자마자 교실에 들어온 아마노는 자초지종을 듣더니 말했다. "기온과 습도가 바뀌면 가끔 건물에서 소리가 나거든. 바닥판이 줄어들어서 삐걱거린 걸지도 몰라."

"하지만……."

자리에 앉은 오노가 반박하려고 하자 아마노가 이야기를 시작했다.

"건물의 소리는 참 신기한 법이지."

아파트만 해도 그렇다. 702호 소리가 308호에서 들리는 일도 있다. 벽 너머에서 신음이 들려서 조사해봤더니, 낡은 수도관을 흐르는 물소리였다고 한다. 어느 절에서는 이런 일이 있었고, 외국의 오페라하우스에서는 저런 일이 있었으며…….

이야기 자체는 흥미로웠다. 아이들도 점점 귀를 기울이더니, 마지막에는 감탄하는 목소리도 들렸다. 사에키만 표정이 딱딱하게 굳었다. 무서운 이야기를 싫어하는 모양이다.

나는 위화감이 들었다.

아마노의 이야기는 완성되어 있었다. 경지에 이르렀다고나 할까? 그럴 정도로 막힘없이 술술 이야기했다. 지금까지 똑같은 이야기를 수도 없이 반복해온 게 아닐까? 그런 이야기를 할 기회가 많았던 게 아닐까.

다시 말해…….

비 오는 날 체육관에서 목소리나 발소리를 들은 학생들이 지금까지 몇 명이나 더 있었던 게 아닐까.

거침없이 말하는 아마노를 보는 사이 의혹이 더욱 부풀었다.

나는 방과 후에 곧장 체육관으로 향했다.

문은 잠겨 있지 않았지만 아무도 없었다. 텅 빈 체육관의 한가운데에 서서 귀를 기울였다.

투두둑, 하고 위쪽에서 들리는 것은 빗방울이 지붕을 두들기는 소리다. 탁탁, 하고 벽 너머에서 들리는 것은 흘러내린 빗물이 콘크리트를 때리는 소리다. 그것 말고는 아무 소리도 들리지 않았다. 여기저기로 시선을 돌려도 영혼 같은 모습은 보이지 않았다.

무대. 천장 가까이에 있는 무대의 막. 캣워크.* 농구 골대. 창고문. 소화전. 바닥에 붙은 빨간색, 파란색, 하얀색, 노란색 라인 테이프. 무대의 왼쪽 벽에 있는 교가가 적힌 커다란 팻말. 오른쪽 벽에 있는, 비둘기가 네 잎 클로버를 물고 있는 모자이크는 굉장히 오래된 작품이다.

방송실은 창문에 빛이 반사해서 안이 보이지 않았다.

벽시계를 통해 5분이 지났음을 확인하고 나는 혀를 찼다.

유령이 있다고 해도 그렇게 쉽게 만날 수는 없으리라. 당연한 일인데도 조바심이 났다.

체육용품 바구니에서 농구공을 꺼내 드리블을 하면서 무대를 향해 걸어갈 때, 등 뒤에서 남자 목소리가 들렸다.

---

* 무대, 또는 보행자용 통로.

"역시 여기 있었구나."

후루이치였다. 그는 정면 문으로 들어와 내 쪽을 향해 걸어왔다. 양 갈래머리에 짙은 눈썹, 체구가 작은 여자아이를 데리고. 아이의 얼굴에는 빈정거리는 옅은 웃음이 매달려 있었다.

가슴팍의 노란색 이름표에는 '2학년 1반, 히가 마코토'라고 쓰여 있었다.

나보다 네 살 어린 여동생인 마코토였다.

후루이치가 말했다. "우산이 망가졌대."

나는 마코토를 노려보며 말했다. "친구한테 씌워달라고 해. 사쿠라도 있고 미유도 있잖아? 신고도 있고."

"집이 반대거든." 마코토는 손을 내밀면서 말했다. "집에 안 갈거면 미하루 우산을 빌려줘."

"뭐? 그럼 난 나중에 비를 맞고 가라는 거야?"

마코토는 말없이 옆에 있는 후루이치를 올려다보았다. 눈이 마주치자 후루이치는 낭패한 표정을 지었지만, 어딘가 쑥스러우면서도 기뻐하는 것처럼 보이기도 했다.

"바보 아니야?"

나는 가장 가까운 골대를 향해 공을 던졌다. 공은 새하얀 백보드에 맞고 튕겨 나오더니, 마치 노린 것처럼 내 손으로 돌아왔다.

"미하루, 우산!"

"그냥 가. 뛰면 안 젖어."

"젖어. 뛰나 걸으나 똑같아. 몰라?"

"시끄러워."

나는 마코토에게 공 던지는 시늉을 했다.

흠칫 놀란 사람은 후루이치였다. 그는 손으로 안경을 가렸다.

반면에 마코토는 눈도 깜빡이지 않았다. 뿐만 아니라 휘파람을 부는 듯한 표정을 지었다.

화가 났다. 밖에서 가족과 얼굴을 마주치는 건 질색이다. 기분이 엉망이 된다. 더구나 마코토는 남들 앞에선 집에서보다 몇 배나 건방지다. 내가 진심으로 화낼 수 없고 때릴 수 없다고 얕잡아보는 것이다. '언니'라고 부르지 않는 건 항상 그랬지만 그것도 지금은 신경에 거슬린다.

"빌려줘. 정 싫다면 내가 빌려줄까?" 후루이치가 머리를 긁적이면서 말했다.

마코토가 히죽 웃었다.

이번에는 정말로 화를 낼까? 처음에는 마코토에게, 다음은 후루이치에게.

모든 걸 다 안다는 표정의 동생은 물론이고, 어정쩡한 태도를 취하는 친구에게도 조바심이 났다.

그렇다. 나와 후루이치는 단순한 친구다. 친구면 충분하다. 그이상을 원해서는 안 된다.

공을 잡은 두 손에 힘을 넣은 순간.

등 뒤에서 쿵 하는 소리가 들렸다.

단단한 것이 바닥을 때리는 듯한 소리였다. 나는 순간적으로 뒤를 돌아보았다.

"……왜 그래?"

후루이치가 물었지만 나는 대답하지 않았다. 대답할 정신이 없었다.

체육관의 한가운데에 하얀 물체가 있었다.

사람이다. 하얀 옷을 입은 사람의 그림자가 체육관 바닥에 누위 있었다.

내 쪽에서 보았을 때 왼쪽에 있는 것은 머리, 오른쪽에 있는 것은 쭉 뻗은 다리였다. 온몸은 어렴풋해서, 그 밑에 있는 바닥과 라인 테이프가 보일 정도였다. 자세한 부분은 흐릿해서 얼굴도 복장도 알 수 없었지만, 윤곽은 확실히 사람이었다. 하지만 인간은 아니다. 살아 있는 인간과는 기척이 다르다. 그 순간, 주변의 공기가 달라졌다.

이것은 '진짜'다.

쿵쾅쿵쾅. 심장이 세차게 방망이질 쳤다.

"미하루."

마코토가 불렀지만 무시했다. 그림자에게 다가갈까 하다가 그 자리에 있는 쪽을 선택했다.

하얀 그림자가 어색하게 일어섰다.

두 손을 귀에 대고 있다.

어린 소녀였다. 그것도 체구가 작고 야위었다. 마코토와 똑같은 양 갈래머리. 얼굴은 흐릿했지만 눈과 코는 간신히 알아볼 수 있었다. 복장은 확실하지 않다. 다만 전체적으로 희뿌옜다.

마코토가 다시 말했다. "누구야……?"

그제야 마코토의 눈에도 보인다는 사실을 알았다. 알 게 뭐야, 라고 대답하려 했을 때 가냘픈 목소리가 귀에, 아니, 마음에 닿았다.

……미안해…….

애원하는 듯한, 울먹이는 듯한 소녀의 목소리였다.

하얀 소녀의 입이 움직였다.

……이시다 미안해, 기노시타 미안해, 에조에, 고바야시, 고모다, 모리,

야에가시, 미쓰야, 녜기시······.

이름 같은 말과 사과의 말.

시라카와와 오노가 들었다는 건 이 말이다. 이 소녀의 목소리를 들은 것이다.

미안, 해······ 바, 발······.

목소리가 끊어졌다. 발······. 발이라니 대체 뭐지? 그렇게 생각한 직후.

하얀 소녀가 걷기 시작했다. 끼익 하고 바닥에서 소리가 났다. 귀를 막은 자세로 무대 쪽으로 향했다. 중얼거림은 계속 이어졌다.

후루이치가 말했다. "지금 이 소리, 혹시······."

발소리는 들린 모양이다.

"그래." 나는 최소한의 말로 대답했다.

소녀는 타박타박 걸어갔다. 우리에게 등을 돌린 채 가끔 바닥을 울리며. 소녀가 가는 곳 앞에는 문이 있었다. 앞쪽 우측 벽에 있는 팥죽색 문이다. 안에는 약간의 공간과, 막을 올리고 내리는 버튼과, 무대로 올라가는 계단과······.

다음 순간. 탁 하고 발밑에서 소리가 나서 나는 재빨리 뒤로 물러났다. 얼떨결에 떨어뜨린 공이 떼구르르 바닥을 굴러갔다.

"앗!"

마코토가 작게 소리쳤다. 얼굴을 들자 하얀 소녀가 사라졌다. 아무리 둘러보아도 어디에서도 보이지 않았다.

나는 뒤를 돌아보고 물었다. "어떻게 된 거야?"

마코토가 가늘게 떨면서 몸을 웅크렸다. 조금 전까지의 거만한 모습은 찾아볼 수 없었다.

"······사, 사라졌어. 문 앞에서 희미해지더니."

"뭐? 진짜?"

후루이치가 안경 안쪽에서 눈을 동그랗게 떴다. "뭔가가 있었어? 발소리는 들었는데."

후루이치에게는 '들리기만 한' 모양이다. 하지만 들린 것도 각자 다르다. 후루이치는 발소리만, 시라카와와 오노는 발소리와 목소리.

딱딱하게 굳은 발을 억지로 움직여 나는 곧장 문을 향해 다가갔다. 문 너머에 있을지도 모른다. 그렇게 생각하니 온몸에 긴장감이 감돌고, 등의 털이 삐죽삐죽 곤두섰다.

문까지 이제 5미터. 4미터. 3미터.

시야의 오른쪽 위에서 뭔가가 살며시 움직이는 느낌이 들어서 그쪽을 쳐다보았다. 다음 순간, 무의식중에 발이 멈추었다.

하얀 소녀가 캣워크를 걷고 있었다. 조금 전처럼 두 손을 귀에 대고 있다.

후루이치가 당황하면서 물었다. "이번엔 그쪽이야?"

소녀는 캣워크의 한가운데에서 멈추었다. 가슴을 난간에 바짝 붙이고, 두 팔 사이로 바닥을 내려다보았다.

흐릿한 얼굴이 보였다.

얼굴에는 표정이 감돌고 있었다. 고뇌, 슬픔, 후회, 혐오. 그 모든 것에 해당되는 듯하면서 그 어느 것도 아닌, 하지만 부정적인 감정이라는 건 알 수 있는 얼굴.

설마.

소녀가 캣워크의 바닥을 걷어찼다. 스르륵 난간을 뛰어넘더니, 그대로 3미터에 가까운 높이에서 뛰어내렸다.

"안 돼!" 마코토가 소리쳤다.

나는 순간적으로 눈을 꼭 감았다.

'콰당'과 '뿌직'이 뒤섞인 소리가 가슴에 직접 닿았다. 처음에 들린 소리보다 크고 생생하고 불길한 소리였다. 생각하고 싶지 않은 광경이 눈꺼풀 안쪽으로 퍼져나갔다.

바닥에 쓰러진 하얀 소녀. 소녀의 목은 기이한 방향으로 꺾어지고, 두 손과 두 발은 아무렇게나 뻗어 있었다. 깨진 머리에서는 새빨간 피가 흘러나와 소리도 없이 바닥으로 퍼져나갔다.

잠시 후, 나는 정신을 차리고 그 자리에서 몸을 웅크렸다.

실내화 끝부분의 빨간색 고무 코팅이 시야의 한가운데에 있었다. 피는 보이지 않았다. 바닥을 타고 이쪽으로 흘러오지는 않은 것이다. 멈칫거리며 얼굴을 들자 소녀의 모습은 어디에서도 보이지 않았다.

마코토는 얼굴을 가린 채 웅크리고 있었다. 손가락 사이에서 흐느낌이 새어나왔다. 그 옆에서는 후루이치가 창백하게 질린 채 엉덩방아를 찧고 있었다.

공기가 원래대로 돌아왔다. 바깥의 빗소리가 귀에 닿았다.

"……떨어졌어?"

후루이치는 입술까지 새파래졌다. 고개를 끄덕이자 후루이치가 다그치듯 물었다.

"어떻게 할 거야? 보았고, 들었잖아?"

"그건 그런데……."

나는 천천히 일어서서 체육관을 둘러보았다.

이제 끝났다. 하얀 소녀는 어딘가로 사라졌다. 금방 다시 나타나지는 않을 것 같다, 왠지 그런 생각이 들었다. 아니, 이것은 확신이다.

이번에야말로 진짜를 만났다.

하지만 조금도 기쁘지 않았다. 만족감은 털끝만큼도 없었다.

머릿속이 바쁘게 움직였다. 그 소녀는 누구일까? 왜 그런 짓을 한 걸까? 소녀가 중얼거린 수많은 이름은 뭐지? '발'이란 건 뭐고, 그 기묘한 자세는 또 뭘까?

한편, 마음이 고통을 호소했다.

괴롭다. 조금만 긴장을 풀면 눈물이 나올 것 같다. 왜 이런 기분이 드는지 알지도 못한 채, 나는 가슴을 누르고 그 자리에서 꼼짝도 할 수 없었다.

후루이치가 마코토에게 "괜찮아?"라고 말을 걸었다.

3

한밤중의 캄캄한 방. 옆에서 마코토가 이불을 덮고 자고 있었다. 다른 동생들의 숨소리도 들렸다. 나는 잠이 오지 않아서 천장을 올려다보았다.

언니 이불은 비어 있었다. 미닫이문 사이로 빛이 새어 들어오는 걸 보면 거실에서 공부를 하나 보다. 늦게까지 수고가 많으시군, 하고 마음속으로 빈정거렸다.

하얀 소녀를 목격한 지 일주일이 지났다.

비가 온 것은 그중 이틀. 이틀 모두 방과 후에 체육관에 갔더니, 마치 약속이라도 한 것처럼 소녀가 나타났다. 모습과 형태, 목소리, 발소리, 그리고 행동. 처음부터 끝까지 모두 똑같았다. 마음을 굳게 먹고 말을 걸어보았지만 하얀 소녀는 반응을 보이지 않았다.

바닥으로 떨어지는 순간은 두 번 모두 눈을 돌렸다. 꺼림칙한 소리가 난 다음, 바닥과 라인 테이프를 보면서 나는 가슴의 고통을 견뎠다.

후루이치에게 자세히 설명하니 "그럼 이걸로 끝이라는 기분은 들지 않겠구나"라고, 내 마음을 말하기도 전에 혼자 고개를 끄덕였다. 말을 하지 않아도 알아줘서 고마웠다.

후루이치와 함께 맨 처음 질문한 사람은 시라카와와 오노였다. 그들이 들은 것은 순서대로 중얼거림과 발소리, 그리고 바닥으로 떨어지는 소리였다고 한다. 반면에 나는 중얼거림을 듣기 전에, 하얀 소녀가 보이기 전에 다른 소리를 들었다. 쿵 하는 소리였다.

미묘하게 엇갈림이 있다. 두 사람은 맨 처음에 난 소리는 듣지 못한 걸까.

"모르겠어."

시라카와의 쌀쌀맞은 태도는 이미 예상했다. 지난주에 공연한 비극은 이미 막을 내린 것이다.

오노는 뜻밖에 진지하게 대답해주었다. "우리는 줄넘기를 하면서 놀고 있었어."

기운이 넘치시는군, 하고 빈정거리려다가 그만두었다.

"그런데 시라카와가 갑자기 멈추더니, 무슨 소리를 못 들었느냐고 하더라고. 그런 다음……."

그렇다면 발소리나 줄넘기 소리 때문에 못 들었을 가능성이 있다. 이것은 엇갈림이라고 할 수 없다. 상황이 다른 것뿐이다.

후루이치는 흥미진진한 얼굴로 메모를 했다.

마코토가 몸을 뒤척이며 알아들을 수 없는 잠꼬대를 반복했다.

하얀 소녀를 본 직후에는 기운이 없었지만, 집에 도착했을 때에는 이미 까맣게 잊은 것처럼 태연한 표정을 지었다. 원래 어린 아이는 그런 법이다. 그리고 몇 번을 캐물었지만 마코토가 보고 들은 건 거의 나와 똑같았다. 맨 처음의 소리도 분명히 들었다고 한다.

……미안, 해…….

중얼거림이 머릿속에서 계속 맴돌았다. 무엇에 대해 사과하는 걸까.

캣워크에서 내려다보는 뚜렷하지 않은 얼굴이 떠올랐다. 왜 뛰어내리는 걸까.

애초에 그 소녀는 누구일까? 왜 비 오는 날에만 나타나는 걸까.

마음에 걸린다. 그래서 잠이 와도 잘 수 없다. 큰일이다. 하품이 나온다.

눈을 떴더니 아침 9시가 지났다.

화가 날 만큼 상쾌한 아침 햇살이 방을 비추었다.

완전히 지각이다. 마코토가 한 번 깨운 기억이 있지만 다시 잠들었나 보다. 나는 나지막이 신음을 흘리며 이불을 젖히고 일어났다.

아침을 먹는 동안, 부모님 방에서는 동생들의 즐거운 목소리가 새어나왔다. 그 목소리에 겹쳐서 지붕이 들썩일 만큼 코를 고는 사람은 엄마다. 동생들이 아무리 떠들어도 일어나지 않는다. 한밤중에 건물을 청소하는 일이 그만큼 힘든 모양이다.

아버지는 들어오지 않은 것 같다.

옷을 갈아입고 부모님 방에서 동생들의 기저귀를 갈아준 뒤,

엄마가 깰 때까지 기다렸다가 집을 나왔다. 늦잠을 잤을 때는 항상 그렇게 한다. 말을 하지 않는 것도 평소와 똑같다.

주택가를 걷고 있을 때, "좋은 아침!" 하고 뒤쪽에서 말을 거는 사람이 있었다.

휠체어를 탄 젊은 여성이 재빨리 나를 추월했다. 뒤를 돌아본 얼굴에는 다정한 미소가 감돌고 있었다.

근처에 사는 마쓰이 언니다.

"좋은 아침이에요. 밀어줄까요?"

"그래 줄래? 어제 술을 많이 마셔서 좀 힘들거든."

"무슨 대학생이 그래요?" 나는 씁쓸하게 웃으면서 휠체어의 핸들을 잡았다.

내가 철이 들어 인사를 하게 되었을 무렵부터 마쓰이 언니는 계속 휠체어 신세였다. 초등학생 때 사고를 당해 다리를 쓸 수 없게 되었다고 한다. 자세하게 들은 적도 있는 것 같지만 기억이 나지 않는다. 마음에 걸리지도 않는다. 중요한 것은 그녀가 나에게 '친한 동네 언니'라는 것이다. 가족보다, 동급생보다 훨씬 말하기 편하다.

"너도 마찬가지야. 초등학생이 지각하면 안 되지."

"지각을 안 했다면 오늘은 밀어줄 수 없었거든요."

"그건 그래." 그녀는 시선을 앞으로 향한 채 물었다. "그래서 오늘은 뭐야? 저혈압?"

"비슷해요." 나는 적당히 대꾸했다.

밤새 체육관의 영혼을 생각하다가 늦잠을 잤다곤 말할 수 없었다. 내 마음을 아는지 모르는지, 마쓰이 언니는 의미심장한 미소를 지었다.

"뭐, 억지로 모두에게 맞출 필요는 없어. 마코토는 잘 있어? 최근엔 못 만났거든."

"잘 있어요."

"또 싸우지는 않아?"

"싸우지 않아요."

"언니는 어때?"

"그냥 그래요."

"미하루, 왜 그래?"

"뭐가요?"

마쓰이 언니가 의아한 표정을 지으며 말했다. "무슨 고민 있는 거 아니야? 아까부터 계속 건성으로 대답하고."

눈치를 챈 모양이다.

"나라도 괜찮으면 말해봐. 빨리 달리고 싶다고 하면 조언해줄 수 없지만." 마쓰이 언니는 깔깔깔 웃으며 말했다.

이런 농담을 하는 사람이라는 건 예전부터 알고 있었고, 나도 익숙하다. 아니, 이런 성격이라서 쓸데없는 신경을 쓰지 않고 말할 수 있는 건지도 모른다.

"대단한 건 아니에요."

"또 그런다. 이 대선배님께 말해봐. 이래 봬도 입이 무거운 걸로 유명하거든." 그녀는 장난처럼 말했다.

참, 그렇지.

나는 문득 생각이 나서 물어보았다. "마쓰이 언니도 미쓰카도 초등학교에 다녔나요?"

"그래. 태어나서 22년간 계속 여기서 살았으니까."

"혹시 말이에요, 미쓰카도 초등학교에서 여자애가 자살했다는 얘기를 들어본 적 있어요?"

나는 그 질문에 스스로 납득했다.

하얀 소녀의 행동을 그대로 받아들인다면 자살, 투신자살로 보인다. 과거에 그 학교에 다니던 학생이 자살해서 그 영혼이 떠돌고 있다. 이렇게 추측하는 게 결코 이상하지 않으니까, 선배에게 묻는 게 가장 빠른 길이다.

"있어." 마쓰이 언니는 순순히 대답했다. "내가 졸업한 해의 가을이었지. 연도로 말하면 '이듬해'라고 해야 할까? 남동생인가 여동생이 있는 아이한테서 들었어. 체육관에서 6학년 여자애가 뛰어내려서 자살했다고. 그때 학교 주변이 떠들썩해서 기억나."

빙고. 시기를 계산해보니 9년 전이다.

두근거리는 마음을 다잡으면서 나는 계속 물었다. "체육관에서 뛰어내렸다는 건⋯⋯."

"캣워크라고 하나? 거기에서 바닥으로 뛰어내렸대. 순찰하던 선생님이 발견했다나 봐. 그렇다면 이른 아침이나 방과 후가 되겠지."

"가을이라고 했죠?"

"9월이었을 거야. 분명 비 오는 날이었을걸."

"뉴스는요?"

"나오지 않았어. 신문에 한 줄도 나오지 않아서 찜찜했던 기억이 있거든. 보도할 가치도 없는 건가 해서."

"그 애의 이름은 알아요?"

나는 휠체어의 속도를 늦추고 길가에 세운 뒤, 마쓰이 언니의 앞으로 돌아가 선의의 거짓말을 했다.

"이상한 질문을 해서 죄송해요. 소문이랄까, 학교 괴담 같은 얘기를 들어서 마음에 걸려서요."

"세상에! 지금은 학교 괴담이 됐나 보구나." 마쓰이 언니는 잠시 생각에 잠기는 표정을 지었다. "이름은 분명히…… 가키우치였을 거야. 가키우치 나기사. 그래, 틀림없어. 우리 반에 야부우치 나기사란 애가 있었는데, 이름이 비슷하다는 얘기도 나와서 똑똑히 기억하고 있어."

"가키우치……." 나는 무심코 이름을 중얼거렸다.

그 하얗고 투명하며 얼굴이 뚜렷하지 않은 소녀에게 이름이 붙었다. 100퍼센트 확실하다곤 할 수 없어도, 하얀 소녀가 가키우치 나기사의 영혼일 확률은 상당히 높다.

"참, 그렇지." 마쓰이 언니는 탁 하고 가볍게 손뼉을 한 번 쳤다. "생각났어. 처음 얘기를 들었을 때 좀 이상했거든. 진짜로 죽고 싶다면 보통은 교실의 베란다에서 뛰어내리지 않을까 하고. 아니면 옥상이든지."

정확한 지적이다.

무서운 표현이지만 순순히 받아들일 수 있었다.

4학년 때, 우리 반의 멍청한 남자애들 사이에서 바닥에 매트도 깔지 않고 캣워크에서 뛰어내리는 게 유행한 적이 있었다. 그러다 한 명이 발을 삐었고, 선생님이 화를 내며 금지한 덕분에 약한 달간은 아무도 다치지 않았다.

얼간이들이 "발이 찌릿찌릿하면서 재미있어"라며 희희낙락했던 게 기억난다. 두 발로 확실히 착지하면 열 살배기 어린아이라도 그 정도로 끝난다. 그 정도 높이에서 뛰어내리면 보통 죽기는커녕 다치기도 힘들다. 하얀 소녀처럼 일부러 머리부터 떨어지지 않는 이상은.

그곳에서 그런 식으로 죽어야 할 이유는 무엇일까.

"비에 젖고 싶지 않기 때문이라든지……."

내 추리를 듣자 마쓰이 언니는 팔짱을 끼고 중얼거렸다. "으음, 죽고 싶은 사람이 그런 걸 신경 쓸까? 비에 젖기 싫다면 다른 날에 하면 되잖아."

"그건 그러네요."

"꼭 그날 죽고 싶다면 다른 방법을 사용하지 않을까? 방법은 얼마든지 있잖아. 목을 매는 건 앉아서도 할 수 있고, 간장을 한 됫박 마셔도 되고, 콘센트에 젖은 손가락을 집어넣어도 되고. 그런 건 나라도 할 수 있어."

밝은 얼굴로 말하는 어두운 내용. 강렬한 블랙 조크를 듣고 나는 웃음을 터뜨렸다.

"잘도 아시네요."

"조사한 적이 있으니까." 마쓰이 언니는 태연하게 말했다.

이번엔 반응을 보일 수 없었다. 왜 조사한 걸까? 단순한 호기심 때문일지도 모른다. 따라서 심각하게 받아들일 필요는 없을지도 모른다. 하지만 '나라도 할 수 있어'란 말이 마음에 걸렸다.

나는 솔직하게 말했다. "……마쓰이 언니, 아까 그 말은 받아들일 수 없어요."

"미안해. 너무 무거웠지?" 그녀는 미안한 표정을 지으며 합장하듯 얼굴 앞에서 두 손을 모았다. "지금은 그런 마음이 없으니까 걱정하지 마. 초등학생 때, 그것도 아주 짧은 시기였어. 그렇게 하지 않아서 다행이라고 생각해. 고지도 있고."

고지는 남자친구 이름이다.

"더구나 자살하면 영원히 고통받는다는 얘기도 있잖아. 영혼이나 종교 같은 건 믿지 않지만, 죽은 이후에 어떻게 될지 모르는 건 사실이고. 그래서 관뒀어."

"그렇군요…… 다행이에요. 안심했어요." 나는 가볍게 미소를 지었다.

그대로 휠체어를 밀면서 걸어가다가 마쓰이 언니와는 전철역과 초등학교의 갈림길에서 헤어졌다.

"고마워. 덕분에 편하게 왔어."

가볍게 손을 흔드는 그녀의 얼굴은 평소와 다르지 않은, 친절한 동네 언니의 얼굴이었다.

"선생님."

방과 후 교실. 나는 교사용 책상 앞에 앉아 뭔가를 쓰는 아마노에게 말을 걸었다.

"왜?" 아마노는 빙긋이 웃으면서 대답했다.

"진지한 얘기인데요, 혹시 가키우치 나기사라는 여자아이를 아세요?"

단도직입적으로 물어보자 한순간 아마노의 얼굴에 경련이 일었다.

교실 뒤쪽에서는 시라카와 무리가 조잘조잘 떠들고 있었다. 사에키는 자기 자리에서 몇몇 남자아이들과 장난을 치고 있었다.

"잠깐 이리 올래?"

아마노는 의자에서 일어서서 교직원실의 한쪽 구석, 그것도 칸막이가 있는 회의 공간으로 나를 데려갔다. 그러곤 맞은편에 앉자마자 물었다.

"그 이름을 어떻게 알았지?"

평소에 온화하고 다정한 얼굴이 긴장으로 가득 찼다.

"비 오는 날 체육관에 관한 소문을 조사하다가 알게 됐어요. 9년 전에 자살한 여자아이의 이름이에요."

하얀 소녀에 관해서는 말하지 않고, 거짓말이 아닌 것만 골라서 말했다. 아마노는 잠시 입을 다물었다가 이윽고 포기한 얼굴로 대답했다.

"알아. 아주 잘 알지. 내가 담임이었던 아이였으니까. 그것도 처음에 부임했을 때 맡았던……. 6학년 1반이었어. 1986년 9월 16일, 방과 후였지." 그는 단어를 신중하게 선택하면서 조심스럽게 말했다. "교직원실에서 일을 하다가 화장실에 간 김에 체육관에 들렀어. 우리 반 애들 몇 명이 방과 후에 체육관에서 논다고 했거든. 그날은, 그래…… 아침부터 비가 왔지."

그는 주변을 살피며 목소리를 낮추었다.

"엎드린 채 쓰러져 있었어. 목이 기묘한 방향으로 비틀어져서. 그 애 말고는 아무도 없었고."

아마노는 거기까지 말하고는 눈을 내리깔았다.

"왜 거기서……." 나는 말문이 막혔다.

"특별한 문제점은 찾을 수 없었어. 부모님도 모른다고 했고. 그런데 반 친구들에게는 '살고 싶지 않다', '이제 어쩔 도리가 없다'라는 말을 했다더구나. 막연하게 고민한 걸까? 그런 때이긴 하지만……. 미리 알았다면 어떻게 할 수 있었을 텐데."

그는 깍지 낀 손을 탁자 위에 올려놓고는 어느새 충혈된 눈으로 나를 물끄러미 바라보았다.

"솔직히 말하면 그 목소리나 발소리가 가키우치의…… 영혼이 아닐까 생각한 적이 있어. 몇 번이나, 몇 십 번이나. 그렇게 생각하면서 너희한테는 건물 얘기를 했지. 지난 9년간 계속."

이 사람도 고민하고 괴로워하는구나……. 그 모습을 보고 나는 마음속으로 깜짝 놀랐다. 다정하고 큰 소리를 내지 않는, 단순한 '담임'이었던 아마노의 인상이 크게 달라졌다.

"선생님은 직접 들은 적이 있으세요?"

내 질문에 아마노는 고개를 작게 한 번 끄덕였다.

4

"미하루, 부탁해."

매달리는 듯한 목소리가 들렸다. 미하루. 내 이름이다. 뺨에 미끈미끈하고 뜨뜻미지근한 감촉이 느껴졌다. 침이다. 나는 책상에 엎드려서 자고 있다. 지금은 국어 시간이다.

황급히 몸을 일으키자 교단에서 사에키가 지시봉을 들고 있었다. "다행이야. 일어났네."

멍청한 남학생이 "교과서에 침 묻었어"라며 내 얼굴을 가리키자 반 전체가 웃음에 휩싸였다.

교실 뒤쪽에서 파이프 의자에 앉은 아마노가 어이없는 표정으로 팔짱을 꼈다. 후루이치가 걱정스러운 얼굴로 나를 바라보았다. 나는 졸음을 뿌리치면서 샤프펜슬을 잡았다.

그 이후, 비가 올 때마다 아무도 없는 시간을 노려서 체육관에서 하얀 소녀 가키우치 나기사에게 말을 걸었다. 생각이 나는 모든 주문도 시도해보았다. 이제 괴로워하지 않아도 돼, 부디 성불

하길 바랄게, 하고 읊조려보기도 했다.

마쓰이 언니의 말을 듣고, 그 소녀는 아직 이 세상에 미련이 있어서 괴로운 것이라고 생각해서였다. 그렇다면 무슨 수를 써서라도 구해주고 싶다. 그렇게 하지 않으면 이번 일을 해결했다는 기분이 들지 않는다.

하지만 내 시도는 전부 실패로 끝나고 말았다.

소녀는 소리와 함께 나타나 귀를 막고 일어서서, 중얼중얼 읊조리며 문 앞에서 모습을 감춘다. 그러곤 캣워크를 걸어가 한가운데에서 멈춰 선 뒤, 갑자기 뛰어내려 소리와 함께 사라진다. 마치 기계처럼, 또는 습관처럼 그것을 반복할 따름이다.

영혼은 아프지 않을까? 몇 번이나 뛰어내려도 괜찮은 걸까?

왜 몇 번씩 뛰어내리는 걸까? 왜 비 오는 날에 자살한 걸까?

그렇게 생각하는 건 내 가슴이 무너져 내릴 것 같았기 때문이다. 가키우치 나기사가 바닥으로 떨어진 직후에 가슴을 덮치는 괴로움을 견디기 힘들었다.

"역부족일까?"

수업이 끝나고 후루이치의 책상에 걸터앉아 나는 그렇게 투덜거렸다. 후루이치는 잠시 생각에 잠긴 뒤, "네 말이 들리지 않는 거 아니야? 귀를 막고 있다며?"라고 손에 있는 메모장을 가리켰다. 한 페이지에 가키우치 나기사의 이미지가 꼼꼼하게 그려져 있다. 내가 직접 그리면 엉망이 되리란 걸 알기에, 후루이치에게 설명해서 그리게 한 것이다.

"나도 그렇게 생각했어."

"그렇겠지. 아무리 봐도 그런 모습이니까."

"응. 그래서 손을 잡으려고 했지만 안 됐어. 그 애한테 닿지를 않아."

후루이치는 눈을 희번덕거리며 물었다. "그 애한테? 그 애를 만져보려고 한 거야?"

"응."

"……굉장하다!" 그는 몸을 부르르 떨었다.

두터운 구름으로 인해 아직 낮인데도 밖은 캄캄했다. 이대로 계속 비가 안 오면 오늘은 체육관에 가지 않아도 되는데……. 내가 시작한 일인데도 어느새 그런 식으로 생각하게 되었다.

"만져지면 그것도 무섭지 않을까……." 후루이치가 고개를 갸웃거리면서 중얼거렸다.

나는 문득 생각이 나서 물었다. "있잖아, 죽음의 냄새가 뭐야? 예전에 그렇게 말했잖아."

아아! 후루이치는 그렇게 말하면서 메모장을 덮었다. 그러곤 가볍게 기침을 하고 창문을 톡톡 두드렸다.

"여기서 떨어지면 죽겠지?"

2층이니까 반드시 죽는다곤 할 수 없지만 캣워크보다는 훨씬 위험하다.

"응, 뭐……."

"과학실에는 독극물이 많이 있어. 없으면 섞어서 만들 수도 있지. 만드는 방법은 선생님이 가르쳐줬고."

"염산 같은 거?"

"정글짐도, 철봉도, 미끄럼틀도, 떨어지면 크게 다쳐. 그나마 괜찮은 건……."

"땅에 심어놓은 타이어 정도?"

"수영장 배수구에 빨려 들어가면 죽는다는 얘기도 들었어."

"그래."

"교문에 끼여도 죽고. 실제로 고등학생이 한 명 죽었지."

"고베에 있는 학교였던가?"

"응. 한마디로 말해서 학교는 위험해. 겉으로는 안전해 보이지만 전혀 그렇지 않아. 다른 곳과 별반 다르지 않지. 죽음의 냄새라는 건 곧……." 후루이치는 여기까지 말하고 갑자기 머뭇거렸다.

나는 잠시 생각하고 나서 물었다. "위험하다는 거야? 그걸 괜히 폼 잡아서 다른 말로 표현한 거구나?"

"그런 거지 뭐." 후루이치는 거북한 얼굴로 대답했다.

나는 맥이 빠져서 웃음을 터뜨렸다. 죽음의 냄새. 폼을 잡아도 너무 많이 잡았다. 그렇게 생각하면서도 이해했다.

학교는 위험하다. 집보다 훨씬 위험하다. 적어도 우리 집에서 떨어지면 죽을 만한 곳은 지붕 정도밖에 없다. 우리는 주말을 제외하고 매일 집보다 훨씬 위험한 곳에 와서 지내고 있다. 생각해보면 너무나 무서운 일이 아닌가.

용케도 지금까지 무사했군. 내 입에서 기묘한 감탄사가 흘러나왔다.

종례가 끝나도 비는 오지 않았다. 가키우치 나기사는 오늘은 나오지 않는다. 그러니까 체육관에는 가지 않아도 된다. 안심한 탓인지 다시 졸음이 쏟아져서, 나는 잠시 책상에 엎드려서 자기로 했다. 눈을 뜨니 5시 조금 전이었다.

교실에도 복도에도 계단에도 아무도 없었다. 신발장 앞에서 스니커즈로 갈아 신고 바닥으로 내려섰을 때, 현관 구석에 있는 사람이 눈에 들어왔다.

사에키가 인간 피라미드 사진 앞에서 우두커니 서 있었다. 그녀는 미동조차 하지 않고 사진을 바라보다가 내 기척을 알아차렸는지 몸을 돌렸다. 내가 가볍게 목례를 하자 사에키는 얼굴 가득히 환한 미소를 지었다.

"아, 미하루구나! 공부? 동아리 활동?"

"잤어요."

"하하하. 잠을 좋아하는구나. 이런 곳에서도 자고……."

그녀는 몸을 흔들면서 웃고는 바닥을 내려다봤다. 빈정거림은 아닌 듯했다.

"그때는 얼마나 놀랐는지 몰라. 여기에 쓰러져 있었거든. 숨은 쉬고 있지만 일어나지 않아서, 하마터면 울 뻔했어."

"네에……."

그 얘기는 이제 그만했으면 좋겠다.

"그때는 내 정신이 아니었어. 무사해서 다행이었지만. 안 그러니?"

"네에……."

어떻게 화제를 바꿀까 하며 고개를 갸웃거린 순간, 불현듯 의문이 떠올랐다.

"선생님은 그날, 왜 그렇게 일찍 오셨어요?"

"이걸 보려고." 사에키는 사진 바로 옆으로 다가가서 오른쪽에 있는 여자 피라미드를 가리켰다. "이 애가 나야!"

그녀가 가리킨 사람은 위에서 두 번째 단에, 나란히 있는 두 명의 학생 중 왼쪽에 있는 학생이었다. 나는 사진을 뚫어지게 쳐다봤다. 초점이 맞지 않아서 얼굴은 흐릿했지만 체형은 알 수 있었다.

"……이 애는 꽤 말랐는데요?"

"중학교에 가서 살이 쪘거든." 사에키는 하하하 하고 밝게 웃으며 말했다.

날씬했을 때의 자신을 보고 싶었던 걸까? 마음에 걸렸지만 대놓고 물어볼 수는 없었다.

"이게 내 원점이거든. 얼마나 힘들었는지 몰라. 아무리 연습해도 못해서 선생님에게 혼나고 우는 애도 있었지. 나도 하기 싫었어. 뭐하러 이런 걸 할까 생각한 적도 있고. 그런데 아침에 수업하기 전과 방과 후에 시간을 내서 연습했더니 조금씩 할 수 있게 되더라. 실전에서는 완벽하게 해냈지." 사에키는 꿈을 꾸는 듯한 얼굴로 말을 이었다. "덕분에 아마노 선생님과도, 친구들과도 친해졌어. 이 멤버와는 지금도 가끔 만나거든. 이걸 통해 단순한 팀을 뛰어넘어 평생의 친구를 만날 수 있었지."

"일치단결의 힘은 굉장하군요."

"그래, 굉장해."

빈정거린 말에 진지한 얼굴로 대꾸해서 나는 당황했다.

"교사가 되기로 결심한 것도 이게 계기였어. 다 같이 힘을 합치면 불가능해 보이던 일도 할 수 있고, 미래를 개척할 수 있다! 그걸 요즘 아이들에게도 전하고 싶어서……."

"다 같이 힘을 합치면……."

사에키는 이 말에도 진지한 얼굴로 대꾸했다. "응. 참 멋진 경험이었어. 그 이후, 다 같이 목표를 향해 힘을 합치는 걸 좋아하게 됐거든. 중학교, 고등학교, 대학교 때 모두 야구부 매니저를 한 것도 이게 계기였고. 그이를 만날 수 있었던 것도 이것 덕분이야."

"그이요?"

"그래, 우리 낭군님. 대학 야구부의 에이스에다 4번 타자였지.

사에키 슈헤이란 이름도 강해 보여서 멋있었고."

이번에는 사랑 이야기인가. 지긋지긋해서 마음속으로 혀를 찬 순간, 깨달았다.

"낭군님이라니, 진짜 남편이에요?"

"응. 반지는 아직이지만."

그녀는 반지가 없는 왼손을 하늘하늘 흔들었다.

"결혼하셨군요."

"그래. 딱히 감출 필요가 없어서 모두에게 말했는데?"

나는 그 '모두'에 들어가지 않는다. 이 사람은 모를 것이다. 이 학교에는 '모두'와 연결고리가 끊어진 사람이 있다는 걸. 이 사람은 분명히 이해할 수 없을 것이다.

그녀는 생글생글 웃으며 다시 남편 이야기를 늘어놓았다. 어떤 연예인과 닮았다, 문무를 겸비했다, 아직 어리다고 반대하신 부모님을 설득한 그에게 더욱 반했다…….

"친구들도 너무 빠르다는 둥 신중하게 생각하라는 둥 이런저런 충고를 했지만, 어차피 할 거면 빨리 하는 게 좋잖아? 더구나 성(姓)도 고모다보다 사에키가 더 귀엽고."

"……네?"

말이 기억과 이어졌다. 고모다. 가키우치 나기사가 중얼거렸던 이름 중 하나다.

"선생님, 결혼하기 전의 성이 고모다였어요?"

"그래. 고모다 아사코. 촌스럽지?"

깔깔깔 웃는 그녀를 향해 나는 다시 물었다. "가키우치 나기사란 여자애를 아세요?"

너무 늦게 알아차렸다. 교생이라면 대학교 3학년이리라. 재수나 유급을 하지 않았다면 스무 살이나 스물한 살. 그러면 9년 전에는 초등학교 6학년이었다. 그리고 6학년 2반, 아마노 반에 실습을 하러 왔다는 건…….

사에키의 얼굴에서 서서히 웃음이 사라졌다.

"……응. 같은 반이었어."

그녀는 탐색하는 눈길로 나를 쳐다보았다.

"자살했다고 들었어요."

내 말이 끝나기도 전에 대답이 돌아왔다.

"그래. 친구도 없고 존재감이 없는 애라서, 솔직히 말하면 무슨 일 때문에 그랬는지는 잘 모르겠지만."

"친구가 아니었군요."

"응. 하지만 슬펐어. 그렇게 절박한지 몰라줘서 미안했고. 장례식에도 고별식에도 가서, 다 같이 눈물을 흘리면서 헤어졌지."

사에키는 조금 전과 완전히 달라져서 울 것 같은 표정을 지었다. 연극 같다는 생각이 드는 건 지레짐작일까? 허울 좋은 말로 들리는 건 내가 비뚤어져 있는 탓일까?

물어보고 싶은 것과 물어야 할 것을 생각하고 있을 때였다.

"난 이제 회의가 있어서……."

사에키는 그 말을 남기고는 교직원실 쪽을 향해 총총히 사라졌다.

날짜가 바뀌어도 잠이 오지 않아서 이불을 젖히고 일어났다. 미닫이문 너머에는 오늘도 불이 켜져 있었다. 동생들을 밟지 않도록 조심하면서 나는 조용히 방에서 나왔다.

언니 고토코가 식탁에서 공부를 하고 있었다. 짧은 포니테일 머리, 헐렁한 티셔츠에 짧은 레깅스. 의자 위에서 무릎을 껴안고 앉아 따분한 얼굴로 참고서를 보고 있었다.

화장실에 갔다가 나와도 고토코의 자세는 그대로였다.

"고토코."

"왜?" 고토코는 얼굴도 들지 않고 대답했다.

"비 오는 날 체육관에 관한 소문, 알고 있어? 미쓰카도 초등학교 소문 말이야."

고토코에게 물어보는 건 짜증 나지만, 달리 믿을 만한 사람이 생각나지 않았다. 나보다 훨씬 진지하고 머리도 좋으며 수많은 '진짜'를 만나온 고토코라면 뭔가 알고 있을지도 모른다.

"하얀 소녀 말이지? 뛰어내렸다가 사라지는 소녀." 고토코는 참고서를 휘리릭 넘기며 말했다.

역시 고토코의 눈에는 보인 것이다.

"그냥 내버려둬도 돼?"

"그래. 그 애 때문에 누가 힘든 건 아니니까."

"그 애가 힘들어해…… 괴로워하고 있어."

고토코는 그제야 고개를 들고, 무표정한 얼굴로 나를 보았다. 다음 말을 재촉하는 것이다.

"조사했거든. 자살했는데, 편안히 눈을 감지 못해서 괴로워하고 있어. 그 마음이 나에게 전해졌고."

고토코의 짙은 눈썹이 움찔거렸다.

"내가 말을 걸어도 들어주지 않아. 귀를 막고 있으니까."

"귀를 막고 있다고?"

"그래. 이런 식으로."

나는 가키우치 나기사와 똑같은 동작을 했다. 고토코의 눈이 약간 커졌다. 놀란 모양이다.

고토코는 손에 든 샤프펜슬을 몇 번 뺨에 대더니, 의미심장하게 말했다. "그래…… 그런 편이 걷기 편하니까."

"무슨 뜻이야?"

"네가 본 하얀 소녀는 귀를 막고 있는 게 아니야. 머리를 들고 있는 거지."

"뭐?"

"네 말도 제대로 듣고 있을 거야. 손을 귀에 댔다고 해서 소리가 들리지 않는 건 아니니까. 그런데 반응을 보이지 않는 건 그러니까…… 네가 착각하고 있기 때문이 아닐까?"

"아까부터 대체 무슨 말이야?" 나는 머리칼을 쥐어뜯으며 따지듯 덤벼들었다. "멋대로 퀴즈를 내지 마. 말을 하려면 알아듣게 말해야지!"

"조용히 해. 애들이 깨겠어." 고토코가 작게 속삭였다.

속삭이는 목소리인데도 잘 들린다. 그리고 박력이 있다.

어금니를 악물고 위압감을 견디며 노려보자 고토코는 한숨을 쉬었다.

"자살하면 영원한 고통 속에서 떠돌게 된다는 건 거짓말이야. 자살을 막기 위해 지어낸 얘기에 불과해. 누구한테 들었는지 모르겠지만."

"마쓰이 언니."

"그렇구나." 고토코는 머리를 갸웃거리다가, 이윽고 의자에서 두 발을 내렸다. "참, 생각났어. 저녁때 마쓰이 언니를 만났는데, 너에게 전해달라더라. '신경 쓰고 있으면 미안해'라고. 무슨 뜻인지 알아?"

"응."

마쓰이 언니의 얼굴과 며칠 전의 대화를 떠올리자 조바심이 조금 가라앉았다. 마쓰이 언니와는 평범하게 말할 수 있는데, 라고 쓸데없는 생각이 들었다.

"마쓰이 언니는 왜 다리를 다쳤어?"

별 뜻 없이 물어보자 고토코가 의외라는 표정을 지었다.

"그때 꽤 뉴스가 됐었는데…… 참, 넌 그때 겨우 두 살이었지?"

너도 네 살이었던 주제에, 라고 따질 뻔했는데 가까스로 억눌렀다.

"그 사람은 초등학교 6학년 때……."

고토코의 말을 들은 순간, 사고가 멈추었다. 이유는 알 수 없었다. 당황하는 사이에 머릿속에서 기억과 정보가 마구 뒤얽혔다. 다음 순간, 고토코의 퀴즈 같은 말이 무슨 뜻인지 알았다.

그와 동시에 오한이 온몸을 덮쳤다. 내 상상으로 인해 마음이 차가워졌다.

"다, 다음에 비가 오는 건 언제야?"

"내가 그걸 어떻게 알아?"

고토코는 어이없는 표정을 지으면서 식탁의 신문을 가리켰다.

5

"뭐하는 거야?"

방과 후. 체육관 안으로 들어오자마자 아마노가 날카로운 목소리로 말했다. 뒤쪽에서 따라 들어오던 사에키도 의아한 표정을 지었다. 두 사람의 시선은 인간 피라미드의 사진 액자에 쏠렸다. 나와 후루이치가 현관 입구에서 가져와 체육관 안에 세워놓은 것이다.

"네 멋대로 가져온 거야? 담당 선생님의 허락은······."

"받지 않았어요. 하지만 필요해서요."

나는 후루이치에게 눈짓으로 신호를 보냈다. 그는 고개를 끄덕이고 출입구의 무거운 문을 닫았다. 체육관 안의 공기 흐름이 조금 달라졌다. 네 명밖에 없는 체육관에 침묵이 피어올랐다. 들리는 건 밖의 빗소리뿐이었다.

"······뭐하려는 건데?" 불안한 얼굴로 물은 사람은 사에키였다.

"가키우치 나기사 일로 꼭 확인할 게 있어서요."

내 대답은 그것뿐이었다.

배 속이 묵직해지고 무릎이 떨렸다. 도망치고 싶을 만큼 커다란 긴장이 몸을 휘감았다. 하지만 도망칠 수 없었다. 하얀 소녀, 가키우치 나기사를 구하려면 이렇게 할 수밖에 없다.

"사에키 선생님."

내가 부르자 그녀는 굳은 얼굴로 "왜?"라고 대답했다. 평소 아이들과 같이 있을 때와는 다른 나지막한 목소리다.

"이 사람의 이름은 뭔가요?"

나는 여자 피라미드의 맨 아랫단 왼쪽 끝에 있는 여자애를 가리켰다. 사에키는 사진을 뚫어지게 쳐다보면서 대답했다.

"미쓰야."

메모지를 펼친 후루이치의 입에서 "읏" 하는 소리가 새어나왔다. 나는 이어서 다음 여자애를 가리키며 물었다.

"이 사람은요?"

"에조에."

"이 사람은요?"

"고바야시."

눈 깜짝할 사이에 후루이치의 얼굴이 창백해졌다.

나는 피라미드를 만든 여자애들을 순서대로 가리키고, 사에키는 순서대로 이름을 말했다. 이시다, 기노시타, 모리, 야에가시, 네기시.

"그리고 이 사람은 고모다. 즉, 사에키 선생님이죠."

"그래. 그게 어쨌단 거야?" 험악한 얼굴로 사에키가 물었다.

나는 배에 힘을 주고 말했다. "이 체육관에선 비 오는 날에 이상한 목소리가 들리죠. 그 목소리가 지금 말한 아홉 명의 이름을 부르고 사과하는 거예요. 미안해, 라고요."

"그런 건 확인할 도리가 없잖아."

"확인할 수 있어요. 이제 곧 들릴 거예요."

"그럴 리 없어."

"그렇다면 여기에 있어도 괜찮죠?"

사에키는 침묵했다.

나는 다시 사진을 가리켰다. "맨 위에 있는 사람은 누구죠?"

"……오기노."

"이 사람의 이름은 부르지 않았어요."

후루이치가 고개를 끄덕이는 걸 곁눈으로 확인하고, 나는 사에키를 똑바로 쳐다보았다.

"사에키 선생님. 1986년 9월 16일 방과 후, 가키우치 나기사는 여기서 자살했다……. 그렇게 되어 있지만 사실은 다르지 않나요?"

사에키 대신에 대꾸한 사람은 아마노였다.

"히가, 지금 무슨 말을 하는 거야?" 아마노는 끼었던 팔짱을 풀고 야단치듯 말했다. "선생님이 똑똑히 확인했어. 가키우치는 틀림없이 여기서……."

"죽었죠? 자살한 게 아니라."

아마노가 말문이 막힌 얼굴로 사에키를 바라보았다. 사에키는 눈에 눈물을 담고 아마노를 쳐다보았다.

두 사람의 모습을 살피면서 나는 단숨에 말했다. "그날 이 지역엔 비가 내렸죠. 그건 옛날 신문을 통해 이미 확인했어요. 그래서 교정은 사용할 수 없었고, 인간 피라미드를 연습하려면 체육관밖에 없었죠. 가키우치 나기사는 여기서 피라미드를 만들며 연습하던 중 맨 꼭대기에서 떨어져, 바닥에 머리를 부딪혀서 사망했어요. 아닌가요?"

체육관은 찬물을 끼얹은 듯 조용해졌다.

다음 순간, 아마노가 버럭 고함을 질렀다. "그게 말이 돼? 그럼 뭐야, 선생님이 거짓말을 했다는 거야? 장난 그만해. 애당초 그렇게 할 이유가 없잖아! 불의의 사고를 자살로 꾸밀 이유가 말이야!"

"보통은 그렇죠." 나는 마음에 걸리면서도 동의했다.

인간 피라미드 연습을 하다가 학생이 사망한 것은 아마노에게 '불의의 사고'인 모양이다. 아마 다른 선생님들도 그렇게 생각했으리라.

"하지만 2년 연속 그런 일이 있었다면 다르겠죠. 엄청난 일이 벌어졌다고 당황한 사람도 있고, 그걸 숨기기 위해 일을 꾸민 사람도 있을 거예요. 새로 부임한 선생님이라면 더욱 그랬겠죠."

아마노의 입에서 기이한 신음이 새어나왔다.

나는 마쓰이 언니를 떠올렸다.

그녀는 1985년 가을, 인간 피라미드를 만들다 3단째에서 추락해 등뼈가 부러졌다. 그 결과, 하반신불수가 되었다. 이것도 당시의 신문을 찾아보고 본인에게 직접 물어서 확인했다. 죽고 싶은 시기가 있었던 이유도 짐작이 되었지만 확인하지는 않았다.

사에키가 머리를 가로저었다. "아니야, 아니야……. 난 몰라. 피라미드 연습 같은 건."

"요전에 말씀하셨죠? 방과 후에도 남아서 열심히 연습했다고."

아마노가 흥분해서 소리쳤다. "그건 관계없어! 아무 관계가 없다고! 히가, 시시한 장난으로 선생님을 놀리면 안 돼. 이런 건 웃어넘길 수 없어."

나는 떨리는 다리에 힘을 주면서 강하게 말했다. "웃어넘길 수 없는 일을 한 건 어느 쪽이죠?"

낭패스러워하는 두 사람의 모습을 보고 확신했다. 확실한 증거가 없는 이야기를 듣고 두 사람은 몹시 당황한 모습을 보였다. 즉, 내 가설은 옳다. 믿고 싶지 않지만 정확히 맞힌 것이다.

아마노는, 사에키는, 그리고 나머지 여덟 명은.

"여러분은 다 같이 일치단결해서 가키우치 나기사의 사고사를 자살로 위장했어요. 매트를 정리하고, 시신을 그럴싸한 위치에 놓고요. 어쩌면 완벽을 기하기 위해 시신을 캣워크에서 떨어뜨렸을지도 모르죠. 그런 다음엔 모두가 말을 맞춰서 '고민이 있었던 것 같다'는 등 거짓 자살 동기를 퍼뜨렸어요. 가키우치 나기사가 내성적이고 친구가 없는 걸 이용해서요."

"자, 장난……."

그때 쿵 하는 소리가 들렸다. 아마노가 움찔거리며 깜짝 놀란 표정을 지었다. 사에키가 작은 비명을 질렀다.

가키우치 나기사가 피라미드에서 떨어져 바닥에 머리를 부딪힌 것이다. 체육관 한가운데에서 그녀가 나타났다. 누워 있는 이유도 지금은 안다.

하얀 소녀가 일어났다. 귀를 막은 게 아니라 두 손으로 머리를 받치고 있다. 부러져서 제 역할을 못 하게 된 목을 대신해서.

……미안해…….

중얼거리는 소리가 들렸다. 사에키가 귀를 막고 그 자리에서 웅크렸다. 하얀 가키우치 나기사가 아홉 명의 이름을 부르며 사과의 말을 반복했다.

"그만해!" 사에키가 소리쳤다.

아마노가 재빨리 사에키의 옆으로 달려갔다.

"가키우치 씨." 나는 흐릿하게 보이는 그녀의 이름을 불렀다. "이건 제 짐작인데, 가키우치 씨는 운동을 못 했든지, 높은 곳을 싫어했던 게 아닌가요? 그래서 그날 인간 피라미드도 제대로 하지 못해서 모두에게 비난을 받았어요."

미안, 해…… 바, 발…….

"그리고 모두의 발목을 잡아당긴다는 말을 들었죠. 궁지에 몰린 가키우치 씨는 어쩔 수 없이 피라미드의 맨 꼭대기에 올라갔어요. 단결을 해치지 않도록, 모두에게 피해가 가지 않도록. 그렇게 생각한 순간 떨어졌고, 그래서…….'

그녀는 끼익 하는 소리를 내고 걸음을 내딛더니, 흐느적흐느적 문 쪽으로 향했다.

"죽은 다음에도 궁지에 몰려 있는 거죠? 가키우치 씨는 지금도 책임을 느끼고 있고, 모두에게 신경을 쓰고 있어요. 그래서…….'

후루이치의 눈이 새빨개졌다. 나도 숨을 쉴 수 없을 만큼 가슴이 아팠다.

"지금은 이런 식으로 모두의 거짓말에 협조하고 있어요. 비가 오면 나타나서, 억지로 짜 맞춘 자살이 진짜인 것처럼 연기하는 거죠. 나는 이런 식으로 죽었습니다, 라고 계속 거짓말을 하는 거예요."

내 말이 입 밖으로 나간 순간, 가슴속에 더욱 커다란 슬픔이 밀려들었다.

그렇다. 가키우치 나기사는 이렇게 말도 안 되는 이유로 계속 여기에 머물러 있다. 사망한 후에도 일치단결이니 뭐니 하는 말에 얽매여 있다. 강요받은 '모두'를 뿌리치지 못하고 있다. 그래서 계속 스스로를 책망하고, 계속 고통받고 있는 것이다.

"가키우치 씨!" 나는 뛰어가서 그녀의 앞에 섰다. "그렇게 하지 않아도 돼요. 이제 아무도 당신에게 화내지 않아요! 당신을 비난하지 않는다고요!"

그녀는 문 쪽으로, 내 쪽으로 다가왔다. 흐릿한 얼굴이 천천히 다가온다.

"당신도 괴롭죠? 이렇게 해봤자 누구도 기뻐하지 않아요. 당신에 관해선 손톱만큼도 신경 쓰지 않고 살고 있어요."

조금씩 뒷걸음질 치자 등이 문에 닿았다.

나는 흐릿한 하얀 얼굴을 향해 애원했다. "제발 부탁해요. 이제 부디 편해지세요."

멀리서 아마노가 멍하니 선 채 내 쪽을 쳐다보았다. 후루이치가 안절부절못한 표정을 지었다.

끼익끼익. 또 소리가 들렸다.

나는 마음을 정하고 확실하게 말했다. "난 인간 피라미드 같은 건 딱 질색이에요!"

코앞에서 그녀가 멈추더니, 확실하지 않은 눈으로 나를 물끄러미 바라보았다.

"방과 후에 남아서 피라미드 연습 같은 건 하고 싶지 않아요. 하지만 어차피 해야 해요. 이런 때만 친구니 우정이니 하면서 몰아가는 애가 나오거든요. 그러면 그 말에 따르는 사람은 정의고, 따르지 않는 사람은 악이라는 분위기가 만들어지죠. 반드시 그렇게 돼요. 생각만 해도 끔찍해요. 가키우치 씨도 싫어하지 않았나요? 사실은 하고 싶지 않았는데, 모두 으쌰으쌰 하는 분위기에 억지로 끌려간 게 아닌가요?"

나는 머릿속에 떠오른 생각을 그대로 말로 표현했다.

그러곤 무의식중에 두 손을 내밀어 그녀의 손목을 잡았다. 내가 흥분한 탓일까, 아니면 그녀가 잡게 해준 걸까.

그녀의 손목은 차갑게 메말라 있었다.

"이제 사람들에게 맞추지 않아도 돼요. 가키우치 씨가 원하는 대로 마음 편히 저세상에 가도 돼요."

선명하지 않은 얼굴이 천천히 고개를 끄덕였다.

나는 살며시 그녀의 손을 잡아끌었다. 손이 머리에서 떨어진 순간.

털썩. 갑자기 머리가 내 쪽으로 기울어졌다.

순간적으로 뒷걸음질 쳤을 때, 뒷머리가 세차게 문에 부딪혔다. 고통으로 소리를 지르면서 눈을 뜨자 가키우치 나기사의 모습은 이미 보이지 않았다.

영혼이 있는 듯한 기척도, 분위기도 사라졌다.

사에키는 훌쩍훌쩍 울고, 아마노는 그 옆에서 넋 나간 사람처럼 멍하니 서 있었다.

후루이치가 메모지를 들고 가까이 다가왔다. "끝났어?"

나는 작게 고개를 끄덕였다. "그럼 이제 사진을 제자리에 갖다 놓을까?"

교생 실습기간은 아직 끝나지 않았지만 사에키는 다음 날부터 학교에 나오지 않았다. 아침 조회 시간에 아마노는 '개인적인 사정'이라고만 말했다. 교실 여기저기에서 불만의 목소리가 터져 나왔지만 시라카와만은 웃음을 감추지 않았다. 주인공 자리를 빼앗겨서 계속 불만이었던 모양이다.

7월에 접어들자 아마노도 학교에 나오지 않았다. 교실에 나타난 교감이 '휴직'이라고 말한 것을, 바보 같은 남자애가 "급식?"* 이라고 일부러 잘못 들은 척해서 한바탕 웃음이 일었다.

다음 날에는 체육관에 출입금지란 팻말이 걸렸다. 출입구 앞에는 빨간색 삼각콘과 입간판이 놓이고, 가끔 무섭게 생긴 양복 차림의 남자들이 드나들었다. 후루이치와 함께 원래대로 놔둔 인간 피라미드의 사진도 철거되었다.

하지만 우리에게 이유를 말해주는 사람은 아무도 없었다.

고토코에게 최소한의 말로 보고했더니 의외일 만큼 놀라는 표정을 지었다.

"그 애가 그런 말을 했어?"

"넌 그냥 보인 것뿐이야?"

---

* 휴직(休職)과 급식(給食)의 일본어 발음은 같은 '규쇼쿠'다.

거만한 얼굴로 빈정거리자 고토코는 불쾌한 표정을 지으며 다시 공부하기 시작했다. 아무래도 고토코에게는 목소리는 들리지 않고, 목이 부러진 아이가 뛰어내려서 자살하는 이해할 수 없는 광경만 보였던 모양이다. 그렇다면 가키우치 나기사를 방치한 것도 나름대로 이해가 되었다. 그 애의 중얼거림이나 고통을 무시한 건 아니다. 그 사실을 알고 안도하는 나 자신이 신기하게 여겨졌다. 하지만 기분이 좋아진 건 그때뿐이었다.

장마가 끝나고 맑은 하늘이 계속됐지만 마음은 조금도 맑아지지 않았다. 오히려 날이 갈수록 어둡게 가라앉았다. 아마노와 사에키가 어떻게 되었는지, 교감에게 물어도 가르쳐주지 않았다.

그럴듯한 거짓말을 늘어놓으면서 내 추궁을 피하려고 했던 아마노.

가키우치의 죽음 같은 건 없었던 것처럼 일치단결의 아름다움을 설파했던 사에키.

아니, 어쩌면 가키우치가 죽음으로써 그들의 결속은 더 강해진 게 아닐까. 같은 반 학생의 사고사를 자살로 위장하고 비밀을 공유함으로써 더 일치단결한 게 아닐까. 그 결과가 사진의 피라미드가 아닐까?

생각만 해도 불쾌함이 솟구쳤다.

가키우치 나기사는 사망한 후에도 그런 일치단결에 얽매여 있었다. 아마노와 사에키 일행이 날조한 거짓 자살을 사실로 만들기 위해 착실하게 연기를 했다. 나까지 괴로울 만큼 깊은 슬픔에 잠기면서 9년간이나 계속.

생각만 해도 슬픔이 밀려들었다.

사에키 이외의 여덟 명은 평범하게 살고 있을까. 사에키가 연락을 했을지도 모르겠지만, 그렇다고 그들이 후회하거나 참회하리라곤 여겨지지 않는다. 오늘도 아무렇지 않은 얼굴로 태연하게 살고 있을 것이다. 내일도, 모레도, 그리고 앞으로도 계속.

마음이 더욱 우울해졌다.

종업식을 사흘 앞둔 평일. 아침에 눈을 뜨니 9시 반이었다. 세수를 하고 옷을 갈아입은 뒤 집을 나섰다. 식욕은 조금도 없었다. 도로에 비친 내 그림자를 보고 머리가 삐져나온 것을 알았지만 매만질 마음은 들지 않았다.

교문을 지나 정면에 있는 현관으로 향했다. 교정에는 지독한 무더위 속에서 저학년 후배들이 열심히 트랙을 달리고 있었다. 맨 끝에서 헐떡이면서 달리는 사람은 야위고 체구가 작은 남자아이였다. 얼굴은 새빨갛고 당장이라도 쓰러질 것 같았다.

선생님이 그 아이를 향해 뭐라고 호통을 치자 완주한 아이들이 한꺼번에 웃음을 터뜨렸다. 그 아이는 손으로 얼굴을 몇 번이나 훔쳤다. 흐르는 땀을 훔친 것인지, 아니면…….

한숨을 쉬면서 교정에서 눈을 돌렸을 때, 체육관 쪽에 사람의 그림자가 보였다. 그쪽을 향해 눈의 초점을 맞춘 순간, 단숨에 잠이 날아갔다.

아마노와 사에키가 체육관 정면의 출입문을 열고 있었다. 두 사람 모두 옷이 너덜너덜하고 머리칼이 흐트러졌다는 건 멀리서도 알 수 있었다. 체육관 앞쪽에 있는 삼각콘과 입간판이 쓰러졌다. 두 사람은 조용히 체육관 안으로 들어갔다. 곧바로 문이 난폭하게 닫혔다. 쾅 하고 제법 큰 소리가 났지만, 교정에 있는 후배들도 선생님도 알아차린 것 같지는 않았다.

나는 발로 땅을 걷어차며 뛰었다. 발에 힘이 들어가지 않았지만 그럭저럭 앞으로 나아갈 수 있었다. 이럴 줄 알았다면 아침을 제대로 먹을 걸 그랬다고 후회했다.

휠체어용 경사면을 뛰어올라 문 앞에 도착한 순간.

안에서 묵직한 소리가 연달아 두 번 새어나왔다. 나무 바닥에 무겁고 단단한 물체가 떨어졌다가 튕기는 소리였다.

숨을 삼킬 수 없을 만큼 입안이 바싹 말랐다. 호흡이 흐트러졌다. 날씨는 찜통처럼 더운데, 등에는 오한이 가로지르고 팔에는 소름이 돋았다.

나는 녹슨 손잡이를 잡았다. 잇따라 떠오르는 상상을 뿌리치고 천천히 문을 열었다. 열린 문 사이로 안이 보인 순간, 뜨뜻미지근한 공기가 얼굴을 어루만졌다. 나는 코를 막고 그 자리에 멈춰 섰다. 강렬한 피 냄새 때문에 꼼짝도 할 수 없었다.

창문에서 새어 들어온 빛이, 먼지가 가득한 체육관 안을 비추었다.

아마노와 사에키가 캣워크 밑의 나무 바닥에 쓰러져 있었다. 두 사람의 머리칼은 검붉은 피에 젖어 있었다. 목이 기묘한 방향으로 비틀어지고, 두 사람 모두 미동조차 하지 않았다.

"선생님……."

이미 늦었다는 걸 알면서도 그렇게 불렀다. 용기를 짜내서 안으로 들어갔다. 가라앉은 공기가 손발에 들러붙었다. 욕지기가 솟구칠 만큼 피 냄새가 코를 찔렀다.

그때, 끼익 하고 등 뒤에서 소리가 났다.

뒤를 돌아보자 하얀 그림자가 밖으로 나가는 게 언뜻 보였다.

술자리
잡담

1

"남자는 뇌로 생각하고······." 나는 관자놀이를 손가락으로 콕콕 찌르고 나서 덧붙였다. "여자는 자궁으로 생각한다고 하잖아? 안 그래, 하루미?"

옆에 앉은 이시자카가 굵은 목소리로 맞장구쳤다. "그렇죠, 과장님."

대각선 맞은편에 앉은 오자키가 옆에 앉은 마키노 하루미를 쳐다보며 물었다. "실제로는 어떻지?"

내 맞은편에 앉은 하루미는 새침한 얼굴로 어깨를 들썩였다. "글쎄요, 어떨까요?"

웬일로 난감한 표정도 짓지 않고, 어색한 억지웃음도 짓지 않는다. 나는 가볍게 혀를 찼다.

우리는 단골 이자카야인 '유메노야'의 항상 앉는 자리에서 오늘도 술을 마셨다. 우선 맥주와 풋콩, 튀긴 두부와 말린 임연수어가 나왔다. 그것 말고도 몇 가지를 더 주문했지만 워낙 손님이 많아서인지 다음 안주가 나오지 않는다. 나란히 놓인 다섯 병의 맥주병은 모두 비어 있었다.

나는 테이블에 팔꿈치를 대고 설명했다. "어떻긴 뭐가 어때? 그걸 몰라서 물어? 여자는 이치가 아니라 직감이나 본능으로 움직이지. 생각한다는 건 어디까지나 말장난일 뿐이고."

하루미는 술잔을 든 채 대답했다. "말장난이라면 애초에 자궁으로 생각한다는 상투어 자체가 말장난 아닌가요? 비유라고 하는 편이 적절할지도 모르겠지만요."

웬일로 말수도 많고 말투도 야무졌다.

나는 무의식중에 얼굴을 찡그렸다. "응? 무슨 말이지?"

"자궁은 생각하는 기관이 아니에요. 그건 뇌의 역할이죠."

"아니, 그러니까 말이야." 나는 어린아이에게 설명하듯 쉽게 풀어서 말했다. "여자는 생각하지 않고 행동한다는 뜻이야. 머리를 쓰지 않고 말이야."

"콕 찍어서 설명해줘야 알아듣는군." 이시자카가 과장스럽게 얼굴을 찡그렸다.

오자키는 하하하, 하고 큰 소리로 웃으면서 "하루미 씨는 어때, 머리를 쓰고 있어?" 하고 그녀에게 얼굴을 가까이 댔다.

"네, 물론이에요." 하루미는 작게 한숨을 내쉬며 말했다.

그러곤 차가운 눈으로 우리 세 사람을 바라보았다.

내가 말했다. "예를 들어 무슨 생각을……."

내 말이 끝나기도 전에 그녀는 확실하게 말했다. "이 자리에 오면 이런 흐름이 될 거라는 건 이미 짐작하고 있었어요."

별안간 찬물을 끼얹은 듯 조용해졌다. 오자키는 쭈뼛거리며 나를 쳐다보고, 이시자카는 미간에 깊은 주름을 잡았다.

한편, 나는 마음속으로 감탄했다. 평소에는 눈을 내리깔기 일쑤고, 어떤 일을 시켜도 실수투성이에다 아무리 난폭하게 말해도 웃기만 하는 하루미가 오늘은 매우 당당한 모습이다. 논리 정연하게 말할 뿐만 아니라 비아냥거리기까지 하고 있다. 평소에는 간단한 보고조차 무슨 말을 하는지 알아들을 수 없는데. 다른 여직원들도 모두 어이없어 하며 따돌릴 정도인데. 우리가 이렇게 자리를 만들어주지 않으면 이미 회사에서 쫓겨났을 인간인데.

오늘은 어떻게 된 거지? 술을 마셔서 배짱이 생긴 걸까? 평소에는 "전 술을 못 마셔요", "술을 마시면 그대로 쓰러지거든요"라고 약한 소리를 하면서 한 잔도 마시지 않는 주제에.

가슴속에서 조바심이 치밀어 올랐다. 오늘 이 여자는 건방지다. 아까부터 우리에 대한 존경심은 손톱만큼도 보이지 않고 있다. 자신을 돌봐주고 있는 선배나 상사에게 고개를 빳빳이 치켜들다니, 무례하기 짝이 없지 않은가!

물론 목소리를 높이지는 않았다. 지금은 하루미의 도발에 응해주자. 그런 다음에 철저하게 박살 내주는 거다. 말로 지지 않도록 공부를 해온 것 같지만, 그런 벼락치기 공부로 우리를 이길 수 있을 리 만무하다. 깨닫게 해주겠다. 힘의 차이를…… 아니, 지식과 지혜의 차이를. 모든 분야에서 여자는 남자보다 뒤떨어진다는 사실을.

나는 잔에 남은 맥주를 단숨에 들이켰다. 놀랍게도 하루미가 나를 따라 단숨에 잔을 비우고 힘차게 테이블에 내려놓았다.

탁, 하고 메마른 소리가 울려 퍼졌다.

2

나는 도화선에 불을 붙였다.

"아까 자궁 얘기 말인데, 일반적으론 자네 말이 맞아. 생각하는 건 다른 장기가 아니라 뇌지. 그런데 말이야, 뇌는 정말로 생각하기 위한 기관일까? 사고나 기억을 관장하는 곳일까? 그건 아직 밝혀지지 않았어. 현대 의학에서도."

하루미는 표정을 바꾸지 않고 대답했다. "네, 속설 정도라면 저도 알고 있어요. 지어낸 얘기나 옛날부터 내려오는 이야기도요."

"그래? 예를 들면 어떤 걸 알고 있지?"

그녀는 등줄기를 쭉 펴고 대답했다. "뇌수(腦髓)는 생각하는 곳이 아니다, 란 거예요."

내가 대답하기도 전에 오자키가 끼어들었다.

"그거 『도구라마구라』*에 나오는 말이지? 하루미 씨, 서브컬처를 좋아하는구나." 그러더니 조롱하는 것처럼 몸을 앞으로 내밀며 덧붙였다. "그럼 뇌수론에 관해서 설명해봐."

하루미는 기분 나쁜 표정을 짓지 않고 대답했다. "조금 전에 과장님께서 말씀하신 뇌가 관장하는 수많은 기능을, 사실 온몸의 세포가 하고 있다는 거예요. 뇌는 그걸 모아서 검열하고, 적절한 사고만을 추출하는 것에 불과하죠. 마치 라디오의 튜너처럼요." 그러곤 잠시 고개를 갸웃거리고 나서 말을 이었다. "지금이라면 포털 사이트에 비유하는 편이 맞을지도 모르겠네요. 온몸의 사고

---

* 기억을 잃고 정신병동에서 눈을 뜬 주인공의 독백 형식으로 이루어진 유메노 규사쿠의 환상소설.

는 거대 게시판이고, 기억은 과거의 기록이고요."

하루미는 맥주병을 들려고 하다가 빈 것을 알아차리고 "아, 죄송해요"라고 하더니, 엉거주춤 일어서서 등 뒤에 있는 장지문을 열었다.

그녀가 종업원에게 추가 주문을 하는 동안, 오자키가 이시자카에게 작은 목소리로 물었다. "지금의 비유가 맞나요?"

이시자카는 코끝으로 비웃었다. "어차피 위키피디아 같은 곳에서 얻은 지식이겠지 뭐."

나는 말없이 생각을 정리했다. 그리고 그녀가 자리로 돌아오자마자 말했다.

"지금의 가설을 채택한다면 '자궁으로 생각한다'는 것도 단순한 비유라곤 할 수 없잖아?" 그리고 그녀가 대꾸하기 전에 재빨리 덧붙였다. "모든 세포나 기관이 생각을 한다면 '자궁의 사고'라고 부를 수도 있겠지. 세포 하나하나의 사고가 각각 달라도 기관별로 분류해서 이건 간장의 사고, 이건 위장의 사고라고 명명하는 건 결코 비논리적인 일이 아니니까."

"그렇겠죠."

나는 그녀가 고개를 끄덕이는 걸 보고 재빨리 덧붙였다. "그리고 자궁은 여자에게만 있지."

"네에."

"그러니까 여자는 자궁으로 생각한다는 표현도 틀렸다곤 할 수 없어. 적어도 남자는 자궁으로 생각하지 않으니까. 어때, 내 말이 이해가 돼?"

나는 그렇게 말하고 그녀를 노려보았다. 이시자카와 오자키는 히죽거리면서 그녀의 대답을 기다렸다.

"그렇다면……." 하루미는 우리를 순서대로 둘러보면서 표정을 바꾸지 않고 말했다. "여러분은 저와 달리 고환으로 생각하시는 군요."

나는 믿을 수 없는 심정으로 그녀를 뚫어지게 쳐다보았다. 성기의 속칭을 말하기만 해도 얼굴이 새빨개져서 고개를 숙이던 그녀가 눈 한 번 깜빡이지 않고 '고환'이란 말을 입에 담다니. 지금 제정신인가?

오자키가 만면에 미소를 지으며 말했다. "아니아니아니아니, 그건 다르지. 고환, 즉 정소에 대응하는 건 난소잖아? 비유가 잘못됐어. 그거지? 어떻게든 반론하려고 하다가 감정적으로 말한 거 아니야? 안타깝……."

하루미는 태연하게 물었다. "그럼…… 자궁에 대응하는 남성의 기관은 뭐죠?"

오자키는 어이없는 표정을 지었다. "아니, 그러니까 말이야, 이건 그렇게 단순한 얘기가 아니라니까. 애당초 남자와 여자는 신체 구조가 다르니까 완전히 대응할 리 없……."

오자키를 똑바로 쳐다보며 하루미는 낮은 목소리로 말했다. "전립선이에요."

오자키는 멍하니 입을 벌린 채 그대로 딱딱하게 굳었다.

"그걸 모르는 것도 뇌수론을 응용하면 설명할 수 있어요. 오자키 씨의 전립선 또한 사기꾼이다, 뇌와 마찬가지로 자신에 관해 생각하지 못하게 하고 있다, 라고요."

하루미는 그렇게 말하고 희미하게 미소를 지었다.

장지문 너머에서 "실례하겠습니다"라고 종업원의 목소리가 들리고, 하루미가 다시 자리에서 일어났다. 오자키는 조바심이 나는

지 손가락 끝으로 테이블을 두드렸다.

하루미에게 보기 좋게 당했다. 그녀의 허점을 파고들려고 하다가 반대로 무식함을 드러내고 말았다. 겨우 술자리 잡담이라곤 하지만 선배의 체면을 완전히 구긴 것이다.

물론 이것은 우연이다. 행운이 하루미의 편을 든 것뿐이다. 그렇게 내성적인 하루미가 일부러 논리에 허점을 만들었을 리 없다. 오자키가 그걸 지적하리란 걸 예상했을 리도 없다. 그런 작전을 세울 수 있을 만큼 머리가 뛰어날 리도 없다.

"뇌만큼 일하다니, 자네 전립선은 훌륭하군 그래." 이시자카가 젓가락으로 임연수어를 집으면서 웃었다.

오자키가 진지한 얼굴로 대꾸했다. "부하직원을 놀리는 건 전형적인 꼰대 짓이거든요!"

이시자카는 태연하게 흐흥, 하고 콧방귀를 뀌었다. "아니, 미안하지만 지금 전개는 의외로 재미있어. 최근에 저 여자를 놀리는 것도 질리던 참이었고. 리액션도 매번 똑같고 말이야."

"어차피 겐인지 뭔지 하는 애인이 가르쳐줬겠죠 뭐." 오자키가 주먹으로 턱을 괴면서 말을 이었다. "아마 미스터리를 좋아하거나 서브컬처를 좋아하는 빌어먹을 녀석일 거예요. 그렇지 않으면 이렇게나……."

"이봐, 그만해."

이시자카가 제지했을 때, 하루미가 맥주병을 두 손에 들고 돌아왔다. 한 병을 테이블에 올려놓고 "기다리게 해서 죄송해요"라고 하면서 다른 한 병을 내밀었다. 이것 또한 의외였다.

그녀는 나, 이시자카, 오자키 순으로 맥주를 따라준 뒤 자신의 잔에 직접 따르고 앉은 자세를 바로 했다.

그러곤 본인이 먼저 이야기를 꺼냈다. "그런데 무슨 얘기를 하던 중이었죠?"

그렇군, 계속 우리에게 도전할 작정인가 보다. 입가에 저절로 웃음이 떠올랐다.

"좋아, 다음은 내 차례야." 이시자카가 입술에 묻은 거품을 닦으면서 말했다.

3

"조금 전에 하던 얘기를 전제로 말하지. 여성은 자궁으로 생각하고 남성은 전립선으로 생각한다는 얘기 말이야."

"네." 하루미가 고개를 끄덕였다.

이시자카는 넥타이를 느슨히 하더니, 도전적인 눈빛으로 말했다. "한편으론 이런 상투어도 있지. '여성은 우뇌로 생각한다'는 말, 들어봤지?"

"네, 알고 있어요."

"그렇다면……." 이시자카는 한쪽 팔꿈치를 테이블에 대고 하루미를 가리켰다. "이렇게 생각할 수 없을까? 뇌의 검열 시스템에는 남녀 차이가 있다고. 즉, 남성의 뇌는 논리적으로 사고를 자세히 정리하지만, 여성의 뇌는 그 자리의 감정이나 생리적 반응을 우선한다고 말이야. 뇌수론에 따르면, 그렇게 생각하지 않으면 남녀의 엄연한 차이를 설명할 수 없거든. 요컨대."

여기서 이시자카는 자신의 머리를 가리키며 세련된 바리톤 목소리로 덧붙였다.

"남성과 여성은 뇌의 질이 달라. 튜너의 정밀도가 말이야."

나는 고개를 끄덕였다. 좋은 곳으로 이야기를 가져갔다. 뇌수론에서는 우뇌와 좌뇌를 구분해서 생각하지 않는다. 이제 하루미는 어떻게 반박할까? 평소의 그녀로 돌아갈까. 아니면⋯⋯.

"그러면 물어볼게요." 하루미는 차분한 목소리로 운을 떼더니, 맥주를 한 모금 마시고 나서 말을 이었다. "K대학 2학년이었을 때, 같은 과 여성을 플랫폼에서 선로로 떠민 건 뇌의 논리적 판단이었나요? 그 결과, 대학에서 제적되고 부모님도 등을 돌려서 의사의 길을 포기할 수밖에 없었던 건요?"

순식간에 이시자카의 얼굴이 거무칙칙해지고, 바위처럼 표정이 굳어졌다.

오자키가 어색한 웃음을 지으면서 물었다. "네? 그런 일이 있었어요?"

처음 듣는 이야기다. 이시자카는 3수를 해서 M대학 법학부에 들어갔고, 대학을 졸업하고 우리 회사에 들어왔다. 나는 그에게서 그렇게 들었다.

오자키의 말을 무시하고 이시자카는 하루미를 노려보며 말했다. "⋯⋯어디서 들었지?"

쉬익 콧김이 새어나왔다.

"조사했어요. 어떻게 조사했는지는 말씀드릴 수 없고요." 하루미는 아무런 감정도 담기지 않은 목소리로 말하고 노골적으로 빈정거렸다. "어떠세요? 질 좋은 뇌를 가진 남성이라면, 논리 정연하게 대답할 수 있을 텐데요."

나는 또다시 감탄했다. 이런 흐름이라면 이시자카는 감정적으로 반응할 수 없다. 화를 내며 소리칠 수도 없고, 설교를 할 수도 없다. 얼버무리는 것도 불가능하고 침착하게 대답해야 한다.

옆에서 들어도 제정신으로 했다곤 생각할 수 없는 잘못에 대해, 논리 정연하게 대답해야 하는 것이다.

크게 벌어진 이시자카의 눈은 어느새 새빨갛게 충혈되었다. 핏줄이 두드러질 만큼 꽉 쥔 손이 테이블 위에서 부들부들 떨렸다.

나는 잠시 사태를 지켜보았다.

이시자카는 잠시 침묵한 끝에 간신히 목소리를 짜내어 말했다. "……술 때문이야. 너무 취했어. 알코올은 뇌의 활동을 억제하지. 컨트롤할 수 없었어. 한마디로 불가항력이었다고."

"그렇군요." 하루미는 과장스럽게 맞장구를 쳤다. "즉, 이시자카 씨의 전립선은 평소부터 그런 식으로 생각하는 거군요. 그게 뇌의 필터를 빠져나와 비논리적인 행동으로 이어진 거고요."

이시자카의 얼굴이 더욱 거무칙칙해졌다. 뺨이 움찔거리고 콧구멍이 부풀면서 잠시 말문이 막히더니, 이윽고 떨리는 목소리로 나지막이 중얼거렸다.

"……이치에는 맞을 텐데. 아니, 수컷의 논리로는 오히려 옳다고 할 수 있지."

곧바로 하루미가 되물었다. "무슨 말씀이시죠?"

"전립선은 생식기, 즉, 씨를 번영시키기 위한 기관이야. 생명이란 관점에서 보면 가장 중요하다고 할 수 있지. 따라서 그곳의 사고는 원시적이고 동물적이야. 수컷의 부분이란 뜻이지." 이시자카가 목소리에 힘을 주고 말했다. 그러곤 잠시 숨을 가다듬고 말을 이었다. "수컷은 자신의 유전자를 주기에 어울리는 암컷인지 지켜보면서, 자기 자식을 낳을 만한 가치가 있는지 심사하는 거야. 그리고 경사스럽게 심사에 통과한 암컷을 자기 것으로 만들지. 때로는 폭력적으로 행동하는 일도 있을 거야. 인간 사회에서는 받아들일 수 없는 일도 있을 거고. 나는 그때 그런 상태였던 거야."

하루미가 반박하기 전에 이시자카는 몸을 앞으로 내밀고 다시 덧붙였다.

"내 행동은 인간 사회의 척도로 보면 비논리적이었을지도 몰라. 하지만 수컷으로선 논리적이었어! 씨의 보존이라는 목적으로 보면 아무런 잘못이 없다고! 이치에 따라 생각하면 그렇게 되니까! 정상적으로 기능하고 논리적으로 검열하는 지금의 내 뇌로 생각하면 말이야!"

이시자카는 말을 마치더니 턱을 앞으로 내밀고 몸을 뒤로 젖혔다. 후반부는 거의 호통을 치는 듯한 목소리였다. 자신의 말에 흥분했는지, 거칠게 숨을 몰아쉬며 저주스러운 눈길로 하루미를 노려보았다.

하루미는 날아오는 침을 피하기 위해 도중부터 노골적으로 상체를 뒤로 젖혔다.

이윽고 천천히 자세를 되돌리더니 입을 열었다. "동물계에서 교미를 거부한 암컷을 수컷이 상처 입히는 경우는 들어본 적이 없어요. 그것은 씨의 보존이라는 명제에도 어긋나죠. 즉, 수컷으로서도 비논리적이에요."

"너, 너 정말……."

"어설프게 수컷이 어떻다, 생식이 저떻다, 이치를 따지기보다 감정적이고 경솔한 인간의 행위라고 생각하는 편이 맞아요. 예를 들면……." 하루미는 차분한 어조로 이어서 말했다. "……용기를 내 데이트를 신청했지만 쌀쌀맞게 거절해서 발끈했다, 그런 건 어떨까요?"

"닥쳐!" 이시자카가 버럭 화를 내면서 테이블을 두들겼다. "그 여자한테서 들었지? 그건 그 여자가 자기 멋대로 하는 말이야. 애 당초 나도 데이트를 신청하고 싶었던 건 아니라고! 그 여자가 내 게 마음이 있는 척을 해서……."

"전 그런 건 몰라요." 하루미는 이시자카의 말을 가로막더니, 기억을 더듬듯 먼 곳을 바라보며 물었다. "그리고 그 여성은 당신 에게 특별한 감정이 없었다고 하던데요?"

"웃기지 마! 그럴 리 없잖아? 그렇다면 왜 짧은 치마를……."

하루미가 눈을 동그랗게 떴다. "치마요? 치마 길이로 상대의 호 의를 판단하는 게 전립선의……."

"그 얘기는 그만해!"

이시자카는 다시 테이블을 두들겼다. 장지문 너머에서 "히익!" 하고 놀라는 소리가 들렸다. 종업원일까?

나는 어깨로 거칠게 숨을 몰아쉬는 이시자카를 다독였다. "이 봐, 진정해."

그는 흥분을 가라앉히지 못한 채 크게 혀를 찼다. 그러곤 벌떡 일어나 성큼성큼 걸어서 테이블을 돌아 장지문에 손을 대고…….

그는 그곳에서 움직임을 멈추더니, 장승처럼 우두커니 선 채 움직이지 않았다. 장지문을 열려고도 하지 않았다. 무엇을 하려고 했는지 생각나지 않는…… 모습으로 고개를 갸웃거렸다.

나는 그의 등을 향해 말을 걸었다. "왜 그래? 화장실이라면 오 른쪽으로 가면 돼."

"……아니요."

이시자카는 긴 한숨을 토해낸 뒤, 다시 제자리로 와서 방석에 털썩 주저앉았다. 얼굴에는 공허함만이 가득했다.

하루미가 재빨리 테이블을 닦고, 그의 잔에 다시 맥주를 채웠다. 이시자카는 단숨에 맥주잔을 비웠다. 조금 전과는 달리 몹시 우울한 표정이었다.

"……그 여자만 없었다면 이렇게 개똥처럼 살지 않았어." 그는 테이블에 시선을 떨구면서 중얼거렸다. 창백한 입술 사이에서 잇따라 불만이 터져 나왔다. "의사의 길이 끊어질 일도 없었고, 그런 삼류 대학에 갈 일도 없었지. 이런 개똥 같은 회사에서 개똥 같은 일을 할 일도……."

"이거야 원, 듣자 하니 너무하는군."

나는 팔꿈치로 이시자카를 찔렀다. 그는 몽롱한 눈으로 나를 보자 겨우 정신이 들었는지, "죄송합니다, 말이 지나쳤습니다"라고 기계적으로 머리를 숙였다.

나는 마음속으로 생각했다. 그래서 이 녀석은 여기에 있는 것이라고.

이시자카는 머리가 좋다. 외모도 결코 나쁘지 않다. 그럼에도 여자들에게는 인기가 없다. 사내에서는 오히려 미움받는 축에 들어간다. '거만하다'고 혹독한 평가를 받고 있다. 일에서도 패기를 느낄 수 없고, 부장은 자신에게 경의가 없다고 거북하게 여긴다. 실제로 시시한 이유로 반항하거나 불손한 태도를 취하는 일이 많다. 심지어 직속 상사인 나에게도.

즉, 이시자카는 지금의 자신을 싫어한다. 지금의 인생이 마음에 들지 않아서 견딜 수 없다.

그리고 그것을 전부 하루미가 말한 사건의…… 피해자 여성

탓으로 돌리고 있다. 그 울분을 하루미에게 터뜨리기 위해 매번 이 술자리에 참석하고 있는 것이다.

이제 보니 모든 게 딱 들어맞는다. 하루미는 몇 마디 대화로 그런 사실을 폭로했다. 대단한 여자다. 지금까지와는 하늘과 땅 차이다.

나는 하루미를 관찰했다. 그녀는 아무 일도 없었던 것처럼 맥주를 마셨다. 평소 같으면 조금만 마셔도 눈꺼풀까지 새빨개지는데, 오늘은 뺨도 불그스름해지지 않는다.

하루미가 재킷 주머니를 더듬었다. 안에서 꺼낸 것은 담배케이스였다. 안에서 담배 한 개비를 꺼내 입에 물고 익숙한 동작으로 불을 붙였다.

이것 또한 의외였다. 그래서 자초지종을 캐물으려고 한 순간, 오자키가 혐오스러운 표정을 지었다.

"뭐야? 담배 피워?"

"네."

하루미는 보라색 연기를 길게 내뿜었다.

"담배 피워도 돼? 여자가 담배를 피우면 아이한테 안 좋잖아?"

"임신은 하지 않았어요. 할 예정도 없고요."

"아니, 그런 차원의 얘기가 아니라……." 오자키는 반격이라도 하듯 목소리를 높였다. "여자의 몸은 구조적으로 아이를 낳도록 되어 있잖아. 자궁도 있고, 산도(産道)도 있고."

그는 헤헤헤, 하고 비열한 웃음소리를 날렸다.

"난 그런 걸 생각하지 않는 여자는 싫더라. 담배 피우는 여자는 나하고 안 맞아."

하루미의 한쪽 눈썹이 올라갔다. 오늘 처음으로 감정을 드러낸 것이다. 그녀는 불쾌한 얼굴로 보라색 연기를 내뱉었다.

오자키는 과장스럽게 손을 휘휘 저으면서 다시 덧붙였다. "그래선 결혼 못 해."

하루미가 쌀쌀맞게 대꾸했다. "결혼할 생각도 없어요."

"아니, 하루미 씨는 할 게 결혼밖에 없잖아? 일도 못하고 말이야. 영구 취직이라고 하나? 그런 기회를 놓치면 나중에 길거리에서 떠돌게 될 거야." 그러곤 연극적으로 무릎을 때리며 말했다. "참, 아니다! 일도 결혼도 못하는 여자에겐 성매매업소가 있지? 최근에는 독특한 콘셉트의 가게도 꽤 있으니까 걱정하지 마. 특이한 취향을 가진 사람을 받아주는 가게 말이야. 그런 가게라면 분명히 하루미 씨도 일할 수 있을 거야. 우구이스다니에 꽤 유명한 곳이 있는데……."

오자키가 말을 채 마치기도 전에 키키키, 하고 큰 소리로 날카롭게 웃어댔다.

이시자카도 덩달아 쿡쿡쿡 웃었다. 겨우 진정이 됐는지 평소의 얼굴빛으로 돌아왔다. 눈을 번들번들 빛내며 대화에 끼어들 틈을 엿보고 있다.

하루미는 말없이 오자키를 바라보았다.

4

이거 큰일이군.

나는 마음속으로 중얼거렸다. 예전과는 분위기가 다르다.

어떤 일이 있었는지는 모르겠지만, 오늘의 하루미는 평소와는 다르다. 이성적으로 생각하고 말하고 있다. 냉정하게 대처하고 임기응변으로 대응하고 있다. 오자키나 이시자카보다 훨씬 더.

이런 술집으로 불러내 술안주로 삼을 만한 상대가 아니다. 오히려 이 자리에 어울리지 않을 뿐만 아니라 가장 불러내서는 안 되는 여자라고도 할 수 있다.

적어도 지금 이 순간의 그녀는.

그렇다면 사태는 심각하다.

"겐인지 뭔지는 괜찮대? 하루미 씨가 담배를 피우는 거 받아들일 수 있대? 참, 아이를 안 낳을 거면 괜찮나? 아니면 초식계*야? 실제로 한 달에 몇 번 정도……."

아까부터 하는 오자키의 말은 아무리 감싸주려고 해도 성희롱이나 갑질에 해당한다. 녹음이라도 하는 날에는 엄청난 일이 벌어진다. 실제로 지금의 하루미라면 녹음한다고 해도 이상하지 않다. 어쩌면 이미 녹음기를 틀어놓고 있을지도 모르겠다.

회사 인사부에 제출하면 감봉 처분을 받거나, 자칫하면 면직이나 좌천이다.

이까짓 일을 범죄처럼 떠들어대는 풍조는 마음에 들지 않는다. 이 정도는 힘든 날들을 살아가기 위한 사소한 윤활유가 아닌가. 더구나 우리가 젊고 잘생겼다면 하루미는 성추행이라고 여기지 않으리라. 여자는 원래 그런 동물이다. 결국 더 훌륭한 수컷을 선택한다. 자궁으로 생각하고, 암컷의 이치에 따라서.

하지만 요즘 시대에 내 생각은 통하지 않는다.

---

* 초식동물처럼 온화하고 부드러운 이미지의 감각과 섬세한 성격을 가진 남자.

하루미의 시선을 눈치채지 못했는지, 오자키는 점점 더 목소리에 힘을 주며 열변을 토했다.

"여자들은 참 좋겠어. 인생 자체가 쉬우니까……."

나는 재빨리 그의 말을 가로막았다. "오자키, 그만해."

조바심이 난 탓인지 말투가 날카로워졌다. 오자키가 얼굴에 웃음을 매단 채 굳어졌다.

나는 가볍게 미소를 지으며 목소리를 조금 높였다. "조금 취한 것 같군. 평소보다 많이 마셨어. 업무 스트레스도 많이 쌓였고, 요즘 바빠서 잠도 제대로 못 잤지? 그래서 오늘은 조금 도가 지나쳤던 거야. 그렇지?"

"아뇨, 최근에 그런 일은 거의……."

말투에 더 힘을 넣어서 다시 한번 물었다. "그렇지?"

오자키는 멍하니 입을 벌린 채, 이해할 수 없다는 표정으로 "아아, 네에……"라고 말하면서 고개를 끄덕였다.

나는 담배를 비벼 끄는 하루미를 똑바로 쳐다보았다.

"미안해. 아까부터 다들 감정이 예민해진 것 같아. 내가 대표로 사과하지."

하루미는 표정을 바꾸지 않고 고개를 살짝 숙이며 말했다. "아뇨, 괜찮아요."

"기분이 상했다면 너그럽게 이해해줘. 그러니까."

하루미는 두 손을 테이블 위에 올리고 말했다. "걱정하지 마세요. 회사에 보고할 생각도, 법적 수단을 취할 생각도 없어요."

손에 아무것도 없다는 걸 보여주려는 모양이다. 즉, 녹음 같은 건 하지 않는다는 뜻이다. 겨우 사태를 알아차렸는지 오자키가 화들짝 놀라는 표정을 짓더니 하루미한테서 떨어졌다. 이시자카의 표정이 다시 딱딱하게 굳었다.

입에서 안도의 한숨을 내쉼과 동시에 나는 재빨리 긴장의 끈을 잡아당겼다. 방심해서는 안 된다. 여자는 태연하게 거짓말을 한다. 한 번 마음을 먹으면 믿을 수 없을 만큼 뻔뻔해지는 것이다.

"상처를 받았거나 불쾌한 기분이 들었거나, 그런 일이 있으면 숨기지 말고 말해줘. 우리 부서에 공유해서 최선을 다해 개선할 테니까."

"그런 건 없어요." 하루미는 고개를 가로저은 뒤, 잘 들리는 목소리로 또박또박 말했다. "만일 그런 기분이 들었다고 해도 대처할 방법이 있으니까요. 전 이렇게 생각해요. 이건…… 태아의 꿈이라고요."

나는 어안이 벙벙해서 그녀의 얼굴을 뚫어지게 보았다. 무슨 뜻인지는 금세 알았지만 의도를 이해할 수 없었다.

"무슨 의미지……?" 얼떨결에 물었다.

"힘든 일도 괴로운 일도 언젠간 끝난다는 거예요. 그 이전에 이건 현실이 아니다, 조상의 기억을 엄마의 태내에서 되돌아보는 것뿐이다, 엄마의 마음을 이해하고 무서운 것뿐이다……."

"아니, 그건 알아. 나도 젊었을 때 당연히 『도구라마구라』를 읽었으니까." 나는 손을 흔들면서 덧붙였다. "그게 아니라 내가 물은 건 왜 이 흐름에서 그런……."

"이 흐름이니까 그렇게 말한 거예요."

하루미는 수수께끼 같은 말을 했다. 그러곤 미소를 짓더니 "마침 잘됐네요, 이 얘기를 계속해보죠"라고 말하며 다시 담배에 불을 붙였다. 오자키가 얼굴을 찡그렸지만 시비를 걸지 않고 시선을 돌렸다.

5

"예전에도 그런 말을 했었지. 태아의 꿈이라고. 자네가 우리 부서에 막 왔을 때였어." 하루미의 진의를 짐작도 하지 못한 채 나는 말하기 시작했다.

이 여자의 페이스에 휘말리는 건 피해야 한다. 일단 잡담을 하면서 탐색할 작정이었다. 하루미의 눈에 의아함이 깃들었다. 기억하지 못하는 건가?

"왜 부모, 어머니 빚 때문에 힘들어했던 때가 있었잖아? 그걸로 의논 상대가 되어줬을 때 말이야."

"아아, 그때요?" 그녀는 몇 번 머리를 끄덕이다가 가볍게 고개를 숙였다. "그때는 여러모로 감사했습니다."

나는 웃는 얼굴로 대답했다. "아냐, 그건 괜찮아. 그때 얼마나 힘들었는지 아니까. 태아의 꿈이니 뭐니, 그런 말을 하고 싶기도 했겠지."

"그렇게 말씀해주셔서 고맙습니다."

이번에는 담배를 재떨이에 내려놓고 깊숙이 고개를 숙였다. 기분이 풀린 건가? 아니, 아직 안심할 수 없다. 잠시 무난한 이야기를 하는 편이 좋으리라.

"나도 말이야, 젊었을 때는 그렇게 생각한 적이 있어. 일이 힘들었을 때나 개인적인 일이 잘 풀리지 않았을 때. 요즘 말로 하면 그거지? 그치지 않는 비는 없다,* 란 거."

하루미는 눈을 동그랗게 뜨고 나를 쳐다보았다. 나는 여기서

---

* 「그치지 않는 비는 없다」는 이자와 아사미가 2007년에 발표한 노래 제목이다.

다시 새로운 이변을 알아차렸다. 그녀는 유행하는 노래를 좋아할 텐데. 출퇴근 중에 이어폰으로 자주 듣지 않는가?

의아한 마음을 감추고 나는 이야기를 계속했다. "어쨌든 참 살기 힘든 세상이 됐군. 그만큼 기서(奇書)라고 찬사를 보내고, 실제로 읽고 현기증이 날 만큼 푹 빠져도 결국은 뭐야. 이런 술자리 토론에 사용하다니, 너무 서민 감각이라고 할까."

안 그래, 라고 물으며 이시자카와 오자키에게 화살을 돌렸다. 두 사람은 모두 "그건 그래요", "참 서글픈 얘기지요"라고 힘없이 동의했다.

하루미가 다부지게 대답했다. "전 그걸로 좋다고 생각해요. 꿈에 관한 가설이나 이론은, 예를 들면 고대 중국에서도 비슷한 방식으로 사용했잖아요?"

"그건 그거잖아?" 나는 그녀를 손으로 가리키면서 말했다. "그…… 호접몽 말이야. 어느 책에선가 읽어서 조금은 알고 있어. 그래, 《장자》야. 장자, 아니, 장주가 나비가 된 꿈에서, 자신이 장주란 사실을 잊고 나비로 지내지. 그리고 꿈에서 깬 다음, 내가 나비인지, 나비가 나인지, 하는 얘기잖아?"

"네에." 하루미는 고개를 크게 끄덕였다. "장주가 나비가 되는 꿈을 꾼 것인가, 나비가 장주가 되는 꿈을 꾼 것인가, 《장자》 제물론편의 말미에 있는 유명한 구절이죠."

"그게 왜 서민 감각이지? 중국의 사상은 그거잖아? 전부 정치에 관한 얘기 아니야? 국왕이 국가를 다스리기 위해서 말이야."

"《장자》는 달라요." 하루미는 담배를 깊숙이 빨아들인 후 말했다. "장자의 사상은 만물제동(萬物齊同).* 단순하게 말하면 부감(俯瞰)과 상대화지요. 그것들을 궁극적으로 추진한 결과, 국가도 정치도, 또한 현실마저도 고민할 가치가 없을 때까지 논한다……
호접몽은 그걸 비유한 얘기예요. 꿈과 현실에는 구별이나 우열이
없다는 거죠."

"오호." 나는 당황하면서도 맞장구를 쳤다.

"요컨대 속세를 떠난 얘기이자 공상이라고도 할 수 있어요. 때
문에 힘든 현실을 살아가기 위해, 고통과 번민을 떨쳐내기 위해
사용할 수 있죠. 태아의 꿈과 마찬가지로요."

"그렇군."

여기서 이어지는 건가. 나름대로 이해가 되면서 나는 아직도
그녀의 의도를 짐작할 수 없었다. 왜 이런 이야기를 하는 건가. 하
지만 이런 대화라면 만에 하나 녹음을 한다고 해도 아무런 문제
가 없다.

하루미는 담담하게 말을 이었다. "똑같은 제물론편에 이런 내
용이 있어요. 꿈을 꿀 때에는 꿈인 줄 모르고, 꿈속에서 그 꿈을
해몽하기도 하다가, 꿈에서 깨고 나서야 꿈이었음을 안다…… 꿈
을 꾸는 동안은 그것이 꿈이란 걸 모른다. 꿈속에서 꿈을 해몽하
고, 잠에서 깨어나서야 비로소 꿈이란 걸 안다는 뜻이에요. 아마
이 부분을 읽고 당시 사람들도 공상을 했겠죠. 이 괴로운 꿈도 언
젠가는 깬다고 말이에요."

"하루미 씨, 굉장하군." 오자키가 비아냥거리더니, 담배 연기를
손으로 휘저으면서 물었다. "공부한 거야?"

이 정도 지식을 '남자친구의 영향'이라고 여기는 건 무리가 있
다고 판단한 모양이다.

---

* '도의 관점에서 본다면 만물은 등가이다'라는 사상이다.

하루미는 깔끔하게 오자키를 무시하고 말을 이었다. "한편 그 글의 앞쪽에 이런 글도 있어요. 꿈속에서 술을 마시던 자가 아침이 되어 소리 내어 울기도 한다, 꿈속에서 즐겁게 술을 마시던 자가 잠에서 깨어나 괴로운 현실을 마주하고 한탄하고 슬퍼한다는 뜻이죠."

하루미는 담배를 재떨이에 비벼 끄고 시선을 오자키에게 향했다.

"장자는 굉장히 논리적인 사람이었어요. 잠에서 깬 이후의 세계가 더 괴로울지도 모른다, 그럴 가능성을 미리 예상했죠. 지금 이 순간 만족한다고 해서 안심하지 말라고 경고한 거예요. 다시 말해……." 무표정한 얼굴로 오자키를 물끄러미 바라보면서 덧붙였다. "술자리에서 부하직원을 놀리는 게 아무리 즐겁더라도, 그건 지금 이 순간의 일에 불과하다, 잠에서 깨어나면 단순한 꿈일 테니까. 그다음은 오직, 괴로운 현실만 남을지도 모르죠."

하루미는 그 말을 끝으로 긴 이야기를 마무리했다. 속삭임에 가까운 목소리임에도 내 귀에 똑똑히 들렸다.

"……뭐? 뭐라고?" 오자키의 얼굴이 기묘하게 일그러졌다. 그러곤 입술을 비틀어 억지로 미소를 만들었다. "괴로운 현실이라고? 내가 그런 삶을 살고 있다는 거야? 어떻게 그런 말을 할 수 있지? 선배에게 그렇게 말해도 돼?"

"그렇게 말하진 않았어요. 잠에서 깰 때까지는 검증이 불가능하다고 말했을 따름이에요." 하루미는 냉정하게 대답했다.

오자키는 엉거주춤한 자세로 반박했다. "애초에 이게 꿈일 리 없잖아? 아까부터 뇌가 어떻고 꿈이 어떻고, 대체 뭐야? 네가 그런 말에 매달리는 것뿐이잖아? 주변 사람들까지 똑같이 취급하지 마. 그렇게 괴롭다면……."

"죽으면 된다, 라는 단순한 이야기가 아니에요." 하루미는 나와 이시자카를 쳐다보곤 담배를 꺼내들고 말을 이었다. "장자가 대상으로 한 건 물론 꿈과 현실만이 아니에요. 미추(美醜), 승패, 남녀, 유용(有用)과 무용(無用). 장애인과 비장애인. 그것들은 모두 등가(等價), 다시 말해 똑같다고 말하고 있죠. 삶과 죽음도 마찬가지고요. 즉, 이 현실에서 도피해서는 안 돼요. 삶이 괴롭다고 죽음을 선택해서도 안 되고요. 삶과 죽음에는 차이가 없으니까요. 만물제동 사상을 순순히 받아들이면 그렇게 돼요. 실로 주도면밀한 논리가 아닌가요?"

"정말 굉장하군." 내 입에서 감탄사가 흘러나왔다.

오자키는 아무 대꾸도 하지 못한 채 망연히 하루미를 바라보았고, 그녀는 가여워하는 눈길로 오자키를 쳐다보았다.

"하지만 오자키 씨가 그렇게 말씀하시는 것도 무리는 아니에요. 장자의 사상은 일찌감치 그런 오해를 받았죠. 후세에 가필되었다는 지락편(至樂篇)에 장자의 꿈에 해골이 나타나는 삽화가 있어요. 그곳에서 해골은 이런 뜻이죠. 사후 세계는 정치도 없고 노동도 없다, 왕의 생활도 그렇게 즐겁지 않다. 즉, 삶보다 죽음에 가치를 두고 있는 거예요."

하루미는 그렇게 말하고 나서 천천히 담배를 피웠다.

짝짝짝. 이시자카가 부자연스럽게 박수를 쳤다. 그리고 직접 맥주를 따르더니 "정말 대단하시군, 교고쿠도* 씨"라고 빈정거리

---

* 교고쿠 나쓰히코가 쓴 일본 소설 시리즈. 미스터리 속에 민속적 세계관을 확립했다는 점이 특징이다.

며 하루미의 담배케이스를 들었다. 그러곤 반쯤 웃으며 "그런데 다음은 어떤 지식을 보여줄 거지? 어떤 악령을 내보낼 거야?"라고 말하며 담배 한 개비를 빼내 입에 물었다.

"호접몽의 바로 앞에 삽화가 하나 있어요. 문장의 길이나 내용으로 볼 때, 양쪽은 밀접한 관계가 있다고 볼 수 있겠죠. 그 삽화에 등장하는 게……." 하루미는 보라색 연기를 내뿜더니 이시자카에게 라이터를 내밀었다. "망량(魍魎)이에요."

"아……."

"절묘한 추임새, 고맙습니다." 그녀는 다시 미소를 지었다.

이시자카는 지긋지긋한 얼굴로 그녀의 손에서 라이터를 빼앗았다. 그가 한 모금 피울 때까지 기다리고 나서 하루미는 입을 열었다.

"망량이 영(影)에게 묻기를…… 망량이 그림자에게 물었다. 그대는 조금 전까지 걷더니 지금은 멈추었고, 아까는 앉아 있더니 지금은 서 있다. 그대는 자신의 의지나 생각은 없는 것인가. 그림자는 이렇게 대답했다. 나는 인간의 동작을 따라 하고 있다. 그런데 그 인간도, 다른 무언가를 따라서 움직이는 듯하다……."

그러곤 천장으로 올라가는 두 사람의 담배 연기를 올려다보면서 하루미는 말을 이었다.

"망량이란 햇빛이 비치는 곳과 그림자의 경계에 있는 어렴풋한 윤곽을 말해요. 그림자가 인간의 움직임을 따라 하는 것과 마찬가지로, 망량 또한 그림자를 따라서 움직이죠. 하지만 당사자는 그걸 알아차리지 못해요. 그러면서 그림자를 '자기 머리로 생각하지 않는다'고 비웃죠. 또는 '너희 여자들은 자궁으로 생각하잖아'라고 비웃기도 하고요. 자신들이 하나의 독립된 존재라고 믿어 의심치 않고, 훌륭한 뇌로 생각하고 있다고 착각하면서 말이죠."

이야기가 원점으로 돌아오고 있다. 다음은 어디로 향할까. 그녀에 말에 빈정거림이 배어 있다는 건 알아차렸지만 우리는 반박하지 않고 기다렸다.

하루미는 담배를 손에 든 채 말을 이었다. "어쩌면 온몸의 세포나 장기도, 자신이야말로 이 인간의 주체라고 착각하고 있을지 몰라요. 뿐만 아니라 뇌의 존재를 모를 수도 있겠죠. 실제로 뇌가 죽어도 다른 장기는 얼마간 계속 활동해요. 이건 의학적으로도 증명되었죠. 다시 말해……." 그녀는 우리 세 사람을 순서대로 바라보고 덧붙였다. "지금 이 순간 여러분의 의식은 여러분의 뇌에서 만들어진 게 아닐지도 몰라요. 또는 이미 죽었다는 사실을 뇌가 알아차리지 못하는 것뿐일지도 모르죠."

침묵이 내려앉았다. 들리는 것은 그녀가 담배 연기를 내뿜는 소리뿐이다. 장지문 너머에 있는 홀에서조차 아무 소리도 들리지 않았다.

"……무슨 소리야?" 이시자카가 간신히 그렇게 중얼거렸다. 그러곤 난폭하게 담배를 비벼 끄면서 거칠게 소리쳤다. "또 전립선 이야기로 돌아가는 거야? 우리는 뇌가 죽고 전립선만으로 생각한다고?"

"그걸 확인하는 건 당신 자신은 불가능하다, 라고 말씀드린 거예요."

"그럼 뭐야? 너라면 확인할 수 있어?"

"네." 하루미는 시선만으로 장지문을 가리켰다. "이시자카 씨는 조금 전에 밖으로 나가려고 했어요. 화장실에 가려고 했는지, 담배를 사러 가려고 했는지는 몰라요. 어쨌든 당신은 실행에 옮기지 않았어요. 장지문을 열 수조차 없었지요. 그건 왜죠?"

"아니, 그건……."

무슨 말인가 하려고 하다가 이시자카는 입을 다물었다. 어중간하게 치켜올린 손이 파르르 떨렸다.

대답이 돌아오기 전에 그녀가 말했다. "제가 맞혀볼까요? 지금의 당신에게 현실은 이 자리뿐이기 때문이에요. 기억과 사고로 이 자리의 밖을 상상할 수는 있어도, 본인이 직접 밖으로 나갈 수는 없어요. 아니, 나가고 싶지 않은 거예요. 왜냐하면……." 그녀는 조용히 일어서서 선언하듯 말했다. "즐거운 기억은 여기밖에 없으니까요. 여기에서만 즐겁다고 생각하기 때문이죠."

그러곤 차가운 눈으로 우리 세 사람을 내려다보았다.

"여러분 모두, 아니…… 정확하게 말하면 예전에 존재했던 세 사람 모두."

6

다음에 일어선 사람은 오자키였다.

"이제 그만해. 왜 자꾸 본인 기준으로 생각하지? 우리의 즐거움이 여기서 술을 마시는 것뿐이라고?"

그는 똑바로 서서 하루미를 내려다보았다.

하루미는 진지한 얼굴로 되물었다. "아니라는 건가요? 그렇다면 이 자리 이외의 현실도 즐겁다는 건가요?"

"그야 당연하지."

말이 끝나기도 전에 오자키는 장지문에 손을 댔다. 힘껏 문을 열려고 하다가, 그곳에서 돌덩이처럼 굳어졌다. 그는 새하얗게 질린 얼굴로 자신의 손을 내려다보았다.

"문을 열어드릴까요?"

하루미가 그렇게 말하자 오자키는 재빨리 문에서 손을 떼고 벽쪽으로 물러났다. 관자놀이에서 식은땀이 빛나고 있다. 그는 벽에 등을 대고 겁먹은 눈으로 그녀를 응시했다.

"……너, 너."

"왜 그러시죠?" 하루미는 천연덕스럽게 묻고는 이시자카에게 시선을 옮겼다. "이시자카 씨에게 그때의 사건은 큰 충격이었어요. 그 이후의 인생을 결정한, 이른바 분기점이라고 생각했죠. 그래서 기억하고 있어요. 잊지 못하고 있어요. 즐거운 기억과 떼어내지 못하고 있어요. 그런데……."

그녀는 천천히 오자키에게 얼굴을 향했다.

"당신은 아무것도 기억하지 못해요. 여기서 부하직원을 조롱하고 모욕하며 즐거워했던 것 말고는. 그렇게 할 수 있는 이곳 말고는 아무것도 기억나지 않아요. 아닌가요?"

오자키는 대답하지 않았다. 바들바들 떨며 입을 벌렸다 다물었다 하면서 하루미를 응시할 따름이었다.

오자키 대신에 말을 꺼낸 사람은 이시자카였다. "이봐, 오자키. 그렇지 않잖아? 아무리 그래도 정말로 잊어버릴 리 없잖아?"

"아니, 그게……."

그 말만을 하고 오자키는 황급히 머리를 흔들었다. 이시자카가 숨을 들이마셨다.

하루미가 물었다. "이시자카 씨는 어떠세요? 예를 들면 오늘 있었던 일은 기억하시나요?"

"아니, 그게 말이야." 이시자카는 쓴웃음을 지으면서도 순순히 대답했다. "아침에 우리 셋이 출장을 갔어. 후쿠오카 지사로. 예정보다 일이 일찍 끝나서 비행기를 타고 하네다 공항으로 돌아왔고, 다 같이 택시를 타고……."

"그러고요?"

"이동 중에 하루미 씨에게 전화를 걸었어. 연락한 사람은 오자키야. 자네도 기억하지? 그다음은……."

이시자카는 그곳에서 말문이 막혔다. 그러곤 믿을 수 없다는 표정을 짓더니 두 손으로 자신의 머리를 감쌌다.

"기억이 나지 않으시군요. 더구나……." 하루미는 테이블 위에 있는 담배를 들고 말했다. "지금 이시자카 씨가 말씀하신 건 5년 6개월 전의 일이에요."

이번에는 이시자카의 얼굴이 새하얗게 질렸다. 마른침을 삼키는 걸 목의 움직임으로 알 수 있었다.

나도 덩달아 침을 삼켰다. 오늘 기억이 이시자카의 말과 똑같았기 때문이다. 나도 그곳까지밖에 떠올릴 수 없었다. 더구나 하루미의 말에 따르면 그것은 오늘 있었던 일이 아니라고 한다.

"어떻게 된 거지……." 내 입에서 그런 말이 흘러나왔다.

"간단해요." 하루미는 코에서 힘차게 연기를 내뿜었다. "당신들 셋은 이미 죽었어요. 5년 6개월 전에 일어난 교통사고로요. 바로 저 앞에 있는 큰 도로였어요. 타고 있던 택시가 트럭과 정면충돌했죠."

"그럴 리가……."

그녀는 목소리를 높였다. "모든 세포의 사고나 기억은 뇌에 모여서 제어되고, 태아에게도 이어지죠. 즉, 선이 있다면 육체 속에 데이터를 옮기거나 저장할 수 있어요. 뇌수론은 그걸 전제로 하고 있죠. 그러면 무선으로도 옮길 수 있을까요? 대기 속이나 물체 속에는 저장할 수 있을까요? 저는 그것도 가능하다고 생각해요. 왜냐하면……."

말의 사이를 뚫고 반박하려고 한 순간, 하루미가 다시 말을 이었다.

"그렇게 생각하면 이른바 유령이든 원령이든, 그런 존재를 설명할 수 있기 때문이에요. 여러분에게 가르쳐줄 수도 있죠. 넌 이미 죽었다, 라고."

"말도 안 돼!"

나는 웃음을 터뜨렸다. 악질적인 농담이다. 하루미는 지금 우리를 놀리고 있다. 지금까지 당한 것에 대한 앙갚음으로.

"그러면 과장님, 본인의 이름을 기억하세요?"

하루미는 그렇게 묻고 재떨이를 들었다. 그러곤 재떨이 끝에 담배를 대고 톡톡 재를 떨어뜨렸다. 나는 단지 그 모습을 지켜볼 뿐이었다. 머리를 격렬하게 움직였다. 기억을 파헤쳐 정보를 뽑아내려고 했다.

하지만 아무것도 나오지 않았다. 내 이름도, 이름을 유추할 수 있는 글자도, 소리도, 어린 시절의 기억도, 학창 시절의 추억도.

부모님 이름도, 아내와 자식도, 뿐만 아니라 그들의 얼굴도, 목소리도, 같이 지냈던 기억도. 애초에 자식이 있는지, 결혼했는지조차도. 회사 이름도, 어떤 일을 했는지도.

이시자카는 안다. 내 옆에 멍하니 앉아 있는 부하직원이다.

오자키도 안다. 벽에 기대어 있는 부하직원이다.

그렇다면 나는 누구인가? 뭐하는 사람인가?

"과장님." 하루미의 목소리가 들렸다.

다음 순간, 그녀에 관한 기억이 머릿속에 떠올랐다. 면접에서 쭈뼛쭈뼛하던 모습. 입사 첫날 긴장했던 모습. 환영회에서 술에 취한 모습. 회사 복도에서 불러 세웠던 일. 회의실. 탕비실. 주고받았던 메시지. 맨 처음 여기로 불러냈을 때. 오자키와 이시자카를 불러내고, 이 녀석들이라면 괜찮다고 확신한 후에는 매주, 아니 이틀에 한 번은 그들을 불러냈다.

"당신이 명확하게 기억하는 것은 예전의 마키노 하루미 씨뿐이에요."

그 말이 맞는다는 걸 알아차리고 나는 얼굴을 들었다.

하루미가 무표정하게 나를 내려다보았다. 작은 체구, 검은 머리칼, 짙은 눈썹, 차가운 눈길. 내가 알던 하루미다. 내가 똑똑하게 기억하는, 바로 그…….

아니, 다르다.

이 사람은 하루미가 아니다. 다른 사람이다. 내가 모르는 누군가다.

"지금 하루미 씨는 일에서도, 사생활에서도 충실한 날들을 보내고 있어요. 겐 씨와 재작년에 결혼해서 작년에 아이도 낳았죠. 다음 달에는 과장으로 승진한다고 하더군요. 다른 직원들과도 잘 지내고 있어요."

낯선 여자가 입에 담배를 물었다. 검은 장갑이 입가를 가렸다.

"당신들은 뇌에서 제어되지 않은 사고와 기억의 찌꺼기예요. 개인의 의식이 끊어지고 육체가 죽음을 맞이한 뒤, 세포에서 새어나와 대기 속을 방황하다가 여기에 모인 데이터의 단편이죠. 육체에게는 그림자이고, 그림자에게는 망량이에요. 자신이 한 개인이고, 이 현실 세계에서 왕보다 즐겁게 살고 있다는 꿈을 계속 꾸는…….”

유령이죠.

여자는 그렇게 말하고 나를 향해 후욱 담배 연기를 내뿜었다.

휘청. 공간이 흔들린다. 현기증을 느끼고 두 손으로 방바닥을 짚었다. 얼음처럼 차갑게 보이는 여자의 얼굴이 일그러진다.

“누, 누구야?”

“영능력자, 라고나 할까요?” 여자가 대답했다.

연기가 공간을 떠다니고 있다. 오자키가 소리 없는 비명을 지르며 엉덩방아를 찧었다. 이시자카는 테이블에 엎드려 바들바들 떨었다.

여자는 가여워하는 눈길로 우리를 둘러보며 말했다. “당신들은 매일 밤, 시끄럽게 떠들고 있어요. 여기에 있는 손님을 하루미 씨라고 생각해서 도저히 들을 수 없는 폭언을 퍼붓고, 소리를 지르고, 때로는 물건을 던지면서. 지난 5년 6개월에 걸쳐서, 하루에 몇 시간이나.”

여자는 걸어 다니며 계속 연기를 토해냈다.

“이 가게 주인은 온갖 수단을 다 썼지만, 다른 분들은 결국 당신들을 물리칠 수 없었어요. 대단한 집념이에요. 그만큼 여기가 그리웠던 거겠죠.”

시야가 뿌옇게 흐려진다. 여자의 목소리가 흐리멍덩해진다.

“어쩌면 여러분은 정말 전립선에서 새어나온 사고와 기억일지도 모르겠어요. 뇌를 경유하지 않고 수컷의 논리에 따라서 행동하는 걸 보면요. 그렇게 생각하면 화도 나지 않아요. 하지만……."

흐느끼는 사람은 오자키일까, 이시자카일까. 아니면 나일까. 주변이 새하얘서 내 손조차 보이지 않았다.

난 죽는 걸까. 이미 죽은 걸까. 아니, 그럴 리 없다. 이건 분명히 꿈이다. 태아의 꿈이다. 그렇다. 이건 꿈이다. 나를 깨워다오. 제발 부탁한다.

소리를 질렀지만 들리지 않는다. 시선을 고정해도 보이지 않는다. 생각하려고 해도 아무것도 생각나지 않는다. 단지 여자의 목소리만 들릴 뿐이다.

"하루미 씨나 회사 사람들 말에 따르면……." 지옥에서 울려 퍼지는 듯한 낮고 무거운 목소리로 그녀가 덧붙였다. "……살아 있었을 때도 제대로 뇌를 사용하지 않았다더군, 너희들."

비명

캠퍼스에서 멀지 않은 이스마 산 정상은 예전에 시내가 내려다보이는 절경 장소로 유명했습니다. 하지만 지금은 가는 사람이 거의 없습니다.

　그곳에서 사람이 살해됐기 때문입니다.

　당시 재학 중이던 여학생이 그때 사귀던 동급생에게 목이 졸려 살해된 것입니다. 여학생이 비명을 지르며 정신없이 도망치다가 하이힐이 벗겨지면서 넘어지자, 상대 남학생은 여학생을 올라타고 목을 졸라 살해했습니다. 그리고 근처에 있는 나무에서 목을 매달았습니다.

　그 이후, 산꼭대기에 올라간 사람은 종종 여성의 비명이나 신음 소리를 듣는다고 합니다. 남성의 영혼을 본 사람도 있고, 영혼에 쫓긴 사람도 있다고 합니다.

　세상에는 참 기묘한 일, 기이한 일도 있는 법이군요.

　—추리 SF 심령 동아리『이스마 대학 (비밀) 안내서』에서

1

"살려주세요!"

아카기 치구사는 비명을 지르면서 달렸다. 다음 순간, 나무뿌리에 걸려서 넘어질 뻔했다. 오른쪽 하이힐이 벗겨졌지만 신경쓸 때가 아니었다. 거의 무의식중에 왼쪽 하이힐도 벗어던졌다.

바로 뒤쪽에서 기척이 다가왔다.

"누구 없어요!"

치구사는 다시 달리기 시작했다. 갈색 솔잎이 잔뜩 쌓인 땅은 밟으면 푹 꺼져서, 생각처럼 앞으로 나아갈 수 없었다. 그래도 그녀는 죽을 힘을 다해 도망쳤다. 소나무를 피하고 '이스마 산 해발 135미터'라고 쓰인 초라한 표지판을 지나 짐승 길에 접어들었다.

뒤에서 손이 뻗어 나와 그녀의 목을 잡았다. 가죽장갑의 감촉. 들리는 건 거친 숨소리뿐.

다음 순간, 치지지직 하고 기계 소리가 들렸다.

"으아아아아아악!" 치구사는 목이 터져라 비명을 질렀다.

"컷, 컷!" 야마기시가 큰 소리로 말하곤 곤란한 얼굴로 팔짱을 꼈다. "으음, 나쁘진 않지만."

오카모토가 치구사의 목에서 손을 떼고, 캠코더의 액정 화면을 만지며 녹화를 중단했다.

야마기시의 뒤쪽에 서 있던 이세하라가 히죽히죽 웃으면서 이죽거렸다. "사랑이 부족하군. 호러에 대한 사랑이."

이걸로 벌써 네 번째 NG다.

치구사는 저도 모르게 한숨을 쉬었다. 발바닥에 통증이 느껴졌다. 솔잎이 찌르는 모양이다. 소나무에 손을 대고 발바닥을 보려고 한 순간, 발밑에 스포츠 샌들이 놓였다.

연극부의 이누카이 신스케였다. 다부진 얼굴에 미소가 배어 있었다.

"잘했어. 아까보다 훨씬 좋아졌더라."

"……고마워."

치구사의 마음이 약간 밝아졌다. 발바닥의 솔잎을 털고 샌들을 신었다.

하늘이 잔뜩 흐린 탓인지, 이스마 산의 정상에서 보이는 10월 오후의 길거리는 음울하고 스산하게 보였다.

같은 2학년인 야마기시가 문학부 강의실에서 "독립영화에 출연해주지 않겠어?"라고 치구사에게 부탁한 건 지난달이었다. 첫 수업인 일본문학 강의가 시작되기 직전이었다.

야마기시와는 같은 강의를 몇 개 수강할 뿐 그렇게 친하지 않아서, 그때까지 영화 동아리 멤버라는 사실도 몰랐다.

야마기시가 빠른 말투로 설명했다.

호러영화를 찍는다, 단편이고 대본은 곧 완성된다, 서양 호러와 일본 호러가 절충된 작품으로, 치구사는 흔히 있는 타입의 희생자 역할을…….

치구사는 당황해서 머리를 좌우로 가로저으며 말했다. "어? 하지만 난 연기 경험도 없고, 호러영화도……."

"아니, 외모도 느낌이 좋고, 조금밖에 나오지 않아."

"연극부 애들한테 부탁하면 되잖아?"

"모두 거절당했거든. 부탁해. 이렇게 부탁할게."

거절할게, 라고 말하려는 순간, 야마기시가 선수를 쳤다.

"살인마의 망령 역할은 이누카이라는 연극부 녀석이 맡아주기로 했어."

출연하기로 결정한 건 그 한마디 때문이었다. 처음에 잠깐 등
장했다가 초반에 살해당하는 단역으로, 의상도 직접 준비하고 메
이크업도 직접 해야 한다. 그래도 승낙한 건 이누카이와 같이 연
기할 수 있어서였다. 강의 이외의 장소에서 말할 기회가 늘어난
다면, 지금보다 훨씬 친해질 수 있는 것이다.

치구사는 작년 가을 무렵부터 연극부 2학년인 이누카이에게
호감을 가지고 있었다. 그래서 이렇게 힘든 현장도 그럭저럭 견
뎌낼 수 있었다. 만약 이누카이와 같이 하지 않는다면 발을 삐었
다는 둥, 배가 아프다는 둥 적당한 이유를 대고 도망쳤을지 모른
다. 촬영 첫날인데도 치구사는 벌써 지긋지긋했다.

영화 동아리…… 실제로 '호러영화 동아리' 멤버들은 하나같
이 독특했다. 머릿속에 나사가 하나 빠졌다고 말하고 싶을 정도
였다.

야마기시가 치구사에게 준 대본에는 「서스페리아 PART 2」의
오마주', 「죽음과 매장」의 패러디' 등 알아들을 수 없는 주석이
굵은 글씨로 빼곡히 쓰여 있었다. '살인마의 망령이 잇따라 사람
을 죽이는 것'뿐, 스토리다운 스토리는 없고, 임시 제목인 '비명'
만이 평범하게 여겨졌다.

캐스팅 칸에 적힌 글을 보고도 고개를 갸웃거렸다. '살인마의
망령 : 이누카이 잉글랜드', '희생자 A : 리탄 하퍼', '희생자 B : 에
토 유레이', '희생자 C : 치구사 배리모어'…… 모두 호러영화의
배우 이름을 따온 듯하다. 경의를 표하는 건 자유지만 적어도 미
리 말이라도 해줘야 하지 않는가.

촬영이 시작된 이후, 위화감은 더욱 부풀어 올랐다.

야마기시는 모르는 영화 장면을 예로 들어 설명해서, 아무리 들어도 이해할 수 없었다. 오카모토는 나와 일절 눈을 맞추지 않고 캠코더의 액정 화면만 보았고, 그렇지 않을 때는 다른 멤버에게 귀엣말을 하며 쿡쿡 웃었다.

부장인 에토는 오늘 오지 않았다. 취직 면접이 있다고 한다. 아직 취업이 정해지지 않은 모양이다. 부처님 같은 용모에 붙임성도 좋지만, 가끔 입에 담는 개그가 호러영화에서 따온 것뿐이라서 처음 만났을 때는 억지웃음밖에 지을 수 없었다.

정식 멤버는 이 세 명뿐. 동아리 인원치고는 너무 적지만, 이유는 대충 짐작이 갔다.

이세하라가 거만한 얼굴로 설명하기 시작했다. "호러영화에서 여성의 비명은, 굉장히 섬세하면서도 중요하지. 그것 하나로 본편의 퀄리티가 하늘과 땅처럼 차이 나거든. 비명과 정신없이 도망치는 모습을 실감 나게 연기한 덕분에, 여배우로서는 대성하지 못했지만 그 후로도 계속 팬들에게 사랑받는 사람도 있고 말이야. 예를 들면 마릴린 번스*는……."

모르는 여배우의 이름을 계속해서 입에 담는다. 뚱뚱한 몸을 연신 흔들어서 그런지, 다람쥐처럼 불룩한 뺨에는 땀이 빛나고 있다. 아무리 봐도 서른이 지난 것처럼 보인다.

야마기시의 말에 따르면 졸업한 선배라고 하는데, 동아리방에 인사하러 갔을 때도 에토 선배를 제쳐두고 떡하니 윗자리에 앉아 있었다. 오늘도 감독인 야마기시보다 지시를 많이 내리고 있다. 대본의 스태프 크레디트에는 '모든 기자재 제공'이라고 한 번도

---

* 「텍사스 전기톱 연쇄살인사건」 등에 출연한 여배우.

본 적이 없는 말과 함께 그의 이름이 쓰여 있었다.

돈의 힘으로 동아리를 좌지우지하면서 오만방자하게 행동하는 골치 아픈 선배. 아마 그런 사람이리라. 멤버가 적은 것도, 야마기시나 오카모토가 진절머리를 내면서도 제지하지 않는 것도 그런 탓이다.

이세하라의 잔소리가 계속 이어졌다. "……그러니까 사랑을 더 담아. 호러 사랑을 담으라고! 경의를 표하란 말이야!"

말끝마다 '사랑'이란 단어가 등장한다. 입버릇인 모양이다.

"네." 치구사는 짤막하게 대꾸했다.

옆에서 이누카이가 어깨를 들썩였다. 치구사와 똑같이 위화감을 느낀 모양이다.

치구사가 솔직히 털어놓았다. "참 어렵다. 난 호러를 많이 보지 않았거든."

이누카이가 고개를 끄덕이며 말했다. "나도. 하지만 요전에 「주온(呪怨)* : 극장판 2」를 봤어. 참고가 될까 해서."

"노리피**가 나오는 거?"

"응. 꽤 무섭더라. 너무 무서워서 웃음이 나올 만큼." 이누카이는 온몸을 떨며 말했다.

연기는 아닌 듯했다. 그렇게 무서운가? 참고로 보기에는 너무 늦었지만 이누카이가 그렇게까지 무서워하는 영화가 어떤 내용인지 단순히 흥미가 솟구쳤다.

---

* '강한 원한을 품고 죽은 사람의 저주'라는 뜻으로, 책과 영화로 만들어져서 크게 히트했다.

** 「주온 : 극장판 2」의 주인공인 사카이 노리코의 애칭.

"나도 한번 볼까?"

"그래, 가봐. 아직 상영할 테니까……."

그때 이누카이의 말을 가로막는 사람이 있었다.

이세하라가 몹시 화난 얼굴로 소리쳤다. "「주온」 극장판이 무섭다고? 「주온」은 비디오판의 첫 번째 작품만 걸작이야. 두 번째 작품은 사족이고. 극장판의 두 번째 작품은 지명도 있는 배우로 바꾼 재탕, 아니, 정확히 말하면 삼탕과 사탕이야. 우려먹는 것도 어느 정도가 있어야지. 지독한 상업주의의 산물이라는 상투어가 그렇게 잘 어울리는 영화도 없어. 안 그래, 야마기시?"

갑자기 지목을 당한 야마기시는 억지웃음을 지으며 말했다. "글쎄요……. 전 극장판도 싫어하지 않아요. 역시 비디오로 찍는 것보다 필름 쪽이……."

"오, 나왔다! 필름 원칙주의자. 꼭 이런 사람이 있다니까. 그거지? '극장에서 보지 않으면 영화를 봤다고 할 수 없어'라는 타입이지?"

"그렇게까지 생각하진 않아요. 그리고 재탕이라도 재미있는 작품도 있고요. 「사령의 창자 2」는 첫 번째 작품의 끝부분을 길게 늘였을 뿐이지만……."

호러영화 토론이 시작되었다. 오카모토도 끼어들었지만 목소리가 작아서 알아들을 수 없었다.

촬영은 언제쯤 재개할까?

이런 곳에 언제까지 있어야 하지?

그때 갑자기 이누카이가 물었다. "아카기, 넌 믿어? 이 산에서 죽은 남녀의 영혼이 나온다는 얘기 말이야. 비명이 들린다든지."

"……믿지는 않지만 그런 건 별로……." 치구사는 순순히 대답했다.

교수의 험담이나 대학에 떠도는 소문을 모아놓은 『이스마 대학 (비밀) 안내서』에 실린 괴담 같은 이야기.

입학한 지 얼마 되지 않았을 무렵, 어느 동아리 멤버에게 받아서 읽어본 적이 있고, 학생들 사이에서는 어느 정도 소문이 퍼져 있다. 친구의 친구 중에는 실제로 비명을 들은 사람도 있다고 하는데, 치구사는 진지하게 받아들이지 않았다.

흔히 말하는 심령이나 오컬트에는 아무런 관심도 없다. 더구나 사건이 일어났다고 소문난 현장에는 자진해서 가고 싶지도 않고, 오래 있고 싶지도 않다.

그래서 그런 장소를 일부러 선택해 촬영하는 영화 동아리 멤버들의 정신세계를 이해하기 힘들었다. 무섭지 않을까. 꺼림칙하지 않을까.

이누카이가 맞장구를 치며 목을 움츠렸다. "나도 그래. 선입견일지도 모르겠지만 어쩐지 음침한 기분이 들어."

이누카이의 시선이 주변을 방황했다. 치구사도 덩달아 주변을 둘러보았다.

뒤틀린 소나무들. 누르칙칙한 땅의 여기저기에 튀어나온 뾰족한 바위들. 삐삐 마른 노인의 손발처럼 불거진 나무뿌리들. 멀찌감치 떨어져 있는 파란색 물총. 핑크색 줄넘기와 녹이 잔뜩 낀 좁다란 빈 깡통도 보였다.

조금씩 밀려오는 어둠도 한몫해서 더욱 음침해 보였다. 나무는 무성했지만 살아 있는 기척이 조금도 들지 않았다. 이세하라를 비롯한 멤버들은 여전히 토론에 빠져 있었다.

치구사가 작은 목소리로 물었다. "있잖아, 호러를 좋아하는 사람은 공포 감각이 마비된 걸까?"

"그런 것 같아." 이누카이는 한순간 얼굴을 찡그리더니, 빈정거리며 말했다. "그러면서 사랑 타령을 하는 걸 보면, 우리 같은 문외한은 이해할 수 없는 세계야."

"그럼 이제 찍을까요?" 야마기시가 목소리를 높였다.

이세하라는 아직 뭔가 말하고 싶은 듯했지만 불만스러운 얼굴로 입을 다물었다.

이누카이가 치구사를 보고 "그럼 열심히 해"라고 말하며 걸음을 내디뎠다. 치구사는 다시 하이힐을 신고 처음에 시작했던 곳으로 돌아갔다.

오카모토가 캠코더를 들었다. 렌즈 앞을 손바닥으로 가리고 희미한 목소리로 말했다. "돌렸어요."

"그럼 갑니다아." 야마기시가 느긋한 목소리로 말했다.

치구사는 머릿속으로 순서를 확인했다. 오카모토에게서 정신없이 도망치다가 목을 잡히면 소리친다. 매우 단순하다.

"준비……."

슬레이트를 치는 조감독은 없다. 구성이 그렇게 복잡하지 않아서 없어도 괜찮은 걸까? 치구사는 야마기시의 목소리를 기다렸다. 신호를 받고 3초 후에 뛰면 된다. 그러면 컷이 매끄럽게 연결된다고 이누카이가 조언해주었다.

이스마 산의 정상이 침묵에 휩싸였다. 긴장이 고조된다.

"……어?" 야마기시가 맥 빠진 목소리로 말했다. "죄송해요. 잠시만요."

그러곤 주변을 두리번두리번 둘러보았다. 치구사의 몸에서 단숨에 힘이 빠졌다.

오카모토가 녹화를 멈추고, 이누카이가 머리를 갸웃거렸다.

"감독, 뭐해? 배우님의 긴장감이 떨어지잖아!" 이세하라가 호통을 치듯 거만하게 말했다.

"죄송해요." 야마기시가 당황한 얼굴로 엉뚱한 소리를 했다. "비명이 들린 것 같아서요. 여자의 비명이요."

야마기시는 그 후로도 몇 번이나 촬영을 중단했다. 목소리가 들리고, 비명이 들렸다고 한다.

야마기시 말고는 아무도 듣지 못했다. 물론 치구사도 그런 소리는커녕 비슷한 소리도 듣지 못했다. 일곱 번째로 중단한 직후, 전원이 테이프를 확인해봤지만 비명은 어디에도 녹음되지 않았다. 시간이 갈수록 전원의 말수가 줄어들었다.

마침내 주변이 완전히 어두워지면서 "이제 다음에 찍을까?"라고 이세하라가 포기한 듯이 말한 순간, 주변에 안도의 공기가 흘렀다. 치구사도 가슴을 쓸어내렸다. 다음에 또 해야 하는 건 귀찮지만 그보다 지금 당장 이 자리를 떠나고 싶었다.

다 같이 산을 내려와서 곧장 해산했다. 동아리 멤버들은 동아리방으로 간다고 한다. 이누카이와 둘이 전철역을 향해 주택가를 걸어갔지만 대화에는 활기가 없었고, 둘이 있어서 기쁘다는 마음도 없었다.

"실은 나도 들은 것 같아. 으악, 하는 비명. 마지막쯤에 한 번뿐이지만." 역 앞의 로터리에서 헤어지기 직전에 이누카이가 어두운 얼굴로 말했다. 그러더니 재빨리 덧붙였다. "잘못 들었을 거야. 그래, 분명히 그럴 거야."

"……너무 신경 써서 그런 거겠지."

하하, 하고 메마른 웃음소리를 내며 치구사는 한 귀로 흘려보내는 척을 했다.

그곳에서 세 번째 역에서 내려 집까지 가는 어두운 밤길을 걷고 있자 무심코 종종걸음이 되었다. 자신이 사는 원룸 아파트가 보인 순간 발걸음이 더욱 빨라져서, 계단을 올라갈 무렵에는 어느새 달리기처럼 변했다.

집에 들어가자마자 곧장 TV를 켜고, 예능 프로그램을 틀어놓았다. 저녁식사는 냉동식품으로 끝내고 목욕도 하는 둥 마는 둥 하고 나왔다.

침대에 들어가고 나서도 불을 계속 켜놓았다.

어디까지나 소문일 뿐이라고 스스로에게 몇 번이나 말했다. 이 세상에 영혼 같은 건 없다. 비명 따위도 들리지 않았다. 전부 생각 탓이다. 마음속으로 그렇게 되뇌었다.

그래도 불을 끌 마음은 들지 않고 머리까지 뒤집어쓴 이불도 젖힐 수 없었다.

이누카이는 왜 하필 그때 그런 말을 했을까?

이누카이를 살짝 원망하면서 치구사는 어두운 이불 속에서 한숨을 쉬었다.

2

다음 주 토요일. 오전 11시.

동아리동의 2층 안쪽. '영화 동아리', '촬영 중!'이란 팻말이 붙은 문을 가볍게 노크했다. 잠시 후, 문이 힘차게 열려서 치구사는 순간적으로 뒷걸음질 쳤다. 손에 든 비닐봉지에서 바스락 소리가 났다.

"어서 와." 야마기시가 옅은 웃음을 지으며 머리를 긁적였다.

약 10평쯤 되는 동아리방에는 멤버들이 모두 모여 있었다. 한 가운데에는 책상 몇 개를 마주해서 배치해놓았고, 사방의 선반에 는 VHS 테이프와 레이저 디스크가 빼곡히 들어 있었다.

안쪽 책상 앞의 커다란 의자에 앉아 있던 이세하라가 친밀하게 말을 걸었다. "치구사 배리모어, 왔어?"

옆에 있는 에토가 가느다란 눈을 더욱 가늘게 뜨더니, "안녕" 하고 말하며 머리를 살짝 숙였다. 오카모토는 구석에서 렌즈를 닦고 있었다.

"안녕!" 이누카이가 상큼하게 인사를 했다.

검은색 코트로 몸을 감싸고, 검은색 장갑을 낀 손으로 검은색 방망이를 들고 있었다. 진부한 의상이지만 그럴듯했다.

"안녕." 치구사는 앞에 있는 책상에 비닐봉지를 내려놓으며 인 사했다. "이거 드시고 하세요. 알바하는 빵집에서 팔다 남은 거지 만요."

"진짜? 그거 좋지."

맨 처음 달려와 비닐봉지에 손을 집어넣은 사람은 예상한 대로 이세하라였다.

치구사가 가져온 비스킷과 채소빵을 먹으면서 전원이 책상을 에워싸고 가벼운 회의를 했다. 오늘은 치구사가 나오는 첫 장면 과 이누카이가 사람을 죽이는 몇몇 장면을 찍을 예정이다.

도중부터 또 호러영화 토론이 시작되었다. 치구사는 그것을 계기로 이누카이에게 말을 걸었다.

"오늘도 힘들겠네."

"그래, 많이 죽여야 하니까." 가볍게 농담을 하고 이누카이는 대본을 살짝 들었다. "그리고 대사도 늘어난 것 같아. 희생자 A를 죽이는 부분에서."

치구사도 자기 대본을 확인했다.

희생자 A. 배우 이름은 리탄 하퍼.

"누구야? 연극부 멤버는 아니지?"

"1학년. 영화 동호회에 임시로 들어온 애 같아. 오늘은 좀 늦는다고 했대." 이누카이는 즐거운 얼굴로 말했다.

치구사는 깜짝 놀라서 멤버들을 둘러보았다. 여기에 들어오고 싶어 하는 애가 있다니, 도저히 믿을 수 없었다. 상당히 독특한 사람인가, 마니아인가, 아니면 양쪽 다인가?

"……어떤 애일까?" 그런 중얼거림이 입에서 새어나왔다.

"체구가 작고 딱 일본 사람처럼 생긴 얼굴이야. 요전에 봤는데 싹싹하고 좋은 애였어."

이누카이의 입가에 미소가 감돌았다. 꿈을 꾸는 것처럼 눈은 먼 곳을 바라보았다.

"흐음."

치구사는 시선을 피했다. 이누카이가 그런 표정을 짓는 건 처음 보았다. 그와 동시에 조바심도 났다. 얼굴도 본명도 모르는 리탄 하퍼를 벌써 싫어하게 되었다.

"그럼 시작할까요?" 야마기시가 짝 하고 손뼉을 치며 말했다.

촬영은 지난주보다 훨씬 순조롭게 진행되었다. 우선 치구사와 에토의 대화 장면. 같은 영화 동아리 멤버라는 설정으로, 살인마

의 소문에 관해서 이야기한다. 10여 년 전, 이 영화의 무대인 길
거리에서 몇 명이나 죽었다는 것. 경찰에 체포되었는데 유치장에
서 자살했다는 것.

"그 영혼이 아직 이 근처를 떠돌고 있다는 얘기, 들은 적 없어?"
에토가 물었다.

굉장하다. 연기한다는 느낌이 조금도 들지 않는다. 평범한 잡
담으로밖에 보이지 않는 것이다.

치구사는 무시하는 듯한 말투로 대꾸했다. "있긴 있는데요, 초
등학생 때였어요."

그녀가 맡은 희생자 C는 소문을 신경 쓰지 않는 전형적인 캐릭
터였다. 그녀는 여봐란듯이 코끝으로 비웃으며 서양인처럼 어깨
를 들썩였다. 그런 다음 에토의 이야기를 가로막고 가방을 들고
는 "그럼 난 알바가 있어서 가볼게요" 하고 동아리방을 나갔다.

어느 컷에서도 야마기시는 순순히 OK라고 외쳤다.

이세하라도 히죽 웃으면서 맞장구를 쳤다. "좋은데? 살인마의
망령한테 살해당할 것 같은 느낌이 팍팍 들어."

어떻게 연기해도 트집을 잡힐 거라고 생각했기에, 치구사는 맥
이 빠지면서도 안도했다. 이걸로 오늘 출연 장면은 끝이다.

이어서 한밤중에 동아리방에 혼자 남아 있던 에토가 갑자기 나
타난 살인마의 망령에게 살해당하는 장면을 찍었다. 에토와 야마
기시가 창문을 검은 천으로 덮어서 빛을 막고, 다시 커튼을 닫아
서 '한밤중의 동아리방' 모습을 만들었다.

동아리방 구석에서는 모자를 깊숙이 눌러쓴 이누카이가 계속
뭐라고 중얼거렸다. 얼굴은 진지하고 눈에는 기이한 빛이 감돌고
있었다. 이미 역할에 빠진 모양이다. 치구사는 조금 떨어진 곳에

서 그 모습을 지켜보았다.

에토가 책상에서 컴퓨터를 다루다가 크게 기지개를 켜는 장면은 순식간에 촬영이 끝났다. 다음은 무슨 소리를 듣고 주변을 둘러보는 장면이다.

"준비…… 스타트!"

의자에서 기지개를 켜던 에토가 다시 키보드 위에 손을 올려놓았다. 잠시 후, 가느다란 눈을 살짝 뜨고 두리번두리번 주변을 둘러보았다. 이것도 자연스러웠다.

오카모토가 그 동작을 책상 건너편에서 찍고 있었다.

"후우."

작게 한숨을 쉬고 에토는 다시 모니터를 향했다. 그리고…….

오카모토가 돌연 액정 화면에서 얼굴을 들고 재빨리 천장을 올려다보았다. 이어서 창문을. 그리고 문을.

"어? 왜 그러세요?" 야마기시가 곧바로 모두를 향해 말했다. "컷, 컷!"

에토가 멍하니 입을 벌리고 오카모토를 올려다보았다.

오카모토는 녹화를 멈추고 몇 번이나 고개를 갸웃거리더니, 야마기시에게 다가가서 소곤소곤 귀엣말을 했다.

"뭐?"

야마기시의 미간에 깊숙이 주름이 새겨졌다. 오카모토가 다시 고개를 갸웃거렸다.

"뭐야? 무슨 일이야? 문제없이 진행되고 있었는데." 귀에 거슬리는 이세하라의 목소리가 동아리방에 울려 퍼졌다.

"……아무것도 아니에요. 죄송해요, 에토 선배, 같은 장면을 한 번 더 부탁해요."

"네, 네에. 얼마든지요." 에토는 빙긋이 웃으면서 대답했다.

그런 다음에 오카모토는 세 번 연속으로 촬영을 멈추었다. 몹시 당황한 모습으로 액정 화면에서 눈을 떼고 주변을 둘러보았다. 그러곤 고개를 갸웃거리며 야마기시에게 속삭였다.

어느새 야마기시의 얼굴은 창백해지고, 오카모토의 시선은 허공을 방황했다. 이누카이는 곤혹스러운 얼굴로 그 모습을 바라보았다. 역할에 몰입할 수 없는 모양이다.

에토는 죽은 사람 같은 얼굴로 의자에 앉아 있었다.

분위기가 심상치 않음을 느끼면서 치구사는 산꼭대기에서 있었던 일을 떠올렸다. 아니, 떠올릴 수밖에 없었다.

"야! 도대체 무슨 일이야?" 이세하라가 위협하듯 물었다.

그 말에 대답한 사람은 야마기시였다. "그게요…… 저기, 오카모토가 들린다고 해서요."

"뭐가?"

야마기시는 간단하게 대꾸했다. "비명이요."

상상했던 대답을 듣고 순간적으로 치구사의 온몸이 굳었다. 역시 그런가. 그렇게 생각했다가 곧바로 부정했다. "아냐, 그런 일은 있을 수 없어."

그런 말도 안 되는 일이 일어날 리 없지 않은가.

"엉?" 이세하라가 황당한 표정을 지으며 말했다. "그럼 뭐야, 소문과 똑같은 일이 일어났다는 거야? 요전에는 야마기시가 비명을 듣고, 오늘은 오카모토가 듣고?"

"……뭐, 그렇다고밖에……."

"멍청하긴!" 이세하라는 흥, 하고 짧은 코웃음을 쳤다. "그런 건 추리 연구회나 오컬트 연구회, 해체 직전인 쪼끄만 동아리 회원이 몇 년 전에 아무렇게나 쓴 거야! 창작이고 날조라고! 그럴 만한 사건도 없었고."

"그런가요?" 그렇게 물은 사람은 이누카이였다.

"그래, 이누카이 잉글랜드 군. 내가 학교에 다닐 때는 없었고. 아마 2, 3년 전이었을 거야. 그때부터 매년 실리고 있지. 매년 그 안내서를 보고 있어서 잘 알아."

대학을 그토록 좋아하는 걸까. 아니면 회사에 있을 자리가 없는 걸까. 득의양양하게 말하는 이세하라를 보면서 치구사는 문득 그런 생각을 했다.

"애당초 그 문장도 이상하잖아? 남학생도 여학생도 다 죽었는데, 여학생이 살해되는 과정을 어떻게 아는 거지? 하이힐이 벗겨지면서 넘어졌다든지, 여학생을 올라타고 목을 졸랐다든지. 기본적으로 앞뒤가 안 맞잖아? 문제가 있는 곳이 한두 군데가 아니야."

"그, 그런가요?"

"그래요, 야마기시 감독님. 창작이라고 해도 너무 조잡해. 리얼리티가 전혀 없다고. 문장도 엉망이고 줄거리도 엉터리고, 개똥이나 먹으라고 해! 뭐, 너희들처럼 경험이 없는 녀석들은 모르는 것도 당연한가? 나처럼 영화만이 아니라 소설이나 인터넷의 무서운 이야기도 읽지 않는다면 눈치채지 못할지 모르지."

왜 자기 자랑으로 이어지는 거야? 치구사는 어이가 없으면서 동시에 감탄하기도 했다. 생각해보니 그의 말대로다. 즉, 그것은 누군가가 지어낸 수준 낮은 이야기인 것이다.

믿을 만한 가치가 없다. 겁먹을 필요도 없다. 몸에서 서서히 긴장이 풀렸다.

"그렇군요……." 에토의 입에서 낮은 소리가 흘러나왔다.

이세하라가 의기양양한 얼굴로 가슴을 펴며 말했다. "한마디로, 너희 두 사람은 겁쟁이란 뜻이야. 괜히 쫄아서 환청을 들었습니다, 하는 얘기라고. 그런 겁쟁이가 잘도 호러를 좋아한다고 떠들고 있군."

그는 히죽히죽 웃으면서 두 사람을 번갈아 쳐다보았다.

오카모토가 "……죄송해요" 하고 모깃소리 같은 목소리로 말했다.

야마기시가 민망한 얼굴로 머리를 긁적였다.

이세하라가 굵은 팔로 팔짱을 끼면서 천천히 말했다. "두 사람 다 정신 차려. 그런 겁쟁이한텐 나도 안심하고 여기를 맡길 수 없으니까, 좀 더……."

다음 순간, 쾅당 하고 주변이 떠나가라 큰 소리가 울렸다.

치구사는 재빨리 몸을 움츠리고 소리가 난 쪽을 향했다.

이누카이가 동아리방 구석의 선반에 달라붙었다.

단정한 얼굴에 경련이 일면서, 눈동자만 재빨리 여기저기로 향했다. 검은색 장갑을 낀 오른손은 귀에 대고 있었다. 모자는 발밑에 떨어져 있었다.

"……뭐야? 이누카이 잉글랜……." 목소리가 뒤집어지자 이세하라는 당황해서 헛기침을 했다. "이누카이, 왜 그래?"

이누카이가 조용히 귀에서 손을 떼고, 갈라진 목소리로 되물었다. "아…… 안 들렸어요?"

이세하라는 말문이 막힌 표정을 지었다.

"야마기시는? 오, 오카모토, 너도 못 들었어?"

두 사람은 대답하지 않고 망연히 이누카이를 바라보았다.

"에, 에토 선배는요?"

"아니…… 아무 소리도."

"아카기, 너는?"

"어?"

치구사는 그의 얼굴을 보면서 황급히 고개를 가로저었다. 안 들렸다. 아무 소리도 들리지 않았다. 이누카이가 숨을 들이마셨다. 입술이 파르르 떨렸다.

설마…… 들었다는 건가? 그에게만 들렸다는 건가?

체온이 단숨에 내려갔다.

"아니, 아니, 저기……." 이세하라가 반 옥타브 높은 목소리로 말했다. "그거지? 이 흐름을 타고 연기해서 우리를……."

"꺄아아아아아아!"

공기를 가르는 듯한 비명이 치구사의 고막을 관통했다.

공포에 사로잡힌 젊은 여성의 절규였다.

치구사는 반사적으로 뒷걸음질을 쳤다. 선반에 부딪혀서 뒷머리에 묵직한 통증이 느껴졌다.

"히익!" 이세하라가 비명을 지르더니, "어? 어?" 하면서 야마기시와 오카모토를 바라보았다.

에토는 입도 떼지 않고 의자 위에서 굳어져 있었다. 야마기시와 오카모토와 이누카이가 얼어붙은 채, 동시에 고개를 옆으로 흔들었다.

동아리방은 찬물을 끼얹은 듯 정적에 감싸였다.

다음 순간.

"으아아악!"

이세하라가 문을 향해 세차게 돌진했다. 의자를 걷어차고 책상에 부딪혀 넘어질 뻔하면서 가까스로 문에 도착하더니, 힘껏 문을 열고 그대로 복도로 뛰어나갔다.

치구사는 저도 모르게 열려 있는 문으로 향했다. '도망치자'는 의지가 뒤늦게 뇌에 도달했다. 하지만 몇 걸음 걷기도 전에 그 자리에 주저앉았다. 다리에 힘이 들어가지 않는다. 너무 놀라서 온몸의 힘이 빠진 것이다.

들릴 리 없는 비명, 이세하라와 자신에게만 들린 비명을 듣고, 마음 깊은 곳에서 공포에 휩싸였다.

으으으…… 치아 사이에서 신음이 새어나왔다.

"……크큭."

그때 등 뒤에서 기묘한 소리가 들렸다. 그 소리는 크큭, 크크큭 하고 이어졌다. 숨죽인 웃음소리다. 그것을 알아차림과 동시에 혼란이 밀려들었다.

치구사는 조심스럽게 뒤를 돌아보았다.

야마기시가 몸을 ㄱ자로 구부리고 있었다. 얼굴은 잘 익은 사과처럼 새빨갰다. 오카모토는 캠코더를 문 쪽으로, 치구사 쪽으로 향한 채 괴로운 듯이 몸을 뒤틀었다. 얼굴에는 비틀린 웃음이 매달려 있었다.

이누카이는 두 손으로 입을 막고 있었다. 눈에는 눈물이 흘러넘쳤다.

"……어?" 에토가 세 사람을 둘러보고 물었다. "이거 혹시 몰래카메라야?"

"네! 죄송합니다!"

고함을 치듯 대답한 야마기시가 아하하하, 하고 크게 웃음을 터뜨렸다. 오카모토와 이누카이가 그 뒤를 따랐다.

"휘말리게 해서 죄송해요! 이, 이세하라 녀석한테 한 방 먹이려고 나랑 오카모토랑, 그리고."

"나랑." 이누카이가 새빨개진 얼굴로 치구사 쪽을 향해 두 손을 모았다. "아카기, 미안해."

"……뭐?"

치구사의 입에서 기묘한 소리가 흘러나왔다. 몸에서 힘이 쭉 빠지고 세찬 고동만이 몸속을 뛰어다녔다.

"그게 정말이야? 이누카이도?"

"난 이번부터야. 산에서는 아무것도 몰랐고."

"그래, 그랬구나……."

의미를 알 수 없는 말이 치구사의 입에서 나왔다. 멈춰 있던 머리가 조금씩 움직이기 시작하면서 서서히 생각이 이어졌다. 그리고 의문이 떠올랐다.

"그럼 아까 그 비명은?" 에토가 물었다.

치구사가 물으려고 했던 것과 똑같은 질문이었다.

세 사람은 대답하지 않았다. 히익히익 하고 괴로운 숨소리가 이어지더니, 말하려고 하다가 다시 웃음을 터뜨렸다.

그 웃음소리에 어느새 여성의 웃음소리가 섞였다. "ㅋㅎㅎㅎㅎ ㅎㅎ……."

에토의 맞은편에 있는 책상 밑에서 작은 그림자가 기어 나와 천천히 일어섰다.

젊은 여성이었다. 검은 머리칼의 포니테일, 자그마한 체구, 소박한 복장.

딱 일본 여성처럼 생긴 얼굴에서는 웃음이 흘러넘쳤다.

그녀는 뺨을 문지르며 표정을 가라앉히고 나서 "저예요, 놀라게 해서 죄송해요" 하고 치구사를 향해 고개를 숙였다. 이어서 에토에게도.

"……리탄 하퍼군." 에토도 힘이 빠지는지 의자에 기댔다. "아 참, 아카기, 이쪽은 1학년인 리…… 리호. 아직 정식으론 들어오 지 않았지만 최근에 자주 오고 있어."

"잘 부탁해요."

그녀, 리호는 상큼한 얼굴로 인사했다. 치구사는 "아카기예요" 라고만 대답했다.

에토가 물었다. "계속 숨어 있었어?"

"네." 리호는 야마기시를 힐끔 쳐다보았다. "야마기시 선배가 그러자고 했어요. 꽤 재미있었어요."

"리탄, 왜 내 핑계를 대?" 야마기시는 가까스로 웃음을 멈추었 다. "처음에 그러자고 한 사람은 리탄이잖아. 그 선배에게 뜨거운 맛을 보여주자고."

"진짜야? 리탄이 그런 말을 했어?"

"설마요." 리호는 고개를 작게 갸웃거렸다. "이세하라 선배님에 겐 항상 도움을 받고 있잖아요. 그런 사람에게 뜨거운 맛을 보여 주다니, 그건 말도 안 돼요."

"리탄, 그렇게 말하면 내가 뭐가 돼?" 야마기시는 축 늘어지더 니 그 자리에 털썩 주저앉았다. "아아, 너무 웃어서 돌아가실 것 같아."

"리호, 아주 잘하던데? 굉장한 비명이었어."

이누카이가 코트를 벗으며 다가가더니, 친밀한 듯이 그녀의 어 깨를 탁 두드렸다.

리호는 부끄러운 듯 몸을 꼬면서 다시 웃었다. "그렇게 말해줘 서 기뻐요. 후후후."

몰래카메라에 휘말렸다. 지금까지 속았다는 사실을 치구사는 겨우 깨달았다. 이누카이까지 가담하여 자신을 속인 것이다.

주모자는 아무래도 리호인 듯했다. 눈앞에서 남자들의 관심을 독차지하고 있는 기묘한 1학년이 만든 시나리오인 것이다. 더구나 이누카이는 치구사가 모르는 사이에 그런 리호와 친하게 지내고 있다.

화는 나지 않았다. 화내고 싶기는 했지만 화낼 힘이 없었다.

눈 깜짝할 사이에 이누카이를 향한 마음이 차갑게 식었다.

전부 어설픈 연극이다. 어처구니가 없다.

치구사는 리호와 이누카이가 웃으면서 이야기하는 모습을 멍하니 바라보았다.

"그럴 줄 알았어. 역시 그런 사람이 제일 겁쟁이라니까."

야마기시가 옆구리를 누른 채 얼굴을 찡그리면서 말했다.

이세하라가 시신으로 발견된 것은 다음 주 수요일 밤의 일이었다. 장소는 이스마 산 정상. 발견한 사람은 하이킹을 하던 노인이었다.

사인은 목 졸림에 의한 질식사.

즉, 타살이고 살인이다.

이누카이에게 전화로 그 말을 들은 순간, 치구사는 휴대폰을 떨어뜨렸다. 휴대폰은 침대에서 통 퉁기더니 소리를 내고 바닥에 떨어졌다.

드라마 같다고 머리의 한쪽 구석으로 생각했지만, 한동안 그 자리에서 움직일 수 없었다.

3

"왔어?"

노크를 하고 동아리방의 문을 열자 선반 앞에서 양복 차림의 에토가 돌아보았다. 부처님처럼 온화한 얼굴에는 여전히 어두운 그림자가 드리워 있었다.

"무슨 일이야? 뭐 놓고 갔어?"

"아뇨……." 치구사는 잠시 생각하다가 들고 있던 국화 꽃다발을 내밀었다. "어제 이누카이한테서 들었어요. 여기다 바치면 될지 잘 모르겠지만요."

솔직한 마음을 털어놓았다. 자신과 상관없는 동아리의 기분 나쁜 선배라고는 하지만 살해됐다는 말을 들으니 역시 가슴이 아팠다.

오후 4시의 햇살이 동아리방을 따뜻하게 비추었다.

"고마워. 그 사람도 기뻐할 거야."

에토는 손에 들고 있던 VHS 테이프를 선반 위에 올려놓고 "어디 보자……" 하고 주변을 둘러보았다.

"꽃병이라면 거기 있어요." 의자에 앉아 있던 리호가 에토의 머리 위를 가리켰다.

선반과 천장 사이에서 작은 꽃병이 먼지를 뒤집어쓰고 있었다. 에토는 "리탄, 고마워"라고 말하며 사다리를 꺼냈다.

꽃다발을 건넸을 때, 에토가 슬픈 얼굴로 말했다. "미안해. 촬영은 연기됐어. 이누카이한테서도 들었겠지만."

"아뇨, 그건 괜찮아요."

전화로 그런 말도 들었다는 게 떠올랐다. 이세하라의 죽음에 충격을 받아서, 지금까지 까맣게 잊고 있었다.

에토가 입술을 비틀며 말했다. "장소를 바꾸는 방향으로 검토하고 있지만, 적당한 곳을 찾기가 쉽지 않네. 뭐, 솔직히 그런 사연이 있는 곳에서 촬영하는 게 이상하긴 하지만. 아무리 조잡한 이야기라도 말이야."

치구사가 물었다. "범인은요……?"

TV에선 이세하라의 죽음이 보도되지 않았다. 부모님과 함께 사는 친구가 신문의 지방 소식란에서 봤다고 했는데, 치구사는 신문을 보지 않는다.

"모른대." 화병에 꽃다발을 꽂으면서 에토는 머리를 옆으로 흔들었다. "조금 전까지 형사님이 계셨어. 안 그래도 물어봤지만 강도는 아닌 것 같아. 지갑엔 손도 대지 않았다니까. 회사에선 고립되었고, 교우 관계도 이 모임의 멤버 정도였던 것 같아. 그래서 탐문 수사를 하러 왔다고 형사님이 그러더라."

"그래요……." 치구사는 어정쩡하게 대꾸했다.

역시 그렇군, 하는 생각이 들기도 했지만 한편으론 슬프기도 했다.

"뭐 죽이고 싶다고까지 생각하는 녀석은 없겠지만. 나도 물론이고 야마기시나 오카모토도. 고작해야 몰래카메라를 할 정도지. 형사님에게도 그렇게 말했어."

에토는 꽃병을 맨 안쪽 책상 위에 올려놓은 후 나지막이 한숨을 쉬었다.

"야마기시나 오카모토는요?"

에토는 쓸쓸한 미소를 지었다. "둘 다 집에 갔어. 동아리 활동을 할 기분이 아닐 테니까. 이런 상태라면 당분간 활동 자체를 중단해야겠지. 나도 취직이 정해지지 않았고. 오늘도 오전에는 면접 보러 갔었거든."

치구사는 이 말에도 어정쩡하게 대꾸했다. 도중에 버림받은 듯한 기분이 드는 것, 이누카이를 만날 기회가 줄어든 것은 아무렇지도 않았다. 다만 한없이 어두운 기분에 사로잡혔다.

그때 갑작스럽게 리호가 물었다. "선배님은 소설가가 되고 싶다고 하시지 않았나요? 그래서 호러소설을 쓰고 있다고 하셨잖아요? 올해의 무슨 신인상에 응모한다고요. 이번 각본도 그걸 위한 공부라고……."

에토는 메마른 웃음을 지었다. "하하. 그건 단지 꿈이야. 아니, 망상이라고 할까? 해마다 응모하고 있지만 1차도 통과하지 못했지. 내 사이트에도 이것저것 쓰고 있는데 전혀 화제가 되질 않아. 재학 중에 데뷔할 수 있을 줄 알았는데, 안이한 생각이었지."

리호는 무거운 표정으로 말없이 에토를 바라보았다.

"멀리 보고 느긋하게 하겠어. 일을 하면서 계속 쓸 거야. 뭐, 취직할 수 있을지도 모르겠지만." 스스로를 비웃듯 말하더니 에토는 치구사를 향해 사과했다. "미안해, 이상한 얘기를 해서."

"아니에요…… 저기, 전 이만 갈게요. 알바가 있어서요."

치구사는 거짓말이 아닌 말을 했다. 아르바이트 시간까지는 아직 여유가 있었지만 이 자리에 더 있는 것이 거북했다.

"힘들겠네. 빵가게지? 역 앞 상점가에 있는……."

"네, 그럼 다음에 뵐게요."

"꽃 고마워."

"아니에요."

"여러모로 미안하고."

"괜찮아요. 그럼⋯⋯."

에토의 말에 적당히 대꾸하면서 치구사는 도망치듯 동아리방을 뒤로했다.

밤 9시 반. 타임카드에 퇴근 시간을 찍고 빵가게 뒷문을 나왔다. 오늘도 평소처럼 문 닫기 전의 한 시간만 손님이 많았다. 할인세일을 노리는 손님이 많은 탓이다. 손님의 면면도 평소와 거의 똑같았다.

전철을 타고 세 번째 역에서 내렸다. 정기권을 이용해 개찰구를 빠져나가면서 '원동기 자전거라도 살까?' 하고 멍하니 생각했다. 운전면허는 작년에 땄지만 그 후에 한 번도 운전을 하지 않은 장롱면허다. 길치에 방향치다. 이래서는 취업에 불리할지도 모른다. 안 그래도 경기가 좋지 않아 취직하기 어려운 탓에, 선배들도 모두 힘들다고 투덜거렸다.

어울리지 않는 양복을 입은 에토의 모습이 머릿속에 떠올랐다.

역 앞의 로터리를 지나 국도를 넘어 주택가로 들어갔다. 근처에 전문학교가 있는 탓인지 소형 아파트가 많다. 가로등은 적고 길도 좁아서 사람도 거의 다니지 않았다. 들리는 것은 자신의 발소리뿐.

어느새 머릿속은 이세하라의 일로 가득 찼다. 산꼭대기, 두텁게 쌓인 솔잎 위에 누워서 데굴데굴 구르는 뚱뚱한 육체. 눈꼬리가 찢어질 듯 벌어진 눈에는 초점이 없고, 목에는 손가락 자국이 남아 있다.

황급히 사라지는 검은색 모자와 검은색 코트의 그림자.

발걸음이 점점 빨라졌다. 또박또박 신발 소리가 높이 울려 퍼졌다. 뒤쪽에서 다가오는 발소리를 알아차린 것은 그 직후였다. 자신과 같은 속도, 아니 그보다 조금 빠르다. 단지 지나가는 사람이라고 생각하면서도 치구사의 걸음걸이가 빨라졌다. 그녀는 다음 선택지를 생각했다.

아파트가 보이면 단숨에 뛰어갈까? 아니, 그러면 상대가 자신의 집을 알게 된다. 지금은 그냥 지나치는 편이 좋을지 모른다. 하지만 자신을 따라오고 있는 게 확실한 것도 아니다. 어쩌면 단순한 착각일지 모른다. 그렇다면 헛고생이고 쓸데없는 생각이다. 그런데, 그런데…….

치구사는 마음을 굳게 먹고 뒤를 돌아보았다.

10미터쯤 뒤쪽에서 사람의 그림자가 걸어왔다.

검은색 모자, 검은색 코트를 입고 있다.

그림자가 걸음을 멈추었다. 어두운 데다 모자를 깊숙이 눌러써서 얼굴은 보이지 않았다.

치구사는 저도 모르게 걸음을 멈췄음을 알아차렸다.

검은 그림자는 천천히 코트를 흔들면서 단숨에 그녀 쪽으로 뛰어왔다.

하악, 하고 거친 숨소리가 들렸다.

치구사는 뛰기 시작했다. 아스팔트를 정신없이 걷어차면서 어두운 밤길을 돌진했다. 등 뒤에서 발소리와 숨소리가 들렸다.

상대는 틀림없이 자신을 쫓아오고 있다. 목덜미에 뭔가가 닿은 듯한 느낌이 들었다.

"……!"

소리가 되지 않는 비명이 입에서 튀어나왔다.

달리는 것만 생각해서 모퉁이를 돌고, 도망치는 것만 생각해서 또 모퉁이를 돌았다. 아파트가 보인 순간, 그녀는 숨을 멈추고 죽을 힘을 다해 팔을 흔들었다. 속도가 조금 더 빨라졌다.

다음 순간, 등 뒤의 기척이 멀어졌다.

계단을 뛰어올라 열쇠로 문을 열고 안으로 들어가자마자 문에 기댔다. 황급히 문을 잠그고 체인을 걸었다. 문 너머에서 나는 소리를 놓치지 않으려고 귀를 기울였다. 가방을 더듬어 휴대폰을 꺼내서 얼굴 가까이에 대고, 일단 '110'*을 입력해두었다.

들리는 것은 자신의 숨소리와 심장 박동뿐이었다. 쿵쾅쿵쾅. 커다란 소리가 가슴 안쪽에서 온몸을 때렸다. 고막이 찢어질 것처럼 시끄러웠다.

그대로 10분쯤 있었을까? 숨이 안정되면서 맥박이 평온해지고 밖에서 아무 소리도 들리지 않는 걸 몇 번이나 확인하고 나서야 그녀는 짧은 복도에 쓰러졌다. 뺨에 닿는 바닥이 차가웠다.

순간, 남자의 실루엣이 떠올랐다. 이세하라의 시신도 생각났다. 두 가지가 이어져서 한 가지 망상에 도달했다.

이세하라를 죽이고 자신을 쫓아온 것은 여학생을 죽이고 자살한 남학생의 영혼이 아닐까.

학생들 사이에 떠도는 소문, 즉 비밀 안내서에 적혀 있던 글귀는 사실이 아닐까.

문장이 어설픈 걸 보니, 오히려 사실이 적혀 있는 게 아닐까.

그런 곳에서 촬영했다고, 자신들을 노리는 게 아닐까.

벌을 받는 건 아닐까.

저주를 받는 건 아닐까.

___

* 일본의 긴급 전화로, 경찰본부로 연결된다.

어린애 같은 생각이라는 건 알고 있다. 괜히 이상한 영화에 참여해서 쓸데없는 망상이 부풀어 오른 것뿐이라는 사실도 알고 있다. 그래도 치구사는 그렇게 생각할 수밖에 없었다.

"말도 안 돼……."

소리를 내어 말을 해봐도 마음은 조금도 편해지지 않았다.

다음 주. 5분 전에 문학부동 강의실에 들어가 빈자리에 앉은 순간, 대각선 앞쪽에 야마기시의 모습이 보였다.

야마기시도 치구사가 왔음을 알아차리고 돌아보았다.

"여어."

야마기시의 오른뺨에 커다란 찰과상이 보였다. 보기만 해도 흠칫 놀랄 정도였다.

치구사는 생각하기도 전에 물었다. "……그거, 어떻게 된 거야?"

"이거? 어제 좀 넘어졌어."

야마기시는 웃으려고 하다가 금세 얼굴을 찡그렸다.

"어디서?"

"학생 식당 근처에서. 과제를 하다가 늦어졌는데, 집에 가는 도중에."

"얼굴부터 넘어진 거야?"

"아니." 야마기시의 눈이 허공을 방황했다. "응, 그래. 짐이 있었거든. 사전도 있고."

그러곤 다시 웃으려고 하다가 바로 얼굴을 찡그렸다. 아직 통증이 심한 것이다.

치구사의 가슴속에 불안이 퍼져나갔다.

"진짜 바보 같지? 하하."

야마기시의 말이 더욱 마음을 휘저었다.

치구사는 마른침을 삼키고 넌지시 떠보았다. "⋯⋯진짜야? 무슨 일이 있었던 거 아니야? 저기⋯⋯ 떠밀렸다든지."

야마기시는 화들짝 놀라며 눈을 크게 떴다.

"검은색 코트를 입은 사람 아니야?"

"아니⋯⋯." 야마기시가 그렇게 말하며 입가를 가렸다.

검지와 중지에 붕대가 감겨 있었다.

"있잖아, 나도 지난주에 알바 끝나고 집에 가는데 누가 뒤에서 쫓아왔어. 검은색 코트에 검은색 모자를 쓴 사람이. 그래서⋯⋯."

"우연이었겠지. 아니면 변태든가." 야마기시는 차갑게 말하고 시선을 앞으로 향했다. "⋯⋯그나저나 삼가 명복을 빕니다. 참, 이게 아니지. 미안해. 저기⋯⋯ 많이 놀랐겠구나."

그러곤 치구사를 힐끔힐끔 쳐다보았다.

"야마기시, 무슨 일이 있었는지 말해봐."

"아무 일도 없었다니까. 그냥 넘어져서 살짝 다쳤을 뿐이고 사고 같은 건⋯⋯."

야마기시는 거기서 입을 다물고 바지 주머니를 더듬었다. 주머니 안에서 꺼낸 것은 도장이 벗겨진 휴대폰이었다. 치구사 쪽에서는 액정 화면이 보이지 않았다.

교수가 아직 오지 않은 걸 확인하고 그는 통화 버튼을 눌렀다.

"여보세요⋯⋯ 으응. 뭐?"

눈 깜짝할 사이에 안색이 흐려졌다.

"응, 하지만 그건⋯⋯. 그래."

야마기시는 몸을 수그리고 계속 통화했다. 이윽고 전화를 끊고 치구사 쪽으로 몸을 돌렸다. 그러곤 시선을 돌린 채 잠시 침묵하고 나서 고개를 숙이고 입을 열었다.

"오카모토야. 지, 지금 동아리방에 있다고."

치구사는 대꾸하지 않고 다음 말을 기다렸다.

"……촬영한 마스터 테이프가 이상해졌대. 기묘한 노이즈가 잔뜩 들어갔고 후반부는 찍히지도 않은 데다, 찍힌 것도 파란색과 검은색 줄이 들어가 있고, 그리고 군데군데…… 비명이."

비명.

말하기 전부터 상상이 되었다. 상상하는 게 어리석다는 건 알고 있었다. 그래도 야마기시의 말은 치구사의 마음을 날카롭게 도려냈다.

어느새 교수가 와서 교단에서 강의를 하고 있었지만, 아무 소리도 귀에 들어오지 않았다.

4

이세하라를 제외하고 동아리방에 모두 모였다. 치구사와 이누카이는 파이프 의자에, 야마기시와 오카모토는 책상 앞에 앉았다. 에토는 상석에서 심각한 표정을 짓고 있었다. 눈앞에 있는 국화꽃은 벌써 시들어가고 있었다. 리호는 동아리방 구석에 있는 둥근 의자에 앉아, 손에 든 책자에 시선을 떨구었다.

창밖에서 가끔 까마귀 울음소리가 들렸다.

에토가 조용히 입을 열었다. "……일단 결론부터 말하자면 모두 우연이야. 이세하라 선배는 살해됐고, 아카기의 경우는 그저

길을 지나가던 변태일 거야. 당연히 그렇잖아? 야마기시도 변태나 불량배였든지, 아니면 주정뱅이였을 거라고. 이번 사건과 아무런 관계도 없어. 그렇게 생각하는 게 자연스럽잖아? 이상한 건 마스터 테이프뿐이지만. 근데 왜 하필 이 타이밍에 오카모토가 확인했는지, 난 그것도 이상해."

"저기⋯⋯." 오카모토가 컴퓨터의 모니터를 가리키며 힘없는 목소리로 말했다. "저장한 데이터가 전부 사라져서요."

이상한 일이 또 있었던 것이다. 의자에 앉아 있던 치구사의 몸이 딱딱하게 굳었다.

"⋯⋯그랬구나. 하지만 그것도 원인은 따로 있겠지. 그러니까 우연이야."

이누카이가 쭈뼛거리며 손을 들고 말했다 "하, 하지만, 그런 우연이 계속되는 건 이상하잖아요? 우리 동아리에서만 계속 이상한 일이 일어나다니. 더구나⋯⋯."

이누카이가 치구사 쪽을 쳐다보았다.

치구사는 살짝 고개를 끄덕이고 사실만을 말했다. "⋯⋯그 산에 다녀온 이후에 말이죠."

그 이외의 일은 말하고 싶지 않았다.

에토가 심각한 표정을 약간 풀고 말했다. "그건 이세하라 선배가 말한 대로잖아. 창작이야. 누군가가 지어낸⋯⋯."

야마기시가 재빨리 반박하며 말했다. "그럴지도 모르겠지만 솔직히 우리는 다 얕잡아봤잖아요. 무시했다고 해야 할지⋯⋯. 그런 태도가 산신(山神)의 분노를 샀다든지, 그런 거 아닐까요? 중턱쯤에 사당이 있었잖아요? 아니면 정말로 옛날에 누군가가 죽어서 그 지박령이⋯⋯."

에토가 다급히 야마기시의 말을 가로막았다.

"그런 일은 있을 수 없어!" 말투는 온화했지만 확고한 의지로 가득 차 있었다. "호러는 어디까지나 지어낸 이야기에 불과하니까 실생활에서 영적인 걸 안이하게 받아들여선 안 돼. 그건 확실하게 선을 그어야 해. 동아리에 가입했을 때도 내가 그런 말을 했지? 가끔 오거든. '체육관에 나타나는 하얀 소녀', '검은 장갑을 낀 여자 영능력자' 등 황당한 인터넷 소문을 진짜로 믿는 애가. 그런 애는 정중히 사양하고 있지만."

"하지만 실제로 이, 이런 일이 일어나고 있……." 야마기시가 침을 튀기며 말했다.

오카모토가 손톱을 깨물고 다리를 덜덜 떨었다. 에토는 입을 꽉 다물고 팔짱을 꼈다.

이누카이가 다시 손을 들고 말했다. "액막이 같은 걸 하면 되지 않나요?"

전원의 시선이 그에게 쏠렸다.

이누카이는 눈을 내리깔고 조용히 말을 이었다. "이건 어디까지나 마음의 문제잖아요? 그러니까 그런 걸 하면 심리적으로 안정되지 않을까 해서요. 연극할 때도 하거든요. 공연하기 전에 신사에도 가고, 극장에는 신을 모시는 감실(龕室)을 두기도 하고요. 영혼이나 신의 유무는 차치하고 그런 건 중요하다고 생각해요. 일종의 경의라고 할까요?"

에토가 나지막이 말했다. "경의라……."

야마기시가 재빨리 덧붙였다. "우리도 해요. 안 그러면 에토 선배에게도 무슨 일이 일어날지 모르잖아요?"

오카모토가 작게 고개를 끄덕였다.

에토는 전원을 순서대로 돌아보며 중얼거렸다. "하긴…… 이번 기회에 해둘까?"

치구사는 얼떨결에 "네"라고 소리 내어 말했다.

액막이. 그것이 지금 상황에서 할 수 있는 최선의 일이다. 아니, 우연히 계속된 불가사의한 사건에 대처할 방법은 그것밖에 없다.

"내일이라도 갈까? 가까운 신사나 이스마 산의 사당이나." 에토가 밝은 목소리로 말하며 리호를 쳐다보았다. "리탄도 가자. 뭐, 정식 멤버는 아니지만 이건 어디까지나 기분 문제니까……."

리호는 책자에서 얼굴을 들고 딱 잘라 말했다. "전 안 가요."

동아리방에 기묘한 침묵이 피어올랐다.

"……그러지 말고 가자. 몰래카메라를 하자고 한 사람도 리탄이었잖아. 어느 의미에서 가장 얕잡아본 거야, 영혼이나 신 같은 걸." 야마기시가 타이르듯 말했다.

리호는 야마기시를 말없이 바라보다가, 이윽고 천천히 입을 열었다. "가봤자 의미가 없으니까요."

리호 이외의 전원이 당황하는 표정을 지었다.

"지금까지 일어난 일련의 사건은 인간이라도 일으킬 수 있어요. 살인도 폭행도, 테이프의 이상도. 컴퓨터에 저장한 데이터를 적당히 편집해서 마스터 테이프에 덧씌우면 간단하니까요."

야마기시가 어이없는 표정을 지었다. "아니, 문제는 그게 아니라 그런 일이 우리 사이에 계속 일어나고 있다는 거잖아. 각각 다른 사람이 우리를……."

"범인은 한 사람이에요." 리호는 손에 들고 있던 책자를 들며 말했다.

『이스마 대학 (비밀) 안내서』. 제목 밑에 서양식 연도가 쓰여 있었다.

"그리고…… 여기에 실려 있는, 이스마 산의 소문을 낸 사람이죠."

무슨 말인지 이해할 수 없어서, 치구사는 리호의 얼굴을 뚫어지게 바라보았다. 얌전한 얼굴에서는 표정을 찾아볼 수 없었다.

에토가 "으으음" 하고 신음을 내더니 솔직하게 물었다. "그게 무슨 말이야?"

전원이 표정과 시선으로 동의를 나타냈다.

"그걸 쓴 사람은 추리 SF 심령 동아리 멤버잖아? 그 사람이 그랬다는 거야?"

"아니요." 리호는 머리를 좌우로 흔들었다.

"뭐?" 소리를 지른 사람은 야마기시였다. "리탄, 미안하지만 무슨 말을 하는지 도통 모르겠어."

이 말에도 전원이 고개를 끄덕였다. 치구사도 동감이었다. 그렇다면 바로 앞에 한 이야기와 다르지 않은가?

모두의 반응을 둘러보고 있던 리호가 "흐음" 하고 헛기침을 하면서 등줄기를 쭉 폈다.

"이세하라 선배가 그랬어요. 이 소문의 내용은 앞뒤가 맞지 않는다, 쓴 사람이 알 수 없는 내용이 쓰여 있다, 그러니까 이상하다고 말이죠."

에토가 고개를 끄덕였다. "응, 그렇게 말했어."

"그것과 똑같이 마음에 걸리는 내용이 있어요."

리호가 책자를 넘겼다. 휘리릭 휘리릭. 종이 넘기는 소리가 동아리방에 울려 퍼졌다.

"마지막 한 문장이에요. '세상에는 참 기묘한 일, 기이한 일도 있는 법이군요.' ……괴담 같은 이야기를 쓴다면 보통 '무서운 일'이라고 쓰는 편이 이해하기 쉽고, 아니면 아무것도 쓰지 않는 편이 낫지 않나요?"

이누카이가 조심스럽게 말했다. "글을 많이 써보지 않아서 그런 거 아니야? 문장력이 엉망이다, 라고까진 말하지 않겠지만."

"평범하게 생각하면 그렇게 되겠죠." 리호는 천천히 고개를 가로저으면서 덧붙였다. "하지만 전 그게 마음에 걸렸어요. 왜 이렇게 어색한 문장으로 마무리했는지. 뭐가 그렇게 기묘하고 기이한지. 그래서 다시 읽어봤더니 여러 가지가 보이더군요. 교제 상대인 남학생, 여학생을 죽인 범인은 '목을 매달았습니다'라고만 되어 있을 뿐, 자살했다고도 죽었다고도 쓰여 있지 않아요."

동아리방 안에는 작은 기침 소리 하나도 나지 않았다.

"남성은 죽지 않았어요. '사람이 살해됐기 때문입니다'라는 문장도 그걸 암시하고 있죠. 남녀가 모두 죽었다면 '사람이 죽었기 때문이다', '동반 자살을 했기 때문이다'라고 썼을 거예요. 그리고……."

리호는 천천히 일어나서 느릿느릿 동아리방 안을 돌아다녔다.

"이 글을 쓴 사람은 그 남학생이에요. 그래서 여학생을 죽이는 과정을 쓸 수 있었죠. 그렇게 생각하면 내용이 맞지 않는 부분은 없어요. 그것에 해당되는 신문기사가 없는 건 시신을 잘 처리하고 도망쳤기 때문이겠죠. 이세하라 선배는 완전히 방향을 잘못 잡았어요. 그리고 남학생은 지금도 새로운 표적을 찾고 있죠. 그래서 기묘하고 기이하다고 쓴 거예요. 자신은 살아 있는데, 살아서 지금도 새로운 표적을 찾고 있는데, 다들 영혼을 보았다, 영혼에게 쫓겼다고 하니까요."

누군가의 입에서 가느다란 신음이 흘러나왔다. 오카모토는 떨던 다리를 멈추고 리호의 이야기에 빠져들었다.

"이 글은 도발이에요. 나는 여학생을 죽였다, 교묘하게 도망쳐서 지금도 사람을 쫓아다니고 있다, 이 글을 읽은 사람도 언젠가 죽이겠다, 여기저기에 단서가 숨어 있으니까 어디 한번 나를 잡아봐라, 그런 의도로 쓴 거죠. 이세하라 선배를 죽이고 다른 사람들의 뒤를 밟은 범인은 이 글을 쓴 남학생, 즉 작가예요."

리호가 걸음을 멈추었다. 조금 전보다 실내가 어두워졌다.

까마귀가 밖에서 큰 소리로 한 번 울었다.

에토가 혼잣말처럼 중얼거렸다. "억지로 갖다 붙인 거 아니야? 그렇게 해석할 수 있는 것뿐이잖아? 그리고……."

리호는 태연하게 대답했다. "네, 억지로 갖다 붙인 거예요."

치구사의 입에서 "어?"라는 말이 흘러나왔다. 오카모토의 입에서는 "으으" 하는 신음이 새어나왔다.

야마기시가 입을 벌림과 동시에 리호가 다시 말을 이었다.

"하지만 제가 지금 그런 것처럼 억지로 갖다 붙이고 싶어 한 사람이 있었다면 어떨까요? 억지로 갖다 붙여서라도 겁먹게 만들고 싶다, 그러기 위해서 억지로 갖다 붙인 대로 사람을 덮치는 일도 마다하지 않겠다, 그렇게 생각한 사람이 있다면요?"

야마기시가 날카로운 목소리로 물었다. "누구야? 가장 중요한 건 그거잖아?"

어느새 말투가 거칠어졌다.

리호는 동요하는 모습도 없이 말을 이었다. "추리 SF 심령 동아리 사람한테 들었어요. 이 글은 인터넷에서 발견한 문장을 그대로 실었다고 하더군요. 『이스마 대학 (비밀) 안내서』라는 제목으로 적당히 검색해서 나온 그럴듯한 문장을 복사해서 갖다 붙인 것뿐이라고 말이에요. 오리지널 문장이 있는 사이트는 검색하자마자 찾았어요. 사이트 이름은 '호러 작가 지망생 ETO의 홈페이지'였습니다."

"뭐?" 이누카이의 목소리가 높아졌다.

리호가 단숨에 말했다. "범인은 에토 선배예요."

전원의 시선이 에토를 향했다. 그는 아무런 반응도 보이지 않고 리호를 바라보았다. 평소의 부드러운 분위기는 어느새 사라지고, 가느다란 눈에는 깊고 무거운 어둠이 깃들었다.

긍정도 부정도 하지 않는 건가.

에토를 똑바로 쳐다보면서 리호는 다시 말하기 시작했다. "취직이 되지 않는 불안감, 소설이 햇빛을 보지 못하는 괴로움. 그런 상황에서 평소에 맘에 들지 않았던 선배가 자신의 문장을 깎아내리자 살의를 품었어요. 그즈음에 에토 선배는 깨달았어요. 이 문장을 아까처럼 해석할 수 있다는 것을요. 그래서 이세하라 선배를 죽이고 다른 사람들의 뒤를 밟은 거예요. 겁먹게 만들기 위해서, 모든 사람이 자신이 지어낸 이야기와 현실을 연결해서 공포에 사로잡히도록."

야마기시가 조롱하는 말투로 끼어들었다. "그게 말이 돼? 겁먹게 만들기 위해서 사람을 죽인다고? 그런 짓을 해서 얻는 게 뭐야? 아무런 의미가……."

거기까지 말하고 입을 다물었다. 다음 순간, 치구사는 이유를 알아차렸다.

산꼭대기에서 일어난 사건과, 이 동아리방에서 했던 촬영이 머릿속에 떠올랐다. 도망치는 이세하라. 그리고 배를 잡고 웃는 야마기시 일행.

"이제 알겠죠?"

리호는 야마기시를 향해 고개를 한 번 끄덕였다.

"즐겁기 때문이에요. 자신의 계획에 따라 겁먹는 사람을 보는 건 즐거우니까요. 평소 호러나 공포에 관심이 있는 사람이라면 더욱 그렇겠죠. 호러를 사랑하고, 계속 호러소설을 쓰는 사람은 특히 더요." 그녀는 에토를 응시하며 조용히 말했다. "모두 겁을 먹었어요. 에토 선배님의 작전은 대성공을 거두었죠. 하지만 너무 지나쳤어요."

에토는 어두운 웃음을 지으며 대답했다. "……그건 말이 안 돼. 억지로 갖다 붙이는 것에도 정도가 있지."

리호는 순순히 동의했다. "그럴지도 모르죠. 하지만 경찰에선 언젠가 알아차릴 거예요. 여기에 왔을 때도 수상쩍게 여기는 것 같았어요."

"과연 그럴까?" 에토는 쿡쿡거리며 웃었다.

"호러 작가 지망생 ETO의 홈페이지를 보면 비밀 안내서와 똑같은 문장이 있다는 걸 금방 알지 않을까요?" 리호는 그렇게 말하고 전원을 둘러보았다.

야마기시와 이누카이가 말없이 그녀를 바라보았다. 오카모토는 떨리는 손으로 마우스를 잡았다가 금방 놓았다.

에토의 얼굴이 흐려졌다. 시선은 시든 국화에 쏠려 있었다.

"자수하세요. 끝까지 숨길 수는 없어요." 리호가 조용히 말하며 가여워하는 눈길로 에토를 보았다.

에토는 깍지 끼었던 손을 풀고 작게 고개를 끄덕였다. "……그렇군."

그 순간, 의자가 쓰러지면서 큰 소리가 났다. 야마기시가 엉거주춤한 자세로 뒷걸음을 쳤다. 오카모토는 핏발 선 눈으로 에토를 응시했다. 치구사는 그 자리에서 꼼짝도 할 수 없었다. 일어설 수도 없이 숨을 쉬는 게 고작이었다. 심장이 세차게 쿵쾅거렸다.

지금 이 순간, 에토는 인정한 것이다. 자신이 이번 사건의 범인이라는 걸.

"저, 정말이야……?" 이누카이가 멍한 얼굴로 중얼거렸다.

에토는 휴대폰을 손에 든 채, 지친 목소리로 리호에게 물었다. "경찰을 불러도 돼? 아니면 경찰서에 가는 편이……."

그녀는 대답하지 않고 입술을 깨물었다.

에토가 천천히 휴대폰 버튼을 눌렀다. 이윽고 휴대폰을 귀에 대는 에토의 모습을 전원이 말없이 지켜보았다.

"겁먹었나요?" 리호가 물었다.

얼굴에는 천진난만한 웃음이 감돌고 있었다.

그녀는 비밀 안내서를 들고 말했다. "장난이에요. 이걸 읽고 지어낸 상황극……이 아니라 순간적으로 지어낸 엉터리 얘기예요. 그렇죠, 에토 선배님?"

에토가 치아를 드러내고 히죽 웃으면서 휴대폰을 내렸다.

"뭐? 뭐? ……뭐가 어떻게 된 거야?" 야마기시가 넋이 나간 얼굴로 말했다.

오카모토는 손가락 하나도 움직일 수 없는 듯했다.

리호는 몸을 흔들며 자지러질 듯 웃었다. "에토 선배님, 대단하세요! 갑작스러운 상황극을 순간적으로 받아주시다니, 역시 영화 동아리 부장님이에요."

에토가 축 늘어진 채 책상에 팔꿈치를 괴며 말했다. "하하하.

리탄, 이런 식의 상황극은 위험하잖아? 전반부 해석은 너무 억지스러워. 지금까지 그런 식으로 해석한 사람은 아무도 없었거든! 산신이니, 지박령이니, 다들 그렇게 말했지. 겁먹긴 했지만 범인의 의도대로 되진 않았어."

리호는 재미있다는 듯이 쿡쿡 웃었다. "그렇죠. 안 그래도 누가 그걸 지적하지 않을까 불안했어요."

"감쪽같이 속았잖아? 간 떨어지는 줄 알았네." 야마기시가 그렇게 말하고 그 자리에 털썩 주저앉았다.

이누카이가 하하하, 하고 목소리만으로 어색하게 웃었다. 오카모토는 책상 위에 엎드렸다.

치구사는 다시 멍한 눈길로 리호를 바라보았다.

이렇게 황당한 짓을 해놓고 저렇게 즐거울까?

아니…… 즐거운가 보다. 저 환하게 웃는 얼굴, 어린애처럼 즐거워하는 표정을 보면.

살인이나 폭행까지 상황극의 소재로 삼아서 모두를 속이는 게 즐거운 것이다.

역시 이질적이다. 나하곤 안 맞는다. 이 애는 정말 이상하다.

5

동아리 선배를 살해하고 멤버와 관계자를 스토킹한 죄로 에토가 체포된 것은 뉴스 프로그램이나 리얼리티 쇼를 통해 널리 알려졌다. 이스마 대학에는 기자들이 몰려들어 한동안 시끌벅적

했다.

치구사는 한 번 경찰서에 불려가서, 쫓겼을 때의 상황을 몇 번이나 설명해야 했다. 그녀가 설명을 제대로 못한 것인지, 아니면 경찰이 꼼꼼하게 수사하는 것인지 모르겠지만, 어쨌든 똑같은 말을 끊임없이 반복해야 했다.

어떤 기자는 경찰서에서 정보를 얻었는지 나에게 '촬영 중인 독립영화 배우'로서 인터뷰를 요청했지만 아무것도 모른다는 말만 되풀이하며 빠져나왔다.

"이상한 사람이었어?"

배려가 없는 친구들이 그렇게 물은 적도 있었다. 동아리에서는 멀쩡한 사람으로 보였다고 솔직하게 말했더니, 하나같이 "그런 사람이 꼭 이상한 짓을 저지른다니까" 하며 고개를 끄덕였다. 아마 이상한 사람이었다고 대답했다면 "역시 그랬구나" 하고 대꾸했으리라. 원래 그런 법이다. 처지가 반대였다면 치구사도 그렇게 했을지 모른다. 정보를 자기 마음대로 해석해서 살인범 에토의 이미지를 만들어냈을 것이다.

언론 보도에 따르면 살해 동기는 "오만방자한 이세하라의 태도를 더는 참을 수 없었다", "주변 사람들도 동아리 부장인 자신을 무시했다", "그래서 복수했다"라는 단순한 것이었다.

리호의 상황극은 역시 상황극에 불과했다. 우연히 범인을 맞히기는 했지만 그것 말고는 전부 지어낸 이야기였다. 비밀 안내서에 있는 문장의 출처도, 상식을 벗어난 동기도 전부 거짓이었다.

당연한 일이지만 치구사는 안도의 한숨을 내쉬었다. 하나부터 열까지 리호가 말한 대로였다면 견딜 수 없었으리라.

그로부터 보름 후, 아침 9시.

문학부동으로 들어가려고 했을 때, 야마기시가 치구사를 불러 세웠다.

　"아카기, 뉴스 봤어?"

　"뭐? 무슨 뉴스? 못 봤는데?"

　"에토 선배가 진술을 바꿨다고 하더라고." 야마기시는 뺨에 있는 커다란 상처 딱지를 긁적이면서 곧바로 빠르게 말을 이었다. "자신이 쓴 문장이었던 이스마 산 얘기를 이세하라 선배가 무시해서 화가 났고, 그래서 그 문장과 똑같이 따라 하기로 마음먹었대. 일단 이세하라 선배를 죽이고, 그런 다음에 너와 나를⋯⋯."

　"그게 무슨 말이야?"

　"그러니까 다시 말해⋯⋯." 야마기시는 머리칼을 쥐어뜯으며 한층 목소리를 높였다. "리탄이 상황극이라면서 말한 것과 똑같이 진술하기 시작했대! 우리를 겁먹게 만들기 위해서 그랬다고!"

　지나가는 학생들이 얼굴을 찡그리며 그들을 쳐다보았다.

　"⋯⋯진술이 달라졌다고 할 정도는 아니야. 조금 부풀린 것뿐이지." 치구사는 당황하면서도 자신의 생각을 말로 표현했다.

　감정이 격해져서 죄를 저지른 뒤, 나중에 적당히 동기를 만들어낸 것이다. 형사들은 아무 죄도 없는 그녀에게도 그토록 끈질기게 물어보지 않았던가. 에토는 몇 번이나 신문을 받고 날카롭게 추궁당하는 사이에 그럴듯하게 동기를 만들어냈다⋯⋯. 결코 있을 수 없는 일은 아니다. 남에게 들은 이야기를 참고하는 일도 있으리라. 리호의 이야기를 그대로 받아들이는 일도⋯⋯.

　이성(理性)의 힘을 빌려서 치구사는 스스로를 이해시켰다. 마음이 안정되자 그와 동시에 의문이 떠올랐다.

　"에토 선배의 홈페이지 같은 건 없지? 산 이야기 같은 건 쓰지 않았지? 추리 SF 어쩌고 하는 동아리가 그걸 그대로 복사해서 비밀 안내서에 실었다는 것도 전부 그 애가 지어낸……."

야마기시가 무겁고 낮은 목소리로 말했다. "있었어."

어느새 날씨가 쌀쌀해졌는데, 뺨에는 땀이 배어나오고 있었다.

"인터넷에 검색했더니 나왔어. '호러 작가 지망생 ETO'의 홈페이지. 그리고 추리 SF 심령 동아리에도 물어봤는데, 리탄이 말한 대로였어. 적당히 검색해서 그대로 옮겨 실었다고 하더라고. 그러니까……." 야마기시는 잠시 숨을 돌리고 나서 덧붙였다. "다시 말해, 리탄의 상황극이 전부 맞힌 거야. 어, 어떻게 이런 우연이 있을 수 있지?"

"……그럴 리가." 하마터면 진실로 받아들일 뻔한 것을 참고 치구사는 가까스로 대꾸했다. 그녀는 일부러 쓴웃음을 지었다. "그런 우연이 있을 리 없잖아."

"하지만 진짜고 사실이야."

"그 애는 뭐래?"

"그 후엔 한 번도 못 만났어. 연락도 하지 않았고."

"지금 연락해봐. 확인해봐야지." 치구사의 말투가 저도 모르게 강해졌다.

야마기시는 주눅이 든 것처럼 "그래" 하고 대답하고는 휴대폰을 손에 들었다.

점심시간. 식당의 한쪽 구석에서 기다리자 리호가 나타났다.

"오랜만이에요."

리호의 목소리는 가까스로 알아들을 수 있을 만큼 작고, 얼굴은 야위었으며 입술은 새파랬다. 그녀는 슬픔이 어린 눈길로 두 사람을 힐끔 보더니 치구사의 옆자리에 앉았다.

잠시 숨 막히는 침묵이 이어진 다음, 맞은편에 있는 야마기시가 입을 열었다. "오늘 아침에 뉴스 봤어?"

리호는 고개를 끄덕였다. "네."

"……알고 있었어? 에토 선배에 관해서?"

"아뇨." 리호는 고개를 숙인 채 가로저었다.

"그럼 에토 선배의 홈페이지나 추리 SF 심령 동아리에서 옮겨 썼다는 것도?"

"몰랐어요." 그녀는 다시 고개를 가로저었다. 그러더니 잠시 후에 목소리를 짜내듯이 덧붙였다. "저도 믿기지 않아요. 요전에 한 말은 정말 단순한 상황극이었고, 아무것도 모르는 상태에서……."

그곳에서 말이 막혔다.

밝은 형광등 불빛을 받은 소란스러운 식당 안에서, 입을 꼭 다문 그녀의 주변만이 어둡게 보였다.

치구사가 위로하듯 말을 걸었다. "괜찮아?"

"……죄송해요." 리호는 살짝 고개를 들고 한순간 입술 끝에 미소를 담았다. "너무 충격을 받아서……. 뭐랄까? 제…… 제 탓 같은 생각도 들고요."

야마기시가 억지로 밝은 목소리를 짜내며 부정했다. "그렇게 생각할 필요 없어. 리탄은 아무 잘못이 없으니까."

"아니에요." 리호는 세 번째로 머리를 가로젓더니 말했다. "죄송해요, 실례할게요."

그 말을 남기고 종종걸음으로 식당을 나섰다.

치구사는 그녀의 뒷모습을 말없이 바라보면서, 멀리 떨어진 테이블에서 나는 커다란 웃음소리를 멍하니 들었다. 사람의 죽음이나 상처를 장난 삼아 말하는 사람이라도, 우울할 때는 우울한 모양이다.

"……영화 동아리는 어떻게 될까?"

야마기시의 중얼거림을 듣고 치구사는 제정신으로 돌아왔다.

야마기시는 치구사를 바라보며 멍한 얼굴로 말했다. "하긴 어떻게 되고 말고의 문제가 아니지. 촬영은 완전히 중지. 촬영해놓은 데이터도 사라졌고. 난 부장은 아니지만 누가 봐도 없어질 게 뻔하잖아? 미안해, 내가 끌어들여놓고 내팽개친 것처럼 되어서."

"아니야, 괜찮아." 치구사가 대답했다.

이런 상황에서 아무렇지도 않은 얼굴을 계속하는 것은 싫다. 그것이 솔직한 심정이었다.

이제 어떻게 할까? 볼일은 이미 끝났다. 야마기시와 같이 점심을 먹고 싶지는 않다. 친구와 합류할까?

잠시 생각에 잠겨 있자 야마기시가 복잡한 얼굴로 말했다. "잠깐 시간 있어?"

"왜?"

"이건 내 망상이지만……." 그는 운을 떼고는 말을 이었다. "이 세상에는 언령이라는 게 있잖아? 말에는 힘이 있어서 입 밖으로 내뱉으면 현실에 영향을 준다는 것 말이야."

"그래, 들은 적 있어."

"이번 사건이 그게 아닌가 해서."

"뭐?"

치구사는 말문이 막혔다. 야마기시가 무슨 말을 하는지 이해할 수 없었다. 말없이 기다렸더니 야마기시가 몸을 앞으로 내밀면서 심각한 얼굴로 말했다.

"상황극이 우연히 현실과 일치하는 것, 가능성이 없지는 않지만 보통 그런 일은 일어나지 않잖아? 그렇다고 리탄이 거짓말을 한 것 같지는 않아. 조금 전에 본 우울한 모습은 아무리 봐도 연기가 아니잖아?"

"응, 그런 것 같아."

"그러니까 이번 일은 분명히 언령이야. 리탄의 거짓말, 지어낸 이야기가 현실이 된 거지."

"뭐?"

"진술이 달라진 것도 그것 때문이야. 에토 선배는 정말로 발끈해서 이세하라를 죽였을지 몰라. 복수를 하고 싶어서 우리 뒤를 쫓아왔을지도 모르고. 그런데 어느새 에토 선배 안에서 동기가 달라진 게 아닐까? 리탄이 말한 가짜 동기가 덧씌워졌는데, 스스로도 그걸 알아차리지 못한 게 아닐까?"

야마기시의 말투가 다시 빨라졌다. 어딘지 모르게 기뻐하는 것 같기도 했다.

"리탄 자신도 그렇게 생각하는 게 아닐까? 그래서 그토록 우울해하고, 자기 탓처럼 말하는 게 아닐까? 그 애는 호러를 좋아하는 귀여운 신입생인 것만은 아니야. 언령사, 자신의 말을 현실로 만드는 힘을 가지고 있어. 전부 다 우연이라는 것보단 그게 더 설득력 있잖아?"

"아니, 설득력 없거든!" 치구사는 어이없는 얼굴로 단호하게 대답했다.

자신의 망상이라고 미리 말하기는 했지만, 이렇게까지 황당하고 유치한 이야기라곤 생각하지 않았다. 여자 후배를 황당한 말로 포장해서 가지고 놀고 있다. 그러기 위해 살인사건까지 이용하고 있다.

치구사는 야마기시를 노려보았다. 그는 멍한 표정으로 치구사를 쳐다보았다.

역시 이 사람들은 이상하다. 이질적이고 뭔가가 마비되어 있다. 치구사는 새삼 그렇게 생각했다. 그동안 그들과 어울렸던 자신이 한심하게 여겨졌다. 또다시 온몸의 힘이 빠졌다.

"멍청하긴……."

"뭐?"

눈을 동그랗게 뜨는 야마기시에게 등을 돌리고 치구사는 식당을 뒤로했다.

파인더
너머에

"다음은 계단을 찍어주세요. 밑에서……."

"알고 있어. 그렇게 재촉하지 않으면 내가 일을 안 할 것 같아서 그래?"

묘진 씨는 투덜거리며 2층으로 올라가는 계단을 향해 찰칵찰칵 셔터를 눌렀다. 왼손은 카메라에 대기만 할 뿐, 앵글을 맞추지도 않는다.

나는 비스듬히 뒤쪽에 서서 묘진 씨의 큼지막한 등을 바라보았다. 떡 벌어진 어깨, 빨간색 티셔츠, 검게 탄 굵은 두 팔. 10여 년 전에 처음 만났을 때와 똑같다. 하지만 당시의 패기나 위엄은 놀라울 만큼 사라졌다. '잘나가는 인기 카메라맨'이었던 시절의 오라는 찾아볼 수 없는 것이다.

열 장도 찍지 않고 카메라를 내리더니, 묘진 씨는 심드렁한 얼굴로 나를 노려보았다.

"이제 됐지? 다음은 위쪽이야?"

"네, 2층으로 올라가자마자 앞에 있는 방입니다."

"그 전에 한 대 피우고."

대답도 듣지 않고 주방으로 사라졌다. 정원에서 들리는 매미소리에 섞여서 달칵달칵 라이터 켜는 소리가 들렸다. 잠시 후, 후욱 연기를 내뿜는 소리와 혀 차는 소리가 이어졌다.

복도에 있던 노자키가 어깨를 들썩였다.

"다케시." 노자키는 내 이름을 부르며 씁쓸한 미소를 짓더니 작은 목소리로 덧붙였다. "……거장은 대단하시군."

나는 말하는 대신 찡그린 얼굴로 대꾸하고, 목에 걸친 수건으로 땀을 닦았다.

최근 5년 사이에 묘진 씨의 일은 눈에 띄게 줄었다. 업계의 소문도 그렇고, 내가 일하는 오컬트 잡지인 《월간 불싯》 편집부에서도 그에게 일을 의뢰하지 않은 지 꽤 됐다.

현장에서는 툭하면 조수나 편집자에게 호통을 친다. 사진에 손이나 발이 나오는 것은 매번 있는 일이고, 아이돌 사진을 찍을 때는 성추행을 하기도 한다. 그로 인해 소속사에게 항의를 받은 적이 한두 번이 아니다.

옛날에는 그래도 됐으리라. 업계가 아직 젊고 예산에 여유도 있어서, 완성된 사진만 좋으면 일을 줄 수 있었던 20세기까지는.

21세기에 접어들면서 경기가 나빠진 데다, 내가 《월간 불싯》에 들어온 지 얼마 되지 않아 디지털 촬영으로 바뀌기 시작했다. 그무렵부터 잡지에서 '사진, 묘진 요시노리'라는 크레디트가 점점 줄어들더니 이듬해부터는 보이지 않게 되었다.

도나미 편집장이 묘진 씨를 정리한 것도 그 시기였다. '예산이 적어서 필름 사진을 맡기기 힘들다'는 게 표면적인 이유였지만,

그 말이 사실이라면 디지털 카메라로 찍어달라고 하면 되지 않는가. 다른 곳과 똑같은 이유로 귀찮은 존재를 쫓아냈다는 건 속이 후련한 얼굴을 봐도 알 수 있었다. 젊은 시절에는 이런저런 일이 있었던 모양이야, 라고 사사오카 선배가 말해주었다. 유미즈 씨가 고소하느니 마느니 했다는 이야기도.

언제였던가, 묘진 씨가 이렇게까지 추락한 이유를 사사오카 선배가 설명해준 적이 있었다.

"말단 직원이 언젠가 승진해서, 자신을 쓸지 말지 선택하게 된다는 건 머릿속에 없었나 봐. 초일류라면 또 몰라도 그 정도는 아니잖아?"

나는 묘진 씨에게 악감정이 없다. 다행히 얻어맞은 적도 없고, 무엇보다 사진에 빠지게 된 계기가 그의 사진에 끌렸기 때문이다. 인품과는 반대로 묘진 씨의 사진은 자연스럽고 약삭빠른 느낌이 없어서 이상하게 친밀감이 들었다.

현장에서 만날 때마다 그에게 달라붙어 촬영에 관해 알고 싶은 걸 전부 물었다. "생초짜가 감히!"라는 말을 귀에 딱지가 앉을 만큼 들었다. 그런데 열 받아서 공부하는 사이에 어느새 직접 사진을 찍게 되었다. 지금은 다른 회사에서 가끔, 한 달에 두세 번 정도 촬영 의뢰를 받고 있다. 도나미 편집장에게도, 아내에게도 숨기고 있는 용돈 벌이다.

사실은 오늘도 내가 직접 찍는 편이 빠르다. 카메라맨에게 일을 주지 않는 대신에 그 돈으로 영감 체질의 아이돌이라도 불러서 인터뷰하는 편이 독자들도 더 좋아하리라. 그래도 오랜만에 묘진 씨에게 일을 주고, '철저 검증! 영혼이 사는 도쿄의 하우스 스튜디오'라는 소박한 기획을 밀고 나간 것은 절반은 은혜를 갚기 위해서고, 나머지 절반은 에둘러 현실을 깨닫게 하기 위해서였다. 지금의 '묘진 선생님'에게는 이런 일밖에 줄 수 없다고.

그때 거실에서 목소리가 들렸다.

"이봐, 스오. 환타 있어?"

처음 만났을 무렵이라면 "이봐!"라는 말로 끝났으리라. 지금은 나름대로 신경을 쓰고 있다. 자신이 궁지에 몰렸다는 사실을 이미 아는 것이다. 그래서 스무 살 가까이 어린 애송이에게도 정중하게 말하려고 애쓰고 있다. 그럼에도 냉장고에서 직접 꺼내 먹어야겠다는 생각에는 미치지 못한다.

거만함이라는 이름의 계단을 끝까지 올라간 사람은 두 번 다시 내려올 수 없다. 내려와봤자 한 계단이나 두 계단이다. 아무리 손을 쭉 뻗어도.

"금방 갖다드릴게요."

나는 노자키에게 눈짓을 하고, 묘진 씨를 향해 뛰어갔다. 매미 소리가 한층 크게 울려 퍼졌다.

쿵쾅쿵쾅 발소리를 울리며 묘진 씨는 계단을 올라가 눈앞에 있는 방으로 들어갔다. 문은 활짝 열려 있었다. 나와 노자키는 그 뒤를 따라갔다. 3평 정도의 서양식 방이고, 인테리어는 하얀색과 핑크색의 소녀 취향이다.

"여기가 메인이군." 노자키가 순서를 확인하면서 말했다.

"그래."

노자키의 사전 조사에 따르면 이 방에서 '괴현상'이 자주 나타난다고 한다.

스튜디오 빈즈 가미샤쿠지이 A. 통칭 '빈즈 A 스튜디오'. 2층짜

리 단독주택. 예전에는 제약회사의 임원 집이었다고 하는데 개인적인 사정으로 내놓았고, 빈즈 A 스튜디오가 15년 전에 매입해서 현재에 이르고 있다. 임원의 매각, 그리고 관계자들 사이에서 몇 년째 소문이 자자한 괴현상과 관계가 있을 만한 사건, 사고는 노자키가 확인했을 때는 발견되지 않았다. 아마 그런 일은 존재하지 않으리라. 노자키의 조사는 믿을 수 있기 때문이다.

그는 만나자마자 '같이 일하고 싶다'고 생각한 최초의 작가였다. 나이가 한 살밖에 차이 나지 않은 것도 입사 동기가 늘어난 듯해서 마음 든든했다. 몇 번째 술자리에서 "우리 말 편하게 하지 않을래요?"라고 물었을 때, 그는 "그거 좋죠"라고 처음으로 미소를 보였다. 서로의 결혼식에도 초대했다. 노자키가 이혼했을 때는 오직 미확인 생명체 이야기로 밤을 새웠다.

"메인?" 묘진 씨가 카메라를 어깨에 멘 채 따지고 들었다. "뭐야? 그럼 지금까지는 서브였어?"

나보다 먼저 노자키가 대답했다. "아뇨, 당치도 않습니다."

속이 빤히 들여다보이는 영업적인 미소를 지으며.

"괴현상은 1층에서도, 조금 전의 계단에서도 나타나는 것 같지만, 목격자가 가장 많은 게 여기입니다. 이상한 소리를 들었다는 사람도 있고, 괴이한 그림자를 봤다는 사람도 있습니다. 그걸 편의상 메인이라고 표현한 것뿐이죠."

"그래? 그래서?"

"그러니까 처음에는 방 전체를 찍어주시고……."

"이봐." 묘진 씨가 턱을 내밀고 위협하듯 말했다. "자네, 작가지? 무슨 권리로 나한테 지시하는 거야?"

노자키는 웃음을 무너뜨리지 않은 채 "실례했습니다, 주제넘은

짓을 해서 죄송합니다"라고 정중하게 사과하면서 뒤로 물러섰다. 그러곤 묘진 씨의 눈에 띄지 않는 곳에서 입술을 삐죽 내밀었다. 나는 "죄송합니다"라고 고개를 숙인 뒤 원하는 사진을 설명했다.

입구에서 방 전체를 찍고, 이어서 침대를 찍는다. 가져온 파란색 공을 머리맡에서 바닥으로 굴렸다. 스튜디오 고참 직원의 목격 사례를 재현하기 위해서다. 문을 연 순간, 침대 위에서 공이 데굴데굴 굴러서 떨어졌다고 한다.

묘진 씨는 아무 말도 하지 않고 타성으로 셔터를 눌렀다.

다음은 창문. 2층인데도 똑똑 두드리는 소리가 났다는, 흔한 이야기가 있었던 곳이다.

다음은 침대 밑. 바닥에 물이 고여 있었던 적이 몇 번 있었다고 한다. 창문과의 위치로 볼 때, 비가 새어 들어왔다고는 볼 수 없다. 천장이나 벽에서 물이 새어 들어왔다면 침대 밑에만 고이는 건 이상하다. 집이 오래되긴 했지만 바닥이 기울어지지도, 움푹 들어가지도 않았다. 구슬을 놓고 수평을 검증하면서 그 모습도 촬영했다.

"다음은 드디어 메인의 메인입니다." 노자키가 갑자기 목소리를 높이더니, 묘진 씨가 노려보는 것도 신경 쓰지 않고 말을 이었다. "평범해 보이는 이 양문형 벽장. 이 안에서 소리가 났다, 목소리가 들렸다, 있을 리 없는 물건이 나왔다. 그런 증언이 많습니다. 그러면 스오 씨, 묘진 선생님께 지시를 내려주십시오."

노자키가 그렇게 말하고 과장스럽게 몸을 뒤로 뺐다. 나는 웃음기가 얼굴에 드러나지 않도록 신경 쓰면서 묘진 씨를 향했다.

"그럼 처음에는 뒤쪽에서 전체를……."

그 순간.

쿵.

등 뒤에서 소리가 났다. 뒤를 돌아본 순간 다시 쿵 하는 소리가 났다.

소리는 벽장 안쪽에서 들렸다.

노자키의 눈이 기이하게 빛났다.

맨 처음 입을 연 사람은 묘진 씨였다. "……몰래카메라야? 이게 무슨 짓이야? 몰래카메라를 설치하다니."

나는 황급히 대답했다. "아닙니다."

아무리 옛날보다 인지도가 떨어졌다고 해도, 묘진 씨를 상대로 그런 짓은 하지 않는다.

"몰래카메라라면 처음부터 캠코더를 가져왔겠죠. 보세요, 가져오지 않았잖습니까?"

"그렇다면 지금 그건……."

"확인해보죠. 검증하는 겁니다. 뒤쪽에서 전체를." 나는 어깨를 들썩이며 지시를 내렸다.

"알았어." 묘진 씨는 부루퉁한 얼굴로 카메라를 들고 자세를 취했다.

나와 노자키가 양쪽에서 벽장 손잡이를 잡았다. 최대한 프레임에 들어가지 않도록 팔을 쭉 펴고 양쪽으로 떨어졌다. 묘진 씨가 정면에서 카메라의 초점을 맞췄다.

노자키는 남은 손으로 휴대폰을 들었다. 동영상이다. 역시 노자키다. 부탁하지 않아도 알아서 찍어주는 것이다. 화질도 화면도 기대할 수 없지만 찍지 않는 것보다는 낫다.

기묘한 소리가 들렸다. 기척이 느껴졌다. 녹음한 인터뷰 음성이 사라졌다. 잘못된 디자인 데이터를 몇 번 수정해도 원래대로 되어 있다. 프린터가 새하얀 종이를 수십 장이나 뱉어낸 후에 고장 났다…….

직업상 이런 이야기는 지긋지긋할 만큼 많이 듣는다. 하지만 실제로 보는 것은 이번이 처음이다. 그래도 안이하게 영혼의 소행이라고 생각할 마음은 없다.

가장 가능성이 있는 것은 집 울림이다. 아니면 이 타이밍에 우연히 안에 있는 물건이 움직였을 수도 있다. 그것도 아니면 벌레나 쥐 정도일까?

그래도 이렇게 최선을 다해 대처하는 것은 마음속 어딘가에서 기대하고 있기 때문이다. 과학으로도 이성으로도 설명할 수 없는 신비한 '것'을 만날 수 있을지도 모른다. 결정적인 장면을 내 눈으로 직접 볼 수 있을지도 모른다.

시선을 맞추고 신호를 보낸 뒤, 나와 노자키는 천천히 벽장을 열었다.

찰칵찰칵. 셔터 소리가 두 번 이어진 직후, 묘진 씨의 몸이 뒤로 크게 젖혀졌다.

"웃."

묘진 씨가 파인더에서 얼굴을 떼고, 몇 번 눈을 깜빡이면서 벽장을 보았다.

"왜 그러세요?"

노자키의 질문에 그는 "……아무것도 아니야"라고 말하면서 혀를 차더니, 뒷주머니에서 카메라용 클립온을 꺼냈다.

벽장 안은 생각보다 꽤 깊었다. 원래는 반침이었으리라. 허리 높이에 선반이 있고, 위아래가 구분되어 있었다. 상단에는 꾸깃꾸깃한 검은색 천이 놓여 있었다. 제법 커다란 천 위에는 먼지가 잔뜩 쌓여 있었다. 그것은 선반도 마찬가지였다.

몸을 숙여서 아랫단을 확인했다. 더러워진 자루걸레, 녹이 잔뜩 낀 모기향 캔, 딱딱해진 검은색 고무장갑, 똬리를 틀고 있는 초록색 호스. 이쪽도 전부 먼지를 뒤집어쓰고 있었다.

나는 묘진 씨에게 지시를 내렸다. 그는 가까이 가서 셔터를 눌렀다. 클립온에서 나오는 빛이 벽장의 벽과 안에 있는 물건을 몇 번이나 비추었다.

"이 정도면 됐어?"

"아뇨, 안에 있는 물건을 꺼낼게요."

나와 노자키는 조심스럽게 상단의 천을 꺼내 구석에 두었다. 천 밑의 나무판에는 먼지가 보이지 않았다. 꽤 오랫동안 사용하지 않았다는 증거다. 또한 스튜디오 직원이 보이지 않는 곳은 청소하지 않았다는 증거이기도 하다.

상단을 찍고 나서 하단 작업에 착수했다. 피어오르는 먼지 속에서 몇 번이나 재채기를 하면서 가까스로 물건들을 다 꺼냈다. 묘진 씨가 벽장 앞에서 몸을 숙였다.

하단을 향해 카메라를 잡은 순간, 그는 다시 몸을 뒤로 젖혔다. 눈이 크게 벌어졌다. 햇볕에 까무잡잡하게 탄 얼굴이 긴장으로 굳어졌다. 다시 카메라를 들었다가 곧바로 내리더니, 그는 멍하니 입을 벌리고 중얼거렸다.

"어떻게 된 거지……?"

나는 엉거주춤한 자세로 몸을 구부리고 벽장의 하단을 들여다보았다.

사방에서 춤추는 먼지, 안쪽의 새하얀 벽, 바닥의 나무판. 그것 말고는 아무것도 보이지 않았다.

노자키가 묘진 씨의 바로 옆에서 한쪽 무릎을 꿇고 물었다. "마음에 걸리는 일이라도 있으신가요?"

"눈이 피곤해서 그래. 요즘 일이 좀 많았거든." 묘진 씨는 흠칫 놀라며 슬픈 거짓말을 했다. 그러곤 갑자기 얼굴을 일그러뜨리더니 노자키를 노려보았다. "그런데 지금 뭘 찍은 거지? 나를 몰래 찍은 거야?"

"아, 아닙니다." 노자키는 황급히 휴대폰을 밑으로 내렸다. "녹음용입니다. 혹시 조금 전의 소리가 나지 않을까 해서요."

"웃기지 마! 내가 촬영하는 중에 허락도 받지 않고 이상한 짓을 하다니……."

"죄송합니다!" 나는 두 사람 사이에 들어가서 재빨리 사과했다. "제 잘못입니다. 바로 중지하라고 할 테니까 계속해서……."

톡.

그때 메마른 소리가 들렸다. 바로 눈앞에서였다. 우리 세 사람은 동시에 벽장 안을 보았다. 그곳에는 작고 네모난, 희끄무레한 물건이 놓여 있었다. 조금 전까지는 아무것도 없었는데…….

책이었다. 크기가 작은 것에 비해선 꽤 두껍다. 책의 테두리 부분은 휘어지고 갈색으로 바랜 상태였다. 커버는 없었다.

"……묘진 씨, 부탁합니다."

나는 스스로도 어이가 없을 만큼 긴장한 목소리로 지시를 내렸다. 묘진 씨는 카메라를 올리려고 하다가 망설이더니, 파인더를 들여다보지 않고 셔터를 눌렀다.

책 제목은 『절규! 공포의 심령사진집 3』. 질척질척한 글자체로 겉표지와 책등에 그렇게 쓰여 있었다. 엄밀하게 말하면 겉표지에는 '3'이고, 책등에는 'PART 3'이다. 만듦새가 매우 조잡했다.

표지 한가운데에 사진이 있었다. 원래는 컬러 사진이었을지도 모르겠지만, 표지가 흑백인 만큼 사진도 당연히 흑백이었다. 낡은 집의 정원에서 툇마루를 찍은 것이다. 안쪽의 어둠 속에 떠오른 하얀 물체를 동그라미가 에워싸고 있었다. 옆에는 하얀 물체를 가리키는 화살 표시. 그리고 '사진에 지박령의 모습이……!'라는 홍보 문구.

나는 책을 휘리릭 넘겨보았다. 모든 페이지에 스냅 사진이 크게 실려 있고, 사람의 눈은 검은 막대로 가려져 있었다. 신체를 가로지르는 빛, 어깨에 얹힌 손, 얼굴처럼 보이는 벽의 얼룩. 오래된 탓인지 접은 자국도 있고 몇 페이지는 보이지 않았다.

전형적인 심령사진집이었다. 옛날에는 참 좋았다. 이렇게 조잡한 심령사진집도 잘 팔렸으니까. 그런데 디지털 카메라와 동영상 편집 소프트웨어가 보급된 결과, 심령사진의 매력은 사라졌다. 누구나 동영상을 가공할 수 있게 된 지금, 뭐가 어떻게 찍혀 있든 기이하기는커녕 조금도 무섭지 않다.

책의 어디를 찾아보아도 발행일은 물론이고 출판사 이름도, 가격도 쓰여 있지 않았다.

"딱히 이상한 건 아니야." 노자키는 내 옆에서 남은 주먹밥을 먹으면서 덧붙였다. "커버에 인쇄되어 있었겠지. 그런 책에는 그런 경우가 꽤 많았거든."

오후 5시. 기가출판 건물 3층 편집부에서 나와 노자키는 잡담을 나누었다. 소도구를 정리한 뒤, 묘진 씨가 찍은 사진을 컴퓨터에 복사하는 중이었다. 다른 편집자는 취재나 촬영으로 모두 나가서, 우리 말고는 아무도 없었다.

"동영상은 어땠어?"

노자키는 씁쓸한 표정을 지으며 말했다. "노이즈가 많아서 시끄러운 데다 거장의 목소리가 겹쳐서 가장 중요한 소리는 들리지 않아. 나중에 보내줄게."

묘진 씨는 촬영이 끝나자마자 황급히 직접 짐을 정리하더니 "먼저 갈게"라면서 일본 차를 타고 돌아갔다. 데이터가 들어 있는 SD 카드를 나에게 던지고 "나중에 가지러 갈게"라는 말을 남긴 채.

복사가 끝난 사진 폴더를 열고 섬네일을 확인했다. 사진은 전부 326장. 게재할 페이지를 생각하면 타당한 숫자이기는 하다.

사진을 열어서 순서대로 대충 확인했다. 스튜디오의 외관, 입구, 현관, 정원, 거실, 화장실, 욕실, 계단, 그리고 2층으로 올라가자마자 바로 앞에 있는 방.

기계적으로 마우스를 클릭하던 손가락이 멈춘 것은 벽장을 연 직후의 사진을 보았을 때였다.

내 입에서 중얼거림이 흘러나왔다. "……이건 뭐지?"

사진에는 강가가 찍혀 있었다. 하늘은 맑다. 앞쪽에는 잡초와 황토색 땅. 드문드문 새하얀 꽃이 피어 있다. 넓은 강의 맞은편 기슭에는 잔디가, 그 너머에는 단독주택의 지붕이 늘어서 있었다.

풍경 사진이다. 흔히 볼 수 있는, 그러면서도 그리움을 불러일으키는 경치.

노자키가 어느새 옆에 와서 들여다보았다. "거장이 다른 곳에서 찍은 사진 아니야? 그게 섞여 있었다든지."

나는 직전의 사진을 확인했다. 활짝 열린 벽장. 파일명의 끝에는 0217. 그리고 문제의 사진 번호는 0218. 각각 다른 곳에서 찍은 사진의 일련번호가 나란히 있을 확률은 거의 없다. 그 이전에 같은 폴더에 들어 있는 것 자체가 말이 되지 않는다. 데이터에 기록된 촬영 시각은 오늘 그 시간을 가리키고 있었다. 앞뒤 사진과도 이어져 있었다.

노자키는 손으로 입을 가리고 의아한 얼굴로 말했다. "그럼 그 벽장을 찍었는데 이게 찍혔다는 거야?"

나도 그렇게 생각했지만, 노자키의 입을 통해서 듣자 더욱 이해할 수 없었다.

입가에 쓴웃음이 떠오르기 직전, 낮의 기억이 되살아났다.

"촬영 도중에 묘진 씨의 모습이 어땠는지 기억나?"

"그래, 거장의 모습이 이상해진 건 바로 이 타이밍이었어. 벽장 문을 연 직후, 그때 그의 행동과 지금의 상황으로 판단하면……." 노자키는 모니터에 크게 확대한 강가를 쳐다보면서 덧붙였다. "……거장은 파인더 너머로 봤을지도 몰라, 이 경치를."

비과학적인 망상이지만, 하고 한마디 덧붙인 뒤 그는 의자 끄는 소리를 울리며 내게 더욱 가까이 다가왔다.

우리의 시선은 책상에 있는 『절규! 공포의 심령사진집 3』에서 멈추었다.

스튜디오 사진에 섞인 풍경 사진, 묘진 씨의 기묘한 행동, 그리고 벽장 안에서 나타난 이 책.

이것은 '괴이'고 '괴현상'이다. 우리는 오컬트 사건의 한복판에 있는 것이다. 적어도 지금 이 순간에는 그렇게 생각할 수밖에 없었다.

잡지에 실으면 독자의 시선을 끌 수 있다. 하지만 느긋하게 조사할 시간은 없다. 여유를 가지고 일정을 짜긴 했지만, 원고 마감은 다음 주 금요일이었다.

촬영 다음 날, 나는 출근하자마자 바로 도나미 편집장에게 보고했다.

"그런 일이라면 무슨 일이 있어도 파헤쳐야지." 편집장은 탕비실에서 담배를 피우며 말했다. 그리고 환기팬으로 빨려 들어가는 연기를 보면서 부러운 듯이 덧붙였다. "자네는 행운아군. 그런 걸 직접 보다니."

그렇다고도 아니라고도 말할 수 없어서 나는 조심스럽게 대답했다. "마감은 지킬 테니까 되도록……."

"아니야. 끝까지 해봐. 끝의 끝까지. 원고가 인쇄소에 넘어간 다음이라도 상관없어. 뭐 편집장이 할 말은 아니지만." 편집장은 그렇게 말하면서 즐거운 듯이 쿡쿡 웃었다. "욕심을 낸다면, 무서운 사건 사고와 얽혀주면 고맙겠지만 말이야."

물론 그러면 지면이 화려해지고, 늦지만 않는다면 표지에도 제목을 내보낼 수 있다. 예를 들면 '리얼 주온! 참혹하게 살해된 집주인의 원한이 방문객을 저주하는 도쿄의 모 스튜디오!'라는 식으로. 하지만 스튜디오 자체에는 그럴 만한 사연은 없는 것 같다.

노자키에게서 들은 조사 결과를 설명하려고 하자 편집장은 재빨리 내 말을 가로막았다.

"됐어. 어디까지나 내 바람일 뿐이야." 그러곤 담배를 물고 옅은 미소를 지었다. "상사의 기대에 부응하기 위해 기사를 쓰면 안 돼. 추론은 몰라도 날조는 절대로 안 되니까."

눈길은 어디까지나 진지했다.

나는 고맙다고 말하고 자리로 돌아와 곧장 노자키에게 전화를 걸었다. 그리고 정식으로 추가 조사를 의뢰하고 일정을 전했다.

"그래서 갑작스럽긴 하지만……."

"쪼매 기둘려." 노자키가 간사이 사투리로 내 말을 막았다.

그러고 보니 오사카 출신이었지, 하고 기억이 났다. 평소에는 사투리를 쓰지 않는데 어떻게 된 걸까?

"무슨 문제라도 있어?"

"아니……." 그는 잠시 망설이더니, 평소의 표준어로 돌아왔다. "이제 됐어. 의뢰해줘서 고마워. 지난달에 잡지 하나가 휴간이 되는 바람에 여유가 생겼거든."

그 이후, 노자키의 행동은 신속했다. 우선 묘진 씨에게 사진을 메일로 보내고 전화로 질문을 했다고 한다. 이 사진은 다른 날에 찍은 것인가. 그렇지 않다면 무엇이라고 생각하는가. 이 풍경을 본 적이 있는가. 그리고 그날 이 풍경을 봤는가, 라고.

뜻밖에도 묘진 씨는 짜증을 내지 않고 대답해주었다고 한다.

최초의 질문에 대한 대답은 "아니다", 두 번째는 "모르겠다", 세 번째는 "없다", 그리고 네 번째는 "그렇다"였다.

예상한 대로였다. 그리고 이성적으로 판단하면 도저히 이해할 수 없는 일이었다.

"다시 말해서 보일 리 없는 걸 보셨다는 건가요?"

"파인더 너머로만 그랬어. 육안으로는 평범한 벽장만 보였어."

묘진 씨는 담담하게 대답했다고 한다. 분명히 그날의 행동과 일치한다.

"짐작 가는 게 있으신가요?"

이 질문을 하자 그는 코끝으로 웃으며 평소처럼 빈정거렸다고 한다.

"있을 리 없잖아? 거기선 이상한 일이 종종 일어난다면서? 그렇다면 영혼인지 뭔지의 소행 아니야? 그런 걸 조사하는 건 자네들 특기잖아?"

전화 인터뷰를 끝내기 직전에 노자키는 마음에 걸려서 한 번 더 물어보았다. "그 풍경 사진은, 순수하게 사진으로 볼 때 어떤가요?"

묘진 씨는 단호하게 대답했다. "자네도 보면 알잖아? 한마디로 엉망진창이야. 초점은 안이하고 구도도 엉망이야. 무엇을 찍고 싶었는지 당최 모르겠어."

"제가 보기에도 앞쪽이 너무 비어 있더군요."

"그래, 앞쪽에 사람이라도 있으면 또 몰라도. 그래도 보통의 스냅 사진 정도라고나 할까?"

어쨌든 시시한 사진이야, 라고 묘진 씨는 신랄하게 비판했다고 한다.

그 이후의 조사는 노자키에게 맡기고 나는 다른 페이지의 편집에 집중했다. 타성이라고까진 할 수 없지만 효율을 중시하며 기계적으로 일한 것이다. 하지만 머릿속은 온통 스튜디오와 사진, 그리고 심령사진집으로 가득 차 있었다.

노자키는 빈즈의 현재 직원과 예전 직원, 예전 집주인의 친척까지 만났지만, 눈에 띄는 성과는 아무것도 없었다. 예전 집주인 시절에 두 번, 스튜디오로 바뀌고 나서 한 번 리모델링을 했다는 사실을 알아냈을 뿐이다.

책도 마찬가지였다. 1988년에 나온 책이라는 건 금세 알아냈지만, 출판사는 21세기가 되기 전에 도산했다. 그런 쪽 마니아에게 메일로 물어봐도 "게이분샤의 대백과 시리즈에 편승해서 날림으로 급하게 만든 책 중 하나겠죠"라고, 나라도 말할 수 있는 대답이 돌아왔을 뿐이다.

"사진은 진전이 있었어." 노자키는 맥 빠진 얼굴로 말하며 아이스커피를 마셨다.

눈 밑에는 거무칙칙한 다크서클이 자리하고 있었다.

주(週)가 바뀌고 수요일 밤. 기가출판 건물에서 가까운 커피숍에서 노자키의 보고를 듣는 도중이었다.

나는 황급히 몸을 앞으로 내밀었다. "뭔가 알아냈어?"

노자키는 졸린 눈을 비비면서 말했다. "거기는 다마가와 강이야. 장소는 고마에 주변. 북쪽 기슭에서 남쪽을 향해 찍은 것 같아."

그러곤 말이 채 끝나기도 전에 입이 찢어져라 하품을 했다.

나는 단기간에 그것까지 알아냈다는 사실에 깜짝 놀랐다. 무엇보다 가장 놀란 점은 지명이었다.

"……우리 본가 근처잖아?"

"그렇지?"

나는 혀를 차고 중얼거렸다. "내가 알아차렸어야 했는데. 몇 번이나 봤으면서도 모르다니."

"어쩔 수 없어. 지금은 많이 달라졌으니까." 노자키는 그렇게 말하고 남은 아이스커피를 단숨에 들이켰다.

말속에 숨은 뜻이 있다.

말없이 바라보자 노자키는 입을 닦고 나서 말했다. "옛날 주택지도와 비교해보고 대강 확인했어. 이 경치는 아마 1980년대 중반일 거야. 과거의 풍경이지. 즉, 지금은 찍으려고 해도 찍을 수 없어. 뭐 거장이 장난으로 미리 옛날 사진 같은 걸 스캔하고 데이터를 조작해서 SD 카드에 넣어두······었을 가능성이 없지는 않지만." 그러곤 살짝 입술을 비틀었다.

농담임은 분명했다. 묘진 씨는 그런 말도 안 되는 짓은 하지 않는다. 그런 장난을 칠 정도로 마음의 여유가 있는 것 같지도 않다.

"······점점 더 이상하군." 나는 그렇게 말하고, 시선을 의자에 축 늘어져 있는 노자키 쪽으로 향했다. "문제는 잡지야. 마감이 코앞으로 다가왔어. 지난번에 찍은 스튜디오 사진에 다른 장소가, 그것도 과거의 풍경이 찍혀 있었습니다, 라는 것만으로도 어떻게 될 것 같긴 하지만······."

나는 거기까지 말하고 침묵했다.

하기 힘든 말을 하려고 했을 때, 노자키가 등받이에서 몸을 일으켰다.

"계속 조사하게 해줘. 이번 달은 현상 보고, 다음 달에 결과 보고. 그걸로 편집장과 담판을 지어주겠어? 보수는 뭐, 적당히 줘도 되니까."

충혈된 눈이 번들번들 빛났다.

"무리한 일을 맡겨서 미안해."

"아냐, 지금은 한창 무리해야 할 나이니까." 노자키는 목을 움직여 우두둑우두둑 소리를 냈다. "진짜, 아니······ 진짜일지 모른다는 생각이 조금이라도 드는 괴현상에는 가벼운 마음으로 관여해선 안 돼. 안 그러면 엄청난 일이 벌어질 테니까."

나는 쓸쓸하게 웃으면서 말했다. "왜 그래? 갑자기 영능력자 같은 말을 하고."

노자키는 잠시 생각에 잠기고 나서 힘없이 웃었다. "신경 쓰지 마. 내 규칙 같은 거야."

일이 끝나면 숯불구이를 사주겠다고 약속한 뒤, 나는 편집부로 돌아왔다.

노자키에게 들은 이야기를 보고하자 도나미 편집장은 의자에 앉은 채 책상 위에 발을 올리고 어이없는 표정을 지었다.

"이봐, 스오. 옛날 사진이 찍혔습니다, 라고 지면에 어떻게 표현할 거야?"

맞는 말씀이다. 어떻게든 말할 수 있다, 거짓말을 해도 상관없다, 노자키라면 그럴듯한 기사로 만들어줄 것이다, 라고 가볍게 생각했던 탓도 있다. 나는 들떠 있었다. 내 눈으로 괴현상을 보고 냉정함을 잃은 것이다.

"죄송합니다. 아슬아슬한 날짜까지 계속해서……."

"열심히 해봐."

편집장은 히죽히죽 웃으면서 눈가리개를 쓰고 팔짱을 꼈다. 오늘부터 편집부에서 지내려는 듯하다. 그 전에 잠시 눈을 붙이려는 것이리라.

내 자리로 돌아와서 잠시 일을 하고 있자 편집장이 눈가리개를 한 채 말했다. "스오, 최악의 경우에 어떻게 결말 지어야 하는진 알고 있지?"

나는 잠시 생각하고 나서 대답했다. "영능력자에게 보여주는 겁니다."

이번엔 내가 구태여 채택하지 않는 방법을 최후의 순간에 하는 것이다. 그러기엔 찜찜하다. 영능력자는 믿을 수 없다는 마음도 조금은 있다. 하지만 그러면 기사를 쉽게 쓸 수 있다. 그리고 거짓말을 쓰지 않아도 된다.

그들의 눈에는 이렇게 보였다고 한다, 우리는 그것을 기사로

썼을 뿐이다, 책임 회피라고도 할 수 있지만 거짓말을 한 것은 아니다.

"그것 말인데." 편집장이 몸을 앞으로 내밀더니 눈가리개를 벗고 말했다. "친구의 아는 사람 중에 '보이는 아이'가 있대. 대충 얘기를 들었는데 꽤 진짜 같고, 더구나 아직 젊은 것 같아. 기존 사람들에게 부탁하는 것도 좋지만, 급하게 부탁하면 받아주지 않을 거야."

다들 바쁜 몸이시니까 말이야, 라고 빈정거리며 덧붙였다.

"그 사람을 시험해보란 건가요?"

"마침 잘됐잖아? 신규 영능력자 발굴이라고 생각하면 어때?" 편집장은 히죽 웃으면서 말을 이었다. "바에서 일한다고 하니까 거기에 가면 만날 수 있을 거야. 예전부터 마음에 걸렸는데, 고엔지는 우리 집과 반대 방향이라서 말이야."

예상한 대로 그동안 우리 잡지사와 일한 영능력자는 모두 바쁘다는 핑계로 의뢰를 거절했다. 노자키의 조사에도 진전이 없었다.

금요일. 본래라면 인쇄소에 원고를 넘겨야 하는 날의 저녁 7시. 나와 노자키는 고엔지의 '데라시네'라는 바로 향했다. 사전에 전화를 걸어서 약속을 잡아놓았다.

도나미 편집장이 말한 '보이는 아이'…… 히가 마코토를 만나기 위해서다.

상가 건물의 한쪽 구석. 우리 말고는 손님이 없는 가게의 맨 안쪽 테이블에서 나와 노자키는 히가 마코토를 기다렸다. 지각하는 모양이다. 점장은 미안한 표정으로 "죄송합니다, 어제 과음을 했나 봐요"라고 말하며 몇 번이나 고개를 숙였다.

"기대는 하지 않아." 노자키는 작은 목소리로 말하며 담배에 불을 붙였다. "신비한 아이라는 캐릭터를 만들기 위해 가장 많이 사용하는 게 영감이니까. 영적인 현상은 있어도 영능력자 같은 건 없거든."

새삼스러울 게 없는 이야기다. 나는 "그렇지 뭐"라고 대꾸했다.

7시 반. 끼익 하고 문이 열렸다. "죄송해요"라고 연약한 목소리가 들려서 재빨리 돌아보았다.

부스스한 새하얀 머리칼에 체구가 작은 젊은 여성이 종종걸음으로 다가왔다. 커다란 눈, 또렷한 이목구비, 검은색 셔츠. 그녀는 우리 앞에서 걸음을 멈추고 가냘픈 몸을 웅크리며 두 손을 모았다.

"히가예요, 죄송해요. 일어나니까 7시였어요."

다음 순간, 그녀는 별안간 눈을 희번덕거리며 두 손으로 입을 막았다. 입에서 "우욱" 하는 소리가 새어나왔다. 그녀는 부자연스러운 자세로 몸의 방향을 바꾸고는 종종걸음으로 카운터 안쪽 문으로 사라졌다.

시원한 물소리가 들렸다.

점장이 마음 깊은 곳에서 죄송한 얼굴로 다시 머리를 숙였다. 노자키가 미간에 깊은 주름을 잡고 담배 연기를 토해냈다. 의자에 털썩 앉은 마코토에게 일단 이름을 말하고, 단적으로 용건을 전했다.

"편집장……." 도나미 편집장에게 들었다고 말하자 그녀는 그렇게 중얼거렸다. "아는 사람의 친구 중에 오컬트 잡지의 편집장이 있다고 들은 적이 있어요. 굉장히 멋진……."

"아마 그 사람일 겁니다. 멋있는지는 잘 모르겠지만요." 나는 고개를 끄덕이고 이야기를 원점으로 돌렸다. "그런데 좀 곤란한 일이 생겨서 꼭 힘을 빌리고 싶습니다."

"네. 하지만 제가 도움이 될 수 있을지……."

힘없이 말하는 그녀를 쳐다보며 나는 사건의 전말을 대충 설명했다. 노자키는 거의 말을 하지 않은 채, 불신이 가득 담긴 눈길로 그녀를 바라보았다.

이야기의 마무리는 금액 협상이었다. 얼마 되지 않는 금액을 말한 순간, 그녀는 고개를 옆으로 흔들었다.

"괜찮아요. 필요 없어요."

나는 쓴웃음을 지으며 말했다. "저희는 일로써 부탁드리고 싶습니다."

하지만 그녀는 딱 부러지게 거절했다. "돈은 받지 않을래요. 언니 정도가 아니면 돈을 받을 수 없어요."

언니가 있는가? 그렇게 물어보려고 한 순간, 마코토가 먼저 물었다.

"그보다 그 사진이 있나요? 옛날 풍경 사진이요."

편집부의 태블릿 PC에서 사진을 불러 보여주자, 그녀는 액정 화면을 뚫어지게 쳐다보았다.

"그리고 책도요."

책도 건네주었다. 그녀는 책을 휘리릭 넘기더니 몇 번인가 손을 멈추고 "스튜디오, 흐음……" 하고 말하며 가볍게 머리를 긁적였다.

그때까지 입을 다물고 있던 노자키가 느닷없이 물었다. "지박령의 소행일까요? 아니면 공중에 떠다니는 부유령이 지나가는

길이라든지요. 귀문(鬼門) 같은 곳에서, 또는 가까운 가미샤쿠지
이 공원의 연못에서 나온 건 아닐까요? 영혼이 모이는 장소일지
도 모르고요."

입가에는 미소가 감돌고 있었다. 그는 담배를 재떨이에 놓고
도전하듯 몸을 앞으로 내밀었다. 견제, 아니, 도발이다. 오컬트스
러운 말이나 주장을 나열해서 자칭 영능력자, 그것도 숙취로 나
타난 상대를 향해 넌지시 암시하는 것이다. 그런 종류의 이야기
는 이미 많이 들어서 질렸다고.

마코토는 눈을 동그랗게 뜨고 노자키를 쳐다보았다. 그러더니
잠시 후에 고개를 갸웃거리며 말했다. "저기, 성함이……."

"노자키입니다."

"노자키 씨, 저기…… 지박령이 뭔가요? 전 어려운 말은 잘 몰라
요. 언니라면 알겠지만요." 마코토는 부끄러운 듯 수줍은 미소를
지었다.

나와 노자키는 서로 얼굴을 마주 보았다. 예상치 못한 말을 듣
고 다음 말을 할 수 없었다. 시치미를 떼거나, 장난을 치는 것처럼
보이지 않았다. 그녀의 얼굴은 매우 진지했다. 창백한 모습도 어
느새 사라졌다.

"실례했습니다. 제 말은 잊어주십시오." 노자키는 표정을 바꾸
고는 앉은 자세를 바로 했다. "아는 것만이라도 말씀해주시겠습
니까?"

마코토는 입술을 꼭 다물었다가 말했다. "대강 알 것 같지만 우
선 확인해야 할 게 있어요."

"그게 뭐죠?" 노자키가 물었다.

그녀는 대답하지 않고 반대로 질문을 던졌다. "이건 마감이 아

슬아슬하죠? 서두르는 편이 좋겠죠?"

노자키가 곧바로 대꾸했다. "네, 이쪽 사정을 말씀드리자면 다음 주 초에라도."

"그럼……." 그녀는 나와 노자키를 번갈아보면서 말했다. "내일 스튜디오에 갈 수 있나요? 비어 있을까요?"

나는 몹시 당황했다. 협조해주는 건 고마운 일이지만 이렇게까지 적극적으로 나오면 오히려 당황하게 된다. 더구나 내일은 부모님이 오시기로 되어 있다. 어떻게 할까? 일단 고맙다고 말하려고 한 순간, 그녀의 얼굴이 다시 창백해진 것을 알아차렸다.

"우엑." 그녀는 다시 입을 막고 화장실로 달려갔다.

노자키가 반신반의한 얼굴로 담배를 입에 물었다.

다음 날, 마코토는 스튜디오를 살펴보러 갔다. 노자키가 같이 가겠다고 한 것이다. 부모님의 에두른 재촉(빨리 아이를 낳아라)을 적당히 받아넘기면서 나는 시간이 지나기를 기다렸다. 아내도 의연하게 대처했지만 지긋지긋해하는 것은 옆에서 봐도 알 수 있었다.

부모님이 돌아가고 겨우 안도의 숨을 내쉬었을 때, 노자키가 보낸 문자 메시지가 도착했다.

'내일 시간 낼 수 있어? 거장은 오기로 했어.'

왜 여기서 묘진 씨가 등장하는 것인가? 어쨌든 사태가 움직이고 있다는 것은 알 수 있었다.

아내에게 허락을 받고 나는 곧바로 답장을 보냈다. '그래, 시간 낼 수 있어. 무슨 일이야?'

노자키에게서 돌아온 것은 아까보다 더 짧은 한 문장이었다.

'히가 마코토는 진짜야.'

일요일 오후 6시. 나는 노자키가 말한 장소에 도착했다. 아직 날이 환하고 햇살은 따뜻하며 잔디를 스치는 바람이 기분 좋았다. 다마가와의 강가였다. 사진에 찍힌 그 장소라고 한다.

멀리서 보아도 마코토는 눈에 띄었다. 부스스한 새하얀 머리칼에 화려하게 염색한 티셔츠를 입고, 강의 바로 옆에서 우두커니 서 있었다. 그 옆에 있는 노자키의 모습도 눈에 들어왔다. 주변에는 까마귀들이 춤을 추고 있었다. 열 마리는 족히 넘었다.

계단을 내려가는 도중에, 주차장에서 조바심을 내며 걸어오는 까무잡잡한 중년 남성이 눈에 띄었다. 묘진 씨다. 저주스러운 눈길로 까마귀를 올려다보면서, 어깨에 힘을 주고 노자키 쪽을 향해 걸어갔다.

묘진 씨가 두 사람을 향해 입을 열었다. "……시끄럽잖아, 먹이라도 뿌렸어?"

황급히 종종걸음으로 달려가자 노자키가 "여어!" 하며 손을 들었다.

히가 마코토가 묘진 씨를 향해서 말했다. "죄송해요. 멋대로 따라오거든요. 체질이라고 할지……."

"엉?" 묘진 씨는 달려들듯이 다가가다가 걸음을 멈추고는 물었다. "……당신은 누구지?"

"저기." 그녀는 머리를 긁적이고는 고개를 숙였다. "히가 마코토라고 해요. 바쁘신데 오라고 해서 죄송해요."

단순한 인사에 불과하지만 지금의 묘진 씨에게는 비아냥거림으로 들렸으리라. 예상한 대로 그는 다시 노골적으로 불쾌한 표정을 지었다.

"카메라맨인 묘진 씨죠?" 마코토가 물었다.

그는 귀찮다는 듯이 대답했다. "그래. 그런데 뭐야? 이런 곳으로 오라고 하고. 그 사진에 관해서라면 난 아무것도……."

마코토가 재빨리 묘진 씨의 말을 가로막았다. "그건 묘진 씨에게 보내는 거예요."

갑작스러운 말을 듣고 오만한 거장도 한순간 당황한 표정을 지으며 입을 다물었다. 까마귀 울음소리가 주변에서 시끄럽게 메아리쳤다.

노자키가 진지한 얼굴로 묘진 씨를 바라보았다.

마코토가 천천히 말하기 시작했다. "그 스튜디오엔 작은 구멍이 뚫려 있어요. 보통 구멍은 아니지만요."

나는 그제야 이 모임의 의미를 이해했다. 진상이 밝혀지는 것이다.

"이 세상과 저세상을 잇는 구멍이라고 할까요? 리모델링이나 증개축을 거듭하면 가끔 그런 일이 발생하거든요. 이상한 공간이 생기거나 반대로 필요한 공간이 없어지는 등 기묘한 일이 벌어지죠."

그녀의 말은 이해할 수 있었다. 결코 새로운 현상이 아니라 흔히 있는 오컬트적 이야기의 범주 안이기 때문이다.

"하지만 왔다 갔다 할 수는 없어요. 뭐라고 할까……." 마코토는 다시 머리를 긁적이더니 예상치 못한 예를 들었다. "교도소의 면회실 같다고나 할까요? 아크릴 벽으로 가로막혀 있는 거요."

내 입에서 쓴웃음이 흘러나왔다.

묘진 씨도 웃었다. "하하하. 이봐, 아까부터 무슨 말을 하는 거야? 그런 얘기를 나한테 해봤자 어쩔 수 없잖아?"

마코토가 단호하게 말했다. "어쩔 수 없지 않아요. 아니, 사실은 묘진 씨에게만 말하고 싶어요."

"엉?"

"스오 씨. 아니, 편집부의 의뢰를 받아 이렇게 이야기하지만 가능하다면 몰래 전하고 싶을 정도예요."

"이봐, 아가씨." 묘진 씨가 히죽히죽 웃으면서 마코토에게 다가갔다. "하고 싶은 말이 있으면 얼른 말해. 난 그렇게 한가한 사람이 아니거든."

"요즘 한가하지 않나요?" 그녀는 진지한 얼굴로 물었다.

묘진 씨의 표정이 다시 험악해졌다. 묘진 씨가 무슨 말을 하려고 한 순간, 마코토가 먼저 입을 열었다.

"한가한 것 같아서, 너무 걱정돼서 온 거예요, 그 사람은요."

묘진 씨의 까무잡잡한 얼굴에서 표정이 사라졌다.

마코토가 노자키를 향해 눈짓을 하자 그는 가방에서 봉투를 꺼냈다. 안에서 나온 것은 사진 한 장이었다. 그 풍경이 찍혀 있다. 노자키가 다가가서 묘진 씨에게 사진을 주었다.

마코토가 속삭이듯 입을 열었다. "인화한 거예요. 이거, 기억나시나요?"

묘진 씨는 잠시 사진을 쳐다보더니, 흥 하고 콧소리를 냈다.

"아니, 내가 기억이 나지 않으면 아가씨가 곤란한가?" 그러더니 큭큭 하고 토해내듯 웃었다.

마코토는 아랑곳하지 않고 말했다. "묘진 씨가 찍은 사진이에요. 30년쯤 전에 여기서요."

예상치 못한 말이 연달아 튀어나와서, 나는 무슨 사태인지 짐작할 수 없었다. 그녀는 지금 조금씩 재료를 꺼내놓고 있다. 무슨 의도로 이러는 걸까.

노자키에게 시선을 돌리자 그는 검지를 입에 댔다. 잠자코 듣고 있으라는 건가.

그때 까마귀 소리가 들리지 않는다는 걸 알아차렸다. 하늘을 올려다보니 어느새 한 마리도 보이지 않았다. 잠자리로 돌아간 걸까. 다음 순간, 나는 다시 커다란 변화를 알아차렸다.

묘진 씨가 두 눈을 크게 뜨고, 구멍이라도 뚫릴 것처럼 사진을 똑바로 쳐다보았다. 사진을 든 손끝이 파르르 떨리는 것이 보였다. 그는 손으로 얼굴을 몇 번이나 문지르고 머리를 흔들었다.

"……그래, 이 사진은 분명히……. 하지만 말도 안 돼. 어떻게 이런 일이……."

"부끄러워서 그랬어요."

마코토가 또다시 예상치 못한 말을 했다. 묘진 씨는 멍하니 입을 벌린 채 그녀를 바라보았다. 다음 말을, 다음 설명을 요구하는 것이다.

그녀는 잠시 생각에 잠긴 표정을 짓고는 말을 이었다. "심령사진이란 게 있죠? 아니, 옛날엔 있었죠."

"그래."

"그중에 가끔 진짜도 있어요. 진짜로 영혼이 찍혀 있는……."

"……그래." 묘진 씨는 눈길로 다음 말을 재촉했다.

마코토는 깊숙이 숨을 들이쉬었다. "그 여성도 묘진 씨 사진에 찍히려고 했어요. 스튜디오에서요."

묘진 씨가 흠칫 놀라며 숨을 들이마셨다.

"하지만 사진에 찍히는 건 부끄럽고, 그래도 알아차려줬으면 해서……."

묘진 씨의 눈이 다시 크게 벌어지고, 입은 턱까지 내려왔다.

"이런저런 노력 끝에 이렇게 된 거예요. 자기 말고 다른 게 찍히도록. 30년 전의 사진과 똑같은 풍경이 되도록. 그러면 알아줄 것 같아서요." 마코토는 말을 마치고 조용히 묘진 씨를 보았다.

주변에는 어느새 땅거미가 깔리고 있었다. 맞은편 기슭의 건물 창문에서 불빛이 새어나왔다.

"……미키가 거기에 있었나?" 묘진 씨가 속삭이듯이 물었다. 여성의 이름이다. "까맣게 잊었어. 버렸으니까. 그 사람 사진은 전부."

"죽어서 버린 건가요?" 마코토가 물었다.

나는 이제 놀라지 않았다.

묘진 씨도 그런지 작게 고개를 끄덕였다. "아가씨 말처럼 그 사람은 사진 찍히는 걸 싫어했지. 그래도 설득해서 겨우 찍었어. 여기서 열 장 정도를. 그런데 반년도 지나기 전에 사고로……."

아직 신출내기 무렵이었지, 라고 묘진 씨는 덧붙였다. 아무도 대답하지 않았다.

그제야 약간 상황이 이해되었다. 묘진 씨가 예전에 사귀었던 미키라는 여성의 영혼이 괴현상을 일으킨 모양이다. 자신이 사진에 찍히기 싫어서, 그런 풍경을 찍게 했다. 묘진 씨가 예전에 여기에서 찍은, 그녀 사진의 배경을.

영혼은 그런 것도 할 수 있는가. 하지만 그렇다면 '영혼이 사진에 찍히는가'라는 질문부터 해야 한다. 심령사진이 있고, 염사*도

---

* 念寫, 마음속으로 생각한 것만으로 건판이나 필름을 감광시켜, 풍경이나 인물의 상을 찍어낸다는 심령 현상.

있다면, 영혼에 의한 염사도 있을지 모른다. 나는 마음속으로 그렇게 생각했다.

묘진 씨가 물었다. "내가 걱정된다고?"

마코토가 고개를 끄덕였다. "뜻대로 잘되지 않는 것 같아서, 라고 말했어요."

"말했다고?"

"네. 그리고 처음을 잊어버린 게 아니냐고도 했고요."

"처음?"

"혹시 초심이란 뜻이 아닐까요?" 노자키가 옆에서 보충 설명을 했다. 그리고 묘진 씨가 무슨 말인가 하기 전에 덧붙여 말했다. "거…… 선생님한테 말하는 게 아닙니다. 미키 씨라는 분이 선생님을 그런 식으로 걱정한 것 같다는 뜻이죠."

노자키는 가방에서 뭔가를 꺼냈다. 네모난 작은 종이다. 그곳에는 사진이 인쇄되어 있었다. 크기는 그 책과 똑같았다. 노자키가 작은 종이를 내밀었다.

"벽장에 있던 심령사진집에서 빠진 페이지입니다. 어제 스튜디오에서 발견했죠. 마코토 씨가 주웠어요. 제 눈으로 보고도 설명하기 어렵지만 벽장 안쪽의, 더욱 안쪽에서 주웠다…… 일단 그렇게 표현하겠습니다."

이번에는 마코토가 보충 설명을 했다. "구멍이 작아서 물건은 드나들기 힘들거든요. 어딘가에 걸리거나 망가지곤 하죠."

마코토와 노자키는 서로 얼굴을 마주 보았다.

"그 책도 관계가 있어?" 내가 물었다.

"물론이야." 노자키는 고개를 크게 끄덕인 뒤, 묘진 씨를 향해 물었다. "선생님, 미키 씨 사진은 한 장도 남아 있지 않나요?"

묘진 씨는 침통한 얼굴로 말했다. "그래. 전부 버렸어. 그러고
보니 생각나는군. 내가 사진을 찍어서 미키가 죽었다고 생각했지.
카메라가 영혼을 전부 빨아들여서 말이야. 옛날부터 그런 말을
믿었거든. 영혼에도 UFO에도, 어린 시절부터 마음을 빼앗겼지."

그래서 오컬트 잡지 일을 하고 있다. 아니, '했'다. 이런 상황에
서 나는 혼자 고개를 끄덕였다.

묘진 씨가 희미하게 미소를 지었다. "아가씨, 그런 일도 있지?
영혼이나 혼령이 있다면 카메라가……."

"없어요." 마코토는 가볍게 대꾸하고 고개를 가로저었다. "카메
라에 그런 기능은 없어요. 만약 있었다면 묘진 씨는 더 많은 사람
을 죽였겠지요."

"그건 그렇군." 묘진 씨는 쿡쿡 소리를 내며 웃었다.

"그렇군. 이제야 앞뒤가 맞는군요." 노자키는 큰 소리로 말하
고, 묘진 씨에게 작은 종이를 보여주었다. "여기에 사진이 남아 있
습니다."

묘진 씨는 눈을 휘둥그레 뜨면서 종이를 들고 얼굴을 가까이
댔다. 나도 가까이 다가가서 그의 어깨 너머로 들여다보았다.

마코토가 다시 조용히 말했다. "잊지 말아주세요, 라는 거예요."

강가에 앉아서 이쪽을 향해 웃고 있는, 원피스 차림의 여성 사
진이었다. 민소매에 반바지를 입은 까무잡잡한 소년 세 명이 그
여성을 에워싸고 앉아 있었다. 책이나 잡지에 투고한 심령사진이
대부분 그렇듯이 그들의 눈은 검은 막대로 가려져 있었다.

한가운데에 있는 여성이 미키 씨인가? 이야기의 흐름으로 볼
때 그렇게 생각할 수밖에 없다. 옆에 있는 묘진 씨의 반응도 그것
을 뒷받침했다. 그는 옆에서도 알 만큼 몸을 떨었다. 손으로 입을

막기도 했다.

"자신을 알아달라, 초심을 기억해달라……. 미키 씨가 전하고 싶었던 건 그거예요. 조금, 아니, 상당히 에둘러 표현했지만요." 마코토는 작게 미소를 지으며 말했다.

그녀는 어느새 기도하듯 두 손을 깍지 끼고 있었다.

바람이 잡초와 잔디를 사락사락 어루만졌다.

"내가 투고를 했던가……." 묘진 씨가 흐릿한 목소리로 말했다.

노자키가 대답했다. "그런 것 같습니다. 선생님은 그것도 잊으셨죠. 뭐, 심령사진으론 흔히 있는 거니까 기억에 남지 않았을지도 모르겠지만요."

나는 사진을 물끄러미 쳐다보았다. 여성의 발밑에 있는 돌멩이를, 동그라미 표시가 감싸고 있었다. 원한을 품은 영혼의 얼굴이 찍혀 있다는 뜻이리라. 노자키의 말대로다. 전형적인 시뮬라크르 현상*이다. 얼굴처럼 보일 뿐, 영혼도 아무것도 아니다.

노자키가 조용히 말했다. "드릴게요. 선생님 거니까요."

그러곤 주머니에서 담배를 꺼냈다가 다시 집어넣었다.

바람이 조금 전보다 강해졌다.

묘진 씨는 손가락 끝으로 미키 씨의 얼굴을 어루만졌다. 검은 막대를 잡는 것처럼 몇 번이나 손가락을 움직였다. 콧물을 훌쩍인 것은 춥기 때문일까, 아니면…….

그때 마코토가 크게 재채기를 했다. "에이취."

그 소리를 들은 순간, 나는 겨우 사태의 심각성을 깨달았다.

---

* Simulacre, 인간에게는 세 개의 점이 모인 도형을 사람의 얼굴로 보도록 프로그램되어 있다는 뇌의 작용을 가리킨다.

서둘러 편집부로 돌아온 뒤, 나와 노자키는 밤을 꼬박 새워서 가까스로 3페이지 기사를 날조해 디자이너에게 보냈다. 추억의 심령사진집에 관한 기사였다. 창고에 있던 산더미 같은 종이 사진과 싸우면서 가까스로 형태를 만들 수 있었다.

기획이 중지된 이유에 관해 도나미 편집장에게는 "지면으론 표현할 수 없어서요"라고 설명했다. 묘진 씨의 과거를 잡지에 실을 생각은 털끝만큼도 없었다. 더구나 카메라맨이 괴현상과 관련이 있다고 해서, 독자가 재미있어하리라고 여겨지지도 않았다.

편집장은 "그것참 유감이군" 하고 아쉬워하는 표정을 지었다.

가까스로 교정을 끝낸 뒤, 다음 날은 대체 휴가를 써서 푹 쉬었다. 평범한 일상이 돌아오고 잠시 시간이 흘렀을 무렵.

비 오는 일요일에 아내와 메이지신궁을 걷고 있을 때, 우연히 노자키와 마주쳤다. 길고 검은 머리칼에 체구가 작은 여성과 같이 있었다. 마코토임을 알아차릴 때까지 몇 초가 걸렸다.

노자키가 진지한 얼굴로 말했다. "힘이 느껴지는 곳을 조사하고 있어. 히가 씨의 도움을 받아서."

마코토는 웃음을 터뜨릴 뻔했지만 직전에서 참았다.

변화가 있었던 것은 노자키만이 아니었다.

가을이 끝나고 겨울에 접어들었을 무렵, 묘진 씨가 전화를 걸어왔다. 세계를 돌아다니며 유적 사진을 찍고 오겠다, 어린 시절부터 고대 문명을 제일 좋아했다, 라고 한다.

"하긴 어차피 일도 없으니까요."

그 말을 듣고 그는 하하하 하고 경쾌하게 웃었다.

"사진을 찍으면 보내주세요." 나는 진심으로 말했다.

고엔지에서 취재를 마친 어느 날, 나는 그길로 데라시네로 향했다.

"잘됐네요."

묘진 씨 이야기를 해주자 마코토는 진심으로 기쁜 표정을 지었다. 잠시 이런저런 이야기를 하면서 얼큰하게 취했을 때, 나는 혼잣말처럼 중얼거렸다.

"나이를 먹으면 중요한 걸 꽤 많이 잊어버리는군."

마코토가 웃는 얼굴로 고개를 갸웃거렸다.

나는 술잔을 카운터에 내려놓으며 말을 이었다. "묘진 씨 말이야. 아무리 오래됐다곤 하지만 사귄 상대를 완전히 잊어버린 거잖아."

"으음……." 마코토는 잠시 생각하고 나서 대답했다. "반대로 잊지 않으면 살아갈 수 없을 만큼 엄청난 일이었던 게 아닐까요? 미키 씨의 죽음은……."

흔히 있는 이야기다.

"나도 전부 다 잊어버릴까? 아니, 이미 잊었을지도 모르지." 무심코 그런 말이 입을 뚫고 나왔다.

그때 갑자기 마코토가 소리를 질렀다. "아!"

그러곤 카운터 밑에서 태블릿 PC를 꺼냈다. 액정 화면에 나타난 건 미키 씨가 찍혀 있는 심령사진이었다. 나도 모르는 사이에 스캔했던 모양이다. 아마 노자키가 해주었으리라.

"죄송해요, 제가 깜빡했어요." 마코토는 미안한 얼굴로 카운터 밑에서 머리를 내밀었다.

"뭐를?"

"스오 씨도 잊어버렸었다고 말해준다는 걸요."

"……내가 잊어버렸었다고 말해준다는 걸 깜빡했다는 거야?"

"그래요. 복잡해지니까 뒤로 미루려고 하다가요. 그래서……."
마코토는 손가락으로 사진을 확대하면서 말했다.

미키 씨 주변에 있는 소년 세 명 중, 맨 앞에 있는 한 소년의 얼굴이 크게 확대되었다. 프로야구팀 자이언츠의 모자를 쓴, 어디에서나 볼 수 있는 소년이었다. 얼굴의 절반은 검은 막대로 가려져 있다.

"이 애가 왜?"

"모르시겠어요?" 마코토는 쿡쿡 웃으면서 액정 화면을 톡톡 두드렸다. "이 애, 분명히 스오 씨예요."

나는 깜짝 놀라 액정 화면을 들고 몸을 앞으로 숙여서 확인했다. 코, 입, 치아, 턱. 듣고 보니 그런 것 같기도……라고 생각한 순간, 머릿속이 넓게 펼쳐지는 듯한 감각에 휩싸였다.

고마에. 다마가와의 하천 부지. 초등학교 저학년 때였다.

동급생과 같이 놀고 있었다. 한 커플이 다정하게 걸어와서, 휘휘 휘파람을 불면서 놀렸다. 남성에게 쫓겨서 도망 다닌 기억이 있다. 그러다 도중에 어떻게 됐는지, 나중에는 같이 어울려 놀았던 기억도 있다. 남성이 카메라를 들고 있었고, 그것으로 기념 촬영을 한 기억도.

그 커플이 묘진 씨와 미키 씨였던가.

서로 이름은 말하지 않았다. 연락처도 교환하지 않았다. 그날 하루뿐인 친구. 그때만 놀았던 사이. 아이들 세계에서는 가끔 그런 일이 있다. 드물긴 하지만 상대가 어른이나 노인인 경우도 있고.

묘진 씨가 나에게는 손찌검을 하지 않았던 게 기억난다. 무시하면서도 카메라에 관해 이것저것 가르쳐준 것도 기억나고. 사람들이 아무리 나쁘게 말해도, 나는 그를 싫어하지 않았던 것도. 그의 사진에 어딘지 모르게 친밀함을 느꼈던 것도.

우연일까? 아니면 무의식에서는 알고 있었던 걸까.

기억의 세찬 흐름에서 빠져나와, 나는 눈앞에서 생글생글 웃고 있는 마코토에게 말했다. "이것도 그건가? 영능력?"

그녀는 가볍게 머리를 가로저었다. "그럴 리가요. 이런 건 그냥 보면 알아요. 그래서 더 그 자리에선 말할 수 없었어요. 노자키도 영능력자는 굉장하다는 눈으로 보기 시작해서요."

'노자키'라고 이름을 부르는가. 그때, 휴대폰에서 소리가 들렸다. 메일의 착신음이다. 메일을 보낸 사람은 묘진 씨. 사진 파일이 첨부되어 있었다.

나는 설레는 가슴을 안고 첨부 파일을 열었다.

나도라키의
머리

서늘한 공기가 피부를 어루만졌다. 가루에 섞인 것 같기도 하고 물에 섞인 것 같기도 한, 금속 재질의 냄새가 코를 찔렀다.

한여름이라고 하는데 여기는 서늘하다. 아니…… 춥다.

똑, 똑. 물방울 소리가 귓가에 울려 퍼졌다.

아득한 옛날에 만들어진 돌계단은 경사가 급한 데다 물에 젖어서 미끄러웠다. 자칫 방심하기라도 하면 넘어질 것 같아서, 한 계단씩 밟으면서 신중하게 내려갔다. 천장이 낮아서 초등학생인 나라도 몸을 숙이지 않으면 머리를 부딪힐 것 같았다. 어른 한 명이 간신히 지나갈 만큼 좁아서 숨이 막힐 정도였다.

나는 지금 캄캄하고 구불구불한 동굴을 내려가고 있다.

건전지가 다 되었는지 손전등 빛은 끊어질 듯 희미했다.

무엇보다 혼자인 것이 너무나 불안했다.

무섭다. 내려가기 싫어서 견딜 수 없다. 울음을 터뜨릴 것 같다. 당장 돌아가고 싶은데 이성이 충동을, 돌아가고 싶은 마음을 억

눌렀다.

여기서 도망치고 돌아가면 또 유지에게 무시당한다.

겁쟁이다, 어린애다, 라고 비웃음을 당한다. 그건 더 싫다. 생각만 해도 끔찍하다.

생각하는 사이에 돌계단을 다 내려가서 동굴 '바닥'에 도착했다. 그대로 걸음을 옮기자 넓은 공간이 나왔다.

원추형 광장이다. 천장은 매우 높고, 머리 위에서는 희미한 빛이 쏟아지고 있다. 벽에 구멍이 뚫려 있는 것이다. 어린애도 통과할 수 없는 작은 구멍에서 한낮의 태양빛 한 줄기가 광장으로 새어들었다.

빛은 안쪽에 나란히 솟아 있는 거대한 석순(石筍)을 비추었다.

나는 어느새 걸음을 멈추고, 거꾸로 돋아난 고드름처럼 생긴 석순 앞에서 멍하니 서 있었다. 서양의 고성(古城)일까, 오래된 탑일까? 실제로 본 적은 없지만 그런 막연한 이미지를 겹쳐보았다. TV 게임의 세계로 흘러 들어온 것 같았다. 그러니까 이 퀘스트만 공략하면 길이 열린다. 힘을 내자.

그런 긍정적인 생각도 손전등이 비춘 것을 본 순간, 어디론가 사라졌다.

금줄이다.

가장 굵은, 높이 10미터쯤 되는 중앙의 석순에 썩기 시작한 금줄이 감겨 있었다.

석순의 표면에는 수많은 흠집이 있었다. 흠집은 뿌리 부분일수록 많았고 위쪽으로 갈수록 적었다. 네 개 나란히 있는 기다란 흠집이 가로, 세로, 대각선으로 마구 달리고 있었다.

무엇인가에 긁힌 흠집이다. 이 석순에는 헤아릴 수 없을 만큼 많은 흠집이 나 있었다.

이유는 생각할 필요도 없었다.

손전등을 서서히 위쪽으로 향해서 석순의 끝을 비추었다. 그것만으로 심장의 고동이 격렬해지고 숨이 흐트러졌다. 나의 숨소리가 동굴 광장에 메아리쳤다. 빛이 가늘게 흔들리는 것은 손전등을 든 손이 떨리는 탓이다.

윤곽이 흐릿한 둥근 빛이 석순 끝에 꽂힌 그것을 비추었다. 벌린 입 사이로 빼곡히 늘어선 누리끼리한 이빨이 보였다.

순간, 손전등을 다른 방향으로 돌렸다. 심장 소리가 귀 안에서 맹렬하게 메아리쳤다. 더는 그것을 볼 수 없다. 도저히 불가능하다. 그런 것, 그렇게 무서운 것은 도저히……

당장 돌아가자. 발길을 돌리자. 광장을 가로질러 돌계단을 뛰어올라 지상으로 나가서, 할아버지 집으로 달려가자. 그렇게 생각한 순간.

찰싹. 물웅덩이를 밟는 소리가 들렸고, 심장이 오그라들었다. 뒤쪽이다. 돌계단이 있는 방향이다.

누군가가 들어온 것이다.

위가 뒤틀리고, 온몸의 털이 곤두섰다. 오한과 공포가 온몸을 기어 다녔다.

……후우우, 후우, 후우우우…….

한숨 같은 소리가 들렸다. 온몸이 얼어붙었다.

……휴우우우…….

피리 소리처럼도 들렸다. 순식간에 솟구친 식은땀으로 티셔츠가 젖는 것이 느껴졌다. 다리가 믿을 수 없을 만큼 떨리는데도 가만히 있을 수 없었다.

······휴우우우우우우······.

소리가 가까이 다가온다. 희미한 발소리도 들린다.

내 치아가 따닥따닥 부딪치고 있다. 움직이고 싶은데 움직일 수 없다.

······휴우, 우······으, 으······ 으······.

피리 소리는 어느새 신음 소리로 바뀌었다. 부모님이 웃으면서 했던 말, 할아버지, 할머니가 진지하게 가르쳐준 말이 머릿속에 떠올랐다.

그곳에 들어가서는 안 돼.

절대로 들어가지 마. 함부로 들어가면······.

······머리······.

바로 뒤쪽에서 기이한 소리가 들렸다. 그 소리는 반향을 동반하고 귀를 관통했다.

도망쳐라, 달려나가라, 라고 머리로 아무리 말해도 발은 반응을 보이지 않았다. 억지로 움직이려고 한 순간.

덥석. 목덜미를 잡혔다.

바싹 말라서 거스러미가 일어난 나뭇가지 같은 손가락의 감촉. 따끔따끔 통증이 느껴졌다.

귓가에서 흐느낌 같은 소리가 들렸다.

······머리······ 돌려줘어어어······.

"으아악!"

나는 비명을 지르며 달리기 시작했다, 라고 생각한 순간 눈을 떴다. 이불 속이다.

천장에서 알전구가 희미하게 빛나고 있었다. 잠에서 깨어났을 때 보이는 풍경이 집과는 다르다.

여기는 어디지? 그 순간, 아버지의 아버지, 즉 친할아버지 집이라는 게 생각났다.

또 똑같은 꿈을 꾸었다.

이번에는 다른 때보다 선명했다. 여기에 있는 탓이란 걸 금방 알았다. 이 집에서 잠든 탓이고, 마음이 그 시절로 돌아간 탓이다.

잠에서 깼다, 조금 전까지 있었던 일은 꿈이다. 그걸 알아도 심장의 쿵쾅거림은 쉽게 가라앉지 않았다. 더구나 기묘한 기척이 느껴졌다. 그렇다기보다 이 방 전체에 기묘한 기척이 떠다녔다.

"……깼어?"

남자 목소리가 들려서 나는 소스라치게 놀랐다.

방구석에 깔아놓은 이불 위에서 노자키가 상체를 일으켰다. 불쾌한 얼굴로 눈을 가늘게 뜨고 나를 노려보았다.

"아, 미안해." 그제야 지금의 상황을 떠올리고, 나는 작은 목소리로 대답했다.

2000년 9월 9일. 내 이름은 데라니시 신노스케, 아가미 고등학교 3학년이다. 입시 공부를 한다는 명목으로 여기에 왔다.

효고 현 I군 다케묘초의 산속에 있는 할아버지 집에.

같은 반 친구인 노자키 가즈히로와 함께.

"가위에 눌렸는지 비명을 지르던데?"

"진짜? 꿈을 꿨어."

곧바로 질문이 날아왔다. "나도라키야?"

나는 식은땀의 불쾌감을 뿌리치면서 대답했다. "그래."

"조금만 참아. 이제 얼마 안 남았으니까." 노자키는 이불 위에서 뒹굴며 말했다.

그의 뒷머리를 바라보면서 나는 알전구의 빛 속에서 생각했다.

정말로 조금만 참으면 끝날까?

이 세상에 요괴 같은 건 없다는 걸 알 수 있을까?

모두 현실적으로 설명할 수 있을까?

노자키는 정말로 '진상'을 밝혀내서, 사라지지 않는 나의 공포를 없애줄까?

하지만 그날 그때 그 머리는 분명히…….

뜨끔 하고 목덜미가 아팠다. 꿈속에서 느낀 통증을 뇌가 현실로 가져온 것이다. 목을 매만지고 있자 노자키의 코 고는 소리가 들리기 시작했다.

아직도 기척은 사라지지 않는다. 그렇기는커녕 오히려 음침한 시선이 느껴진다. 전부 생각 탓일 텐데 마음은 조금도 안정되지 않는다. 나는 이불 속으로 파고들어 눈을 꼭 감았다.

졸린 눈을 비비면서 햇살이 비치는 복도를 걸었다. 거실에서 할머니 웃음소리가 들렸다.

"신짱, 일어났니? 누가 업어가도 모르게 자더구나."

거실로 들어가자 색바랜 무무*를 입은 할머니가 치아가 없는 입을 벌리며 웃었다. 벽에 걸린 새빨간 미키마우스 시계는 10시를 가리켰다.

할아버지는 늘 애용하는 좌식 의자에 몸을 깊숙이 맡기고 TV를 보았다.

커다란 좌탁 한가운데에 큼지막한 수박이 통째로 놓여 있었다.

---

* 하와이의 여성 원주민이 입는 민속 의상으로, 통이 넓고 헐렁하며 색채와 무늬가 화려한 것이 특징이다.

얼굴 모양으로 조각을 한 뒤 과육은 모두 파내고, 그 대신 빨간색 초를 넣어놓았다. 낮이라서 그런지, 불은 켜지 않았다.

수박 제등이다. 옛날 아이들은 종종 수박 제등을 만들며 놀았다고 하는데, 이 집에서는 백중날에 정령말* 대신 9월 말까지 계속 장식한다. 그렇게 하기로 정한 사람은 할머니다.

다른 집과는 상이한 독특한 방식이란 걸 안 것은 중학교에 들어간 다음이다. 할머니에게 이유를 물었을 때 "예쁘니까"라는 단순한 대답이 돌아온 게 지금도 가끔 기억난다.

옷을 갈아입은 노자키가 젓가락을 멈추고 놀리듯 말했다. "신짱, 지금 일어났어?"

"데라니시라고 불러."

나는 그렇게 대꾸하면서 좌탁에 차려놓은 아침을 먹었다. 갑자기 전화를 걸어서 가도 되느냐고 했는데, 흔쾌히 오라고 해준 할머니의 마음이 고맙다. 정식으로 고맙다고 말하려고 했을 때, 노자키가 먼저 입을 열었다.

그는 두 손을 모으고, 상쾌한 웃음을 지으며 할머니에게 말했다. "잘 먹었습니다. 정말 맛있었어요. 달걀프라이가 딱 맞게 구워졌던데요? 노른자가 익은 걸 좋아하거든요."

할머니는 고개를 끄덕이며 함박웃음을 짓고는 말했다. "나도 그렇단다."

노자키가 본인이 먹은 그릇을 부엌으로 가져갔다. "설거지는 제가 할게요.", "괜찮아, 그냥 놔두렴" 하는 실랑이가 이어졌다.

---

* 오이나 가지를 이용해서 말이나 소 모양으로 만들어 백중날에 바치는 공물 중 하나.

어제저녁에 오자마자 노자키는 할아버지, 할머니한테 살갑게 굴더니, 눈 깜짝할 사이에 친해졌다. 표정도 지금껏 본 적이 없을 만큼 밝았다.

학교에서 본 모습과는 180도 달랐다. 선생님에게도, 반 친구들에게도, 그럭저럭 사이가 좋은 나에게도 붙임성이 없던 그가 그런 모습을 보인 것이 너무도 뜻밖이었다. 혹시 할머니나 할아버지 밑에서 자란 게 아닐까?

"두 분 모두 한 번도 본 적이 없어서 얼굴도 몰라."

잠들기 전에 물어봤더니 무뚝뚝한 대답이 돌아왔다. 자신의 조부모에 대해 말하고 싶지 않은 것 같아서 나는 바로 화제를 바꾸었다.

"데라니시." 이름 부르는 소리를 듣고 얼굴을 들자, 부엌에서 돌아온 노자키가 말했다. "난 방에서 공부하고 있을게."

할머니는 부엌에서 기분 좋은 듯이 콧노래를 흥얼거렸다. 할아버지는 어느새 휠체어에서 꾸벅꾸벅 졸고 있었다.

"성실하군. 난 아무것도 가져오지 않았는데."

"뭐?" 노자키는 믿을 수 없다는 얼굴로 따지듯 물었다. "너, 대학에 추천으로 들어가기로 정해졌어?"

"아니, 그런 건 아니야. 그보다 빨리 '진상'을 알고 싶어."

"여유만만이군." 노자키가 한숨을 쉬고 나서 덧붙였다. "뭐 상관없어. 어쨌든 식사가 끝나면 방에서 한 번 더 말해줘."

노자키는 그 말을 남기고 성큼성큼 거실에서 나갔다.

반쯤 눈을 뜬 할아버지가 졸린 목소리로 말했다. "신노스케, 그럼 안 돼. 저렇게 좋은 친구를 곤란하게 만들면."

반박하려고 하다가 그만두었다. 여기에 오고 싶다고 말한 사람

은 노자키고, 날짜를 지정한 사람도 노자키다. 그렇게 급한 일은
아니야, 마음만으로도 고마워……. 나는 완곡하게 거절했는데 그
는 조금도 물러서지 않았다. 그 모습을 보고 확신했다.

내 마음을 편하게 해주고 싶다는 건 대의명분에 불과하고, 노
자키는 그저 알고 싶고 밝혀내고 싶은 것뿐이다.

이 산골마을에 전해지는 요괴, 나도라키의 전승을.

내가 예전에 겪었던 기괴한 사건의 진상을.

2학기에 접어든 지 얼마 지나지 않았을 때의 일이다.

교실에서 노자키와 도시락을 먹던 중에 잡담을 하다가 "과연
영혼은 있는가?", "정말 귀신은 있는가?"라는 시시한 이야기가 나
왔다.

"그런 게 어디 있어?" 그는 한마디로 잘라버리고 다 먹은 도시
락 뚜껑을 덮었다. "전부 그렇게 보였다, 그렇게 생각한 것뿐이다,
하는 얘기일 뿐이야. 어느 목격담도, 어느 체험담도."

나는 재빨리 반박했다. "꼭 그런 건 아니야."

어린 시절에 TV에서 본 심령 현상이나 영능력자의 말을 곧이
곧대로 받아들인 건 아니다. 물론 흔히 말하는 영감이 있는 것도
아니다. 단지 딱 한 번 기묘한 체험을 한 적이 있었다.

이치로 설명할 수 없는 괴이한 현상. 요괴의 존재를 인정할 수
밖에 없는 사건.

실제로 피해를 입은 건 아니지만 마음 깊숙한 곳에 새겨져 있
었다. 비과학적인 존재가 있음을 믿지 않을 수 없었고, 두려워하
게 되었다.

"실은 말이야……."

간단하게 설명하자 노자키는 뜻밖에 진지하게 들어주었다. 그리고 이야기가 끝나자 더 자세히 말해달라고 졸랐다. 나는 당황하면서도 오래된 기억을 파내어, 그의 꼼꼼한 질문에 최대한 자세하게 대답해주었다.

슬슬 피곤함을 느꼈을 때, 노자키가 심각한 얼굴로 말했다. "그래서 지금도 두려워? 요괴가 있다고 생각해?"

"그야 뭐……."

"그렇구나……." 노자키는 생각에 잠기더니 잠시 후 가볍게 말했다. "내가 그 두려움을 없애줄게. 일단 너희 할아버지 집에 가보자."

아침 식사를 마치고 방으로 들어갔더니, 노자키가 기출 문제집을 펼친 채 낮은 책상 앞에 앉아 있었다.

"한 번 더 말해달라니, 어디부터?"

노자키는 나를 힐끔 쳐다보며 말했다. "처음부터 끝까지. 초등학교 4학년 백중 때라고 했지? 여기에 왔다가 집에 갈 때까지, 기억나는 건 하나도 빼놓지 않고 전부."

"현장 검증은 하지 않아도 돼?"

"5시에 일어나서 끝냈어."

"말도 안 돼!" 농담으로 물었는데 진지하게 대답해서 어이가 없었다. "너, 굉장하다."

"그렇지도 않아."

그의 행동력에 감탄하면서 나는 맞은편에 앉았다.

"그러니까 우선……."

그때 종종거리며 발소리가 다가오는가 싶더니 장지문이 스르륵 열렸다. 문밖에는 할머니가 서 있었다. 물잔 두 개와 보리차 페트병을 올린 쟁반을 들고.

노자키가 재빨리 일어서서 보리차를 받으며 말했다. "할머니, 고맙습니다."

"공부 열심히 하려무나."

"네." 노자키는 얼굴에 웃음을 가득 매달고 대답했다.

"그리고 밖에 나갈 때는 조심하렴." 할머니는 갑자기 심각한 표정을 지었다. "요즘 가끔 수상한 사람이 얼쩡거린다고, 파출소 순경이 그러더구나."

"네, 네."

"그리고 알아들을 수 없는 말을 지껄인다지 뭐니? 다른 지역에서 온 사람 같은데, 일부러 이런 시골구석까지 오다니."

"알았어요, 조심할게요." 나는 적당히 대꾸했다.

밖에 나간다는 이야기가 나오면 할머니는 꼭 이런 잔소리를 한다. 다음에 이어지는 말도 분명히 똑같을 것이다.

"잘 들어. 나도라키 님에게 가면 안 돼. 동굴이 무너지면 큰일이니까."

역시 그렇다. 그 동굴에는 가지 말라고 못을 박는다.

하지만 이 부분은 흘려들을 수 없었다.

머릿속에 어두운 구멍이 떠올랐다. 바닥에 있는 광장도, 그 안쪽에 있는 고성 같은 석순도.

그리고 그 끝에…….

노자키가 상큼한 미소를 지으며 대답했다. "걱정하지 마세요. 동굴엔 가지 않을게요."

할머니가 방에서 나갔다. 발소리가 사라지자 들리는 것은 오직 선풍기 소리뿐이었다. 노자키가 눈으로 재촉해서 나는 다시 말하

기 시작했다. 나도라키의 머리에 대해서. 그날 경험했던 기묘한
사건에 대해서.

*

초등학교 4학년 백중이었으니까 벌써 8년 전이다.

아빠 차를 타고 이 집 앞에 도착해 현관의 미닫이문을 덜컹덜
컹 연 순간, 맨 처음 가슴속으로 파고든 감정은 실망과 불안이
었다.

큰아빠, 큰엄마(아빠의 형님과 부인)의 신발. 그 옆에 유지의 신
발이 나란히 있었던 것이다.

우울한 마음으로 신발을 벗고, 부모님을 따라 복도를 지나 거
실로 들어갔다. 그리고 큰아빠, 큰엄마에게 인사했다.

툇마루에 앉은 유지가 땅딸막한 몸으로 돌아보고 음침한 미
소를 지었다. 빵빵하게 부풀어 오른 뺨, 커다란 앞니, 치켜 올라
간 눈.

나는 억지웃음으로 대꾸했다.

유지는 큰아빠, 큰엄마의 외동아들이자 나의 사촌이다. 나보다
세 살 많아서 당시 중학교 1학년이었다.

그에게 나는 절호의 표적이었다. 백중과 연말에 할아버지 집에
올 때마다 그는 나를 놀리고 조롱했으며 때로는 쿡쿡 찔러대서
울게 만들었다. 유치원에 들어가기 전, 입학 후, 초등학교 1학년
무렵. 그를 만나야 하는 게 소름 끼치도록 싫었다.

다만 내가 초등학교 2, 3학년일 때, 그는 중학교 입시를 위해
이 집에 오지 않았다. 나는 그동안 백중과 연말에 즐거운 시골 생

활을 만끽했다. 조부모님의 얼굴을 똑바로 보면서 즐겁게 이야기했고, 그들이 얼마나 따뜻한 분인지 깨달은 것도 그 무렵이었다.

조부모님은 항상 다정하게 반겨준다. 과일이나 과자도 산더미처럼 안겨준다. 세뱃돈은 1만 엔이나 주신다. 하지만 그걸 '그분들을 좋아하는 이유'로 삼아서는 안 된다. 비록 나이는 어리지만 나는 나름대로 윤리관을 가지고 스스로를 타일렀다.

할머니가 주시는 다시마사탕이 맛있었다.

할아버지와 같이 스포츠 신문을 보면서 십자말풀이를 하는 것도 즐거웠다.

다케묘초(武妙町)도 좋아하게 되었다. 애정이 솟구쳐서 초등학교 3학년 때는 자유연구로 다케묘초의 역사를 조사하기도 했다. 특히 인상에 남은 것은 지명의 유래였다. 다이쇼시대*까지는 같은 한자를 사용하면서 '무묘초'라고 불렀고, 메이지시대** 초기에는 '없을 무(無)'에 '이름 명(名)'을 써서 '무묘'라고 불렀다고 한다. 무묘(無名). 즉, 이름 없는 마을이란 뜻이다. 더 거슬러 올라갔지만 아무것도 없었다. 의미를 찾았더니 무의미하단 걸 알았다. 그 허탈한 결과가 오히려 재미있게 느껴졌다.

어느새 유지에 관해서는 까맣게 잊어버렸다.

그래서 그의 신발을 본 순간, 커다란 충격을 받았다. 중학교 입시가 끝났다, 올해부터 할아버지 집에 오는 건 다시 고통의 시작이다, 라는 사실을 깨달았다. 하지만 거부할 수는 없었다. 도망칠 수도 없었다.

---

* 1912~1926.

** 1867~1912.

어린 나는 미래가 닫힌 듯한 기분에 휩싸였다. 지금은 너무 과장스럽게 생각했다는 걸 알지만, 그만큼 유지와 같이 지내는 시간은 고통 그 자체였다. 어른들은 고작해야 어린아이가 하는 일이다, 일종의 놀이에 불과하다고 가볍게 여기고 일절 도와주지 않았다. 오히려 나를 아직 어린애라고 놀리면서 유지와 함께 웃었다. 그토록 따뜻한 할머니와 할아버지조차도.

결국 모두 유지 편이다. 자기 주장이 강하고 덩치가 큰 쪽 의견에 찬성하는 것이다.

나는 고독에 잠기고 절망에 휩싸였다.

당시의 생각과 감정을 말로 표현하면 대충 이렇게 될까? 지금도 그 감정을 질질 끌고 있다. 집단 행동에 순응하지 못하는 것은 아마 그때의 경험 때문이리라.

나는 우울한 마음으로 방으로 향했다. 지금 있는 이 방이다. 구석의 벽에 기대어 가져온 만화책을 봤다. 언제 유지가 불러낼까, 하고 마음의 반 정도는 겁을 먹었지만 그는 나타나지도 않고 소리도 나지 않았다. 그 고요함, 그 적막함도 폭풍우를 예감케 해서 숨이 막혔다.

저녁 식사 때였다.

모두 낮은 탁자를 둘러싸고 식사를 했다.

"신노스케에에." 맞은편에 있던 유지가 간사한 목소리로 부르더니, 실실 웃으면서 명령했다. "밥 먹고 나서 동굴에 가자. 손전등을 준비해둬."

작은 산을 하나 넘어가면 바위 밑에 좁고 깊은 동굴이 있다. 1미터 50센티미터쯤 되는 입구는 펜스로 뒤덮여 있지만 구멍이 뚫려 있어서 쉽게 드나들 수 있었다.

"그건 안 돼." 할머니가 심각한 얼굴로 말렸다.

"내가 몇 번이나 안 된다고 말했잖아." 할아버지도 맞장구쳤다.

"괜찮아요. 여기서 가깝고요."

"가깝고 멀고의 문제가 아니야." 할아버지가 험악한 얼굴로 위협하듯 말했다. 그러더니 나와 유지를 번갈아 쳐다보고 걸쭉한 목소리로 덧붙였다. "나도라키 님께 머리를 빼앗기게 돼."

나는 온몸이 오그라들었다. 동요하지 않은 척하려고 했지만 몸이 먼저 반응했다.

유치원에 다닐 때부터 할아버지와 할머니는 입만 열면 그렇게 말했다. 그때마다 너무나 무서웠고, 그랬기 때문에 머리와 가슴에 새겨졌다. 지금도 술술 말할 수 있을 만큼. 말투도 따라 할 수 있다. 이번에는 할아버지 말을 그대로 옮겨보자.

"그 주변엔 나도라키 님이 살고 있단다."

"나도라키 님은 주로 산속이나 강물에 숨어 있는데, 가끔 집 안에 숨어들기도 하지. 집안사람들이 모르는 사이에 들어오는 거야. 밖에 나갔던 사람을 따라갔다가 그대로 같이 들어오기도 한다, 그런 이야기도 전해 내려오고 있단다."

"나도라키 님의 손이 닿으면 그곳이 화악 부풀어 오르거나 부스럼이 생겨서 죽기도 하지."

"나도라키 님의 숨결이 닿으면 폐가 썩거나 질식해서 죽게 돼."

"옛날 사람들은 기도도 하고 이런저런 액막이도 했지만, 그 어떤 것도 소용이 없었지. 해가 갈수록 더 많이 죽었다고 하더구나. 어른도, 어린아이도 말이야."

"그러던 어느 해에, 어느 무사가 나타나서 퇴치해줬단다. 칼로 목을 뎅강 잘라서 말이야. 그것도 일격에."

"몸통은 날아서 산으로 도망치고, 무사님의 손에는 머리만 남았지."

"그걸 모셔놓은 게 그 동굴이야. 그 덕분에 그때부터는 죽는 사람이 없어졌단다."

"하지만 말이야, 나도라키 님은 아직 살아 계셔."

"가끔 말도 하지. 동굴에서 나도라키 님의 목소리를 들은 사람이 한두 명이 아니야."

"몸통이 이따금 머리를 가지러 온다더구나. 물론 아무리 빼내려고 해도 빠지지 않도록 해놓긴 했지만. 어쨌든 거기엔 절대로 들어가선 안 돼."

"몸통과 딱 마주치니까 말이야."

"몸통을 만나면 끝장이야. 자기 머리로 착각해서 머리를 떼어가니까. 슥슥슥슥 싹둑 잘라가지."

"그러니까 절대로 들어가면 안 돼."

유지는 왜 하필 저녁 식사 때, 어른들이 모두 있는 자리에서 동굴에 가자고 했을까? 야단맞을 것이 뻔한데. 그때는 의아했지만 지금은 안다. 어른들 앞에서 나를 겁먹게 만들기 위해서다. 그 증거로 그는 이런 말을 했다.

"신노스케, 너 쫄았냐?"

의기양양한 얼굴로 나를 무시한 것이다. 나는 고개를 숙인 채, 몸을 웅크리고 견뎌냈다.

할머니가 말했다. "나도라키 님이 아니더라도 그 동굴은 위험해. 좁고 경사도 급해서 행여 넘어지기라도 하면 큰일이지. 유지, 너 설마 어제 갔다 온 건 아니겠지? 여기에 오자마자 밖으로 나갔잖니?"

중학생인 유지에게는 이미 요괴 이야기가 통하지 않지만 동굴에는 가지 말았으면 좋겠다, 그런 의도가 엿보였다.

"동굴엔 가지 않았어요. 곤충 채집을 했을 뿐이에요."

"그래, 잘했다. 거기에 가면 절대 안 돼. 신짱을 데려가서도 안 되고."

"네, 할머니께서 가지 말라시면 안 갈게요."

할머니 말씀을 잘 듣는 착한 손자의 얼굴로 유지는 다시 식사를 했다. 그러면서 어른들 몰래 나를 슬쩍 훔쳐보았다.

조만간 동굴에 가자, 어른들에게는 비밀이야…….

알고 싶지 않은 신호를 읽어내고, 내 마음은 더욱 우울해졌다.

식사를 마치고 유지는 나를 다른 방으로 데려갔다. 구석에 있는 납작해진 배낭에서 그는 휴대용 게임기인 게임보이를 두 개 꺼냈다. 어떤 게임을 했는지는 기억나지 않지만 참패했다는 건 기억이 난다. 몇 번을 져도 놓아주지 않고, 유지는 나를 괴롭히며 즐거워했다.

게임보이에서 얼굴을 들고 유지가 불쑥 물었다. "너, 그거 진짜라고 생각해?"

나는 힘없이 대답했다. "……모르겠어."

"정말로 몸통이 머리를 찾으러 올까?"

계속해서 묻는 유지에게 나는 어정쩡하게 대꾸할 수밖에 없었다. 머릿속에는 동굴의 광경이 떠올랐다.

예전에 딱 한 번 동굴에 간…… 어쩔 수 없이 간 적이 있었다.

초등학교 1학년 때 여름. 어른들 몰래, 유지에게 이끌려서.

경사가 급하고 미끄러운 돌계단. 물방울 떨어지는 소리.

온몸이 얼어붙을 만큼 싸늘한 공기.

원추형 광장. 위에서 가늘게 쏟아지는 햇빛.

쭉 늘어선 석순. 가장 굵고 높이 솟구친 석순에 유지가 손전등을 향했다. 금줄. 할퀸 상처 같은 수많은 흠집.

나는 몸을 떨면서 손전등이 비추는 쪽을 올려다보았다.

석순 끝에 갈색의 둥근 물체가 꽂혀 있었다. 군데군데 석회가 되었고, 천장에서 떨어지는 물방울로 인해 번들번들 빛나고 있었다.

석순의 뾰족한 끝이 턱 밑으로 들어가 오른쪽의 눈구멍에서 튀어나왔다.

입 안에는 작은 이빨이 빼곡하게 늘어서 있었다.

뾰족한 턱, 야윈 뺨, 튀어나온 광대뼈. 이리저리 엉클어진 건 머리칼일까.

넓은 이마의 양쪽에서 튀어나온 건 혹일까, 아니면 뿔일까.

무엇보다 기이한 점은 머리치고는 너무 크다는 것이었다. 멀리서 보아도 어른 머리의 두 배 정도는 되는 것처럼 보였다. 미라로 변한 기이한 머리의 한쪽 눈을 석순이 관통하고 있었다.

유지가 "굉장하다!"라며 감탄했다.

나는 그저 멍하니 서 있을 따름이었다. 당장이라도 도망치고 싶은데 그 자리에서 한 발짝도 움직일 수 없었다. 배가 빵빵해질 만큼 오줌보가 부풀고 온몸이 마비되었다.

나는 사람도 아니고 짐승도 아닌, 뭔가의 미라를 소리도 없이 올려다보았다. 누리끼리한 이빨 사이에서 쉬익쉬익 하는 소리가 새어나오는 듯했다. 틀림없이 망상이다, 라고 머리에서 쫓아내자 다시 새로운 망상이 머릿속에 스며들었다. 다음 순간에는 입을 쫙 벌리고 기다란 혀가 축 늘어지는 게 아닐까? 아니면 소름 끼칠 만큼 날카로운 비명을 지르는 게 아닐까? 따닥따닥 이빨을 부딪치며 소리도 없이 웃는 건 아닐까?

짭짤한 맛이 입안에서 퍼져나갔다. 콧물과 눈물이 입안으로 흘러가고 있다는 사실을 겨우 알아차렸다. 유지가 그 얼굴을 보더니 할아버지 집에 간 다음에도 계속 비웃었다. 어른들도 유지와 함께 웃음을 터뜨렸다.

"신노스케."

신경질적인 목소리를 듣고 정신이 돌아왔다. 유지가 치켜 올라간 눈으로 나를 똑바로 쳐다보았다.

"너희 집에 언제 가?"

"……사흘 후 낮에."

"그래? 그럼 기대해."

흐흐흐, 하고 웃더니 유지는 게임보이로 얼굴을 돌렸다.

유지가 나를 불러내어…… 동굴로 데려가는 건 언제일까?

그 언제가 언제일지 몰라 불안감이 한층 증폭되었다. 실제로 그날 밤은 거의 잠들지 못한 채, 아침까지 부모님의 잠꼬대와 코고는 소리를 들어야 했다.

그리고 공포에 사로잡힌 채 하루를 보냈다. 유지는 그날 동굴에 가자고 말하지 않았다. 오전에 곤충 채집을 하러 혼자 산에 다녀온 이후, 그는 거의 집에서 게임을 하거나 내가 가져온 만화를 보면서 보냈다. 실로 교활한 방식으로 나를 괴롭혔다고 지금은 감탄하지만, 그때는 그렇게 분석할 여유가 없었다.

결국 그날도 거의 잠을 자지 못하고 공포에 짓눌린 채, 이불 속에서 몸을 뒤척이며 밤을 꼬박 새웠다.

아침 식사 시간. 유지는 음침할 만큼 말이 없었고, 가끔 툇마루 너머를 힐끔힐끔 쳐다볼 뿐이었다. 동굴이 있는 쪽이다. 이것도 지금 생각하면 협박이나 위협하기 위한 행동이다. 유지가 밖을 쳐다볼 때마다 머리는 점차 각성하고, 경계심이 부풀어 올랐다.

오후 2시가 지났다. 화장실에서 나왔을 때, 현관 쪽에서 유난히 다정한 목소리가 들렸다.

"신노스케."

유지가 내 이름을 부르며 토방에서 손짓을 했다. 한 손에는 벌써 빨간색 손전등이 들려 있었다. 그는 입의 움직임만으로 "가자"라고 명령했다. 즐거워서 견딜 수 없다는 표정이었다.

마침내 때가 됐군. 날카로운 발톱이 내 심장을 움켜잡은 듯한 느낌이 들었다. 그와 동시에 어딘지 모르게 해방된 것 같은 기분도 들었다.

나는 비틀거리며 현관으로 가서 조용히 신발을 신었다. 그러곤 열린 문을 지나 대문을 빠져나가 종종걸음으로 동굴로 향했다. 그리고…….

*

"신짱. 가즈 군."

별안간 부르는 소리를 듣고 나는 이야기를 멈추었다.

할머니가 장지문 사이로 얼굴을 들이밀고 미소를 지었다. "과자 좀 줄까? 공부하다 보면 배고프잖니? 쭈쭈바도 있어. 다시마 사탕도 있고."

나는 고맙다고 하면서 받으려고 했지만 노자키가 완곡하게 거절했다.

"할머님 마음만으로 충분해요. 간식을 먹지 않는 편이 공부에 집중할 수 있거든요."

"그러니? 가즈 군은 어쩜 이렇게 어른스러울까?"

할머니는 후후후 하고 입가를 가리면서 웃더니 조용히 발길을 돌렸다. 발소리가 들리지 않자 노자키는 장지문을 닫으러 일어섰다.

"가즈 군이래."

"그다음 얘기를 해줘."

노자키는 장지문을 꼭 닫고는 다시 책상 앞에 앉았다.

*

짐승 길을 올라가 산꼭대기를 넘어 내리막길에 접어들었다. 유지는 발소리를 울리며 성큼성큼 비탈길을 내려가고, 나는 그 뒤를 따라 터벅터벅 걸어갔다.

덤불을 빠져나가자 넓은 빈터가 나타났다.

갈라진 땅의 여기저기에 처음 보는 풀이 시들어 있었다. 흙은 군데군데 축축했다. 이런 빈터가 있었던가, 라고 생각하며 고개를 갸웃거리는 걸 봤는지, 유지가 말했다.

"그동안 맑은 날이 계속됐거든."

나는 그제야 겨우 알아차렸다.

여기에는 큰 연못이 있었다. 2년 전이었던가, 태풍이 지나간 다음에 새로 생겼는데, 그 연못의 물이 바싹 마른 것이다. 물론 물고기는 없었지만 소금쟁이나 잠자리 유충이 있어서, 혼자 계속 바라보곤 했다. 그 연못이 사라지다니, 왠지 쓸쓸해졌다.

질척거리는 땅을 밟거나 걷어차면서 유지는 연못의 바닥, 아니, 연못의 바닥이었던 땅을 걸어갔다. 신발이나 발이 더러워지는 건 괜찮을까 하고 생각하면서 나는 유지의 뒤를 따라갔다.

유지는 연못이었던 빈터를 가로지르더니 주르륵 소리를 내면서 경사면을 내려갔다. 도중에 멈춰 서서 "빨리 와!"라고 재촉했다. 나는 경사면을 두 손으로 짚고 엉덩이를 밑으로 해서 신중하게 내려갔다.

경사면의 중간쯤에는 직경 1미터쯤 되는 횡혈이 뚫려 있었다. 동굴 바닥의 광장에 쏟아지는 빛은 이 구멍을 통과하는 것이다. 구멍 옆에서 기다리던 유지가 "여기로 내려갈까? 지름길이야"라고 말하며 웃었다. 나는 일그러진 웃음으로 대꾸하면서 한순간 횡혈을 쳐다보았다.

캄캄한 안쪽에서 울퉁불퉁한 모습이 희미하게 보였다. 나란히 있는 석순이다. 생각했던 것보다 구멍은 훨씬 짧았다. 약간의 바위와 흙을 사이에 두고 그 너머에 동굴이, 광장이 있는 것이다.

"이쪽에서도 보여. 저건 도대체 뭐지?"

유지가 구멍에 얼굴을 들이박고 이해가 되지 않는다는 듯이 물었다. 목소리가 구멍 밖까지 메아리쳤다.

"나도 몰라." 나는 간신히 대답했다.

"흐음, 의외로 머리칼이 부석부석하네."

뒷머리가 보이는 것이리라.

유지가 구멍의 테두리를 잡고 작게 웃었다. "이쪽을 쳐다보면 더 재미있을 텐데. 안 보이니까 더 보고 싶잖아."

대답을 하지 않고 가만히 있자 그는 구멍에서 얼굴을 빼내고 위협하듯 나를 노려보았다. "너도 한 번 봐. 꽤 높긴 하지만."

나는 한순간 생각하고 세차게 고개를 흔들었다. 높은 곳에서 그 머리를 내려다보다니…… 상상만 해도 소름이 돋고 체온이 내려갔다.

"흥, 겁쟁이." 유지는 내뱉듯 말하고 일어섰다.

짧은 단어가 내 가슴을 푹 찔러서 그대로 도려냈다.

경사면을 내려가 오른쪽으로 돌아 비탈길을 약간 올라가자 바위 표면에서 동굴의 출입구가 나타났다. 펜스는 초등학교 1학년 때 봤을 때보다 더 썩고 비틀어져서 거의 쓸모가 없었다.

유지는 펜스를 더 구부리더니 잠시도 망설이지 않고 동굴 안으로 들어갔다. 어둠 속에 삼켜져서 한순간 모습이 보이지 않았다. 나는 잠시 망설이다가 어금니를 악물고 캄캄한 어둠 속으로 뛰어들었다.

유지는 나에게 "이젠 무섭지 않지?"나, "그때보다 조금 성장했군", 그리고 "야! 뭐라고 대답 좀 해"라고 말을 걸면서 계단을 내려갔다. 소리가 쿵쿵 메아리쳐서 고막만이 아니라 머리까지 떨게 만들었다. 습기를 머금은 냉기가 손과 발, 목에 달라붙었다.

유지의 손전등 빛만 바라보면서 나는 적당히 대꾸했다. 심장은 세차게 쿵쾅거려서 숨 쉬기 힘들 정도였다. 불안감으로 유지의 어깨를 몇 번이나 잡을 뻔해서, 그때마다 이를 악물고 버텨야 했다.

유지가 시선을 앞으로 향한 채 낮은 목소리로 말했다. "너, 알아? 인어의 미라는 전국에 다 있대. 상반신이 인간이고 하반신이 물고기인 거."

"그렇……구나."

몰랐다.

순순히 놀란 표정을 짓자 유지가 소리를 죽이고는 웃었다. "하지만 전부 거짓말이고 지어낸 얘기야. 에도시대*에 많이 만들었던 모양이야. 페리 제독**의 일지에도 쓰여 있지. 외국에도 수출했다고. 원숭이 미라와 물고기 미라를 따로따로 만들어 반으로 자른 다음 아교로 붙였다더라고. 원숭이란 걸 들키지 않도록 손을 짧게 하고, 얼굴에도 뭔가를 채워서 형태를 바꿨대. 이빨도 갈거나 빼고, 물고기 이빨을 끼우기도 하고."

순순히 진실을 말해서 나는 맥이 빠졌다. 그리고 알아차렸다.

"……그렇다면 저 머리도."

"그렇겠지." 흥, 하는 비웃음이 동굴 안에 울려 퍼졌다. "귀신이나 갓파*** 미라도 전국에 있지만, 전문가 말에 따르면 생물로서 있을 수 없다더라고. 초보자의 눈으로 봐도 이상한 부분이 있고 말이야. 다시 말해, 이것도 전부 만들어낸 거야."

찰싹, 하고 유지의 신발이 물웅덩이를 밟았다.

"그리고 인어 미라를 만든 곳은 지금의 와카야마 산이래. 거기에 장인들이 있었나 봐."

와카야마와 효고. 자동차와 기차가 없던 에도시대였어도 그렇게 멀지는 않았을 것이다. 생각이 그곳에 미쳤을 때, 유지가 냉정하게 말했다.

---

* 1603~1867.

** 매튜 페리. 쇄국을 하던 일본의 에도막부에 함대를 이끌고 가서 미일화친조약을 통해 일본을 개항하게 만든 인물.

*** 물속에 산다는 일본의 요괴.

"나도라키도 만든 거야. 옛날 전설을 바탕으로 그럴싸하게 만들었겠지. 아니, 높은 사람이 만들게 했겠지." 그러더니 곧바로 기묘하리만큼 느슨한 목소리로 덧붙였다. "그렇다면 무서워할 필요가 없잖아. 안 그래?"

그렇군. 그제야 겨우 알았다. 유지는 만들어낸 미라에게 겁을 먹고 벌벌 떠는 나를 보고 싶었던 것이다. 겨우 이런 걸 보고 무서워하다니, 하면서 바보 취급하고 싶었던 것이다.

"무섭지 않아." 나는 그렇게 대답했지만 목소리는 한심할 정도로 떨렸다.

크크크, 하고 유지가 교활하게 웃었다.

광장에 도착하자 유지는 "으으음" 하고 등줄기를 쭉 펴더니, 가벼운 발걸음으로 안쪽으로 향했다. 찰싹찰싹 물웅덩이를 밟으며 석순이 늘어선 쪽으로 걸어갔다. 뒤처진 나는 무심코 종종걸음으로 그의 뒤를 따랐다.

"하하하, 뭘 그렇게 쫄고 그래?" 손전등을 휘두르면서 유지가 웃었다.

얼굴에 빛이 닿은 순간, 시야가 새하얘졌다. 나는 "으아아!" 하고 얼빠진 소리를 지르며 몸을 뒤로 젖혔다. 눈을 뜰 수 없었던 것이다.

"신노스케, 바보 아냐?" 유지가 일부러 한숨을 쉬면서 큰 소리로 말했다. "이 세상에 귀신이 있을 리 없잖아? 옛날에 이 근방에서 한동안 무서운 병이 유행했다는 건 너도 알지? 세균이나 바이러스 같은 걸 몰랐던 시대에 인간이 생각해낸 병의 원인이 바로 나도라키야. 틀림없어."

유지의 목소리가 광장에 쩌렁쩌렁 울려 퍼졌다. 나는 귀를 막았다.

"그러니까 저 머리도 만든 거야. 아마 커다란 원숭이 머리를 가공해서……."

유지가 갑자기 입을 다물었다. 그러자 물방울 소리밖에 들리지 않았다. 나는 조심스럽게 눈을 떴다. 유지가 우두커니 서서 멍하니 석순을 올려다보았다.

"어? 어떻게 된 거지……?" 유지의 입에서 조금 전까지와는 다른 얼빠진 목소리가 흘러나왔다.

나는 유지의 시선을 따라서 위쪽을 쳐다보았다. 석순 끝에 둥근 빛이 닿았다.

"앗!" 나도 모르게 소리를 질렀다.

둥근 빛의 끝에는 아무것도 없었다.

있어야 할 것, 나도라키의 머리가 사라진 것이다.

금줄이 떨어진 것을 먼저 알아차린 사람은 나였다. 커다란 석순 밑에 작은 석순들이 검(劍)의 산처럼 늘어선 사이에, 거무스름하고 큼지막한 뱀 같은 그림자가 떠올랐다.

"머, 머리도 밑으로 떨어진 거야?"

죽을 힘을 다해 이성을 부여잡고 그렇게 물었더니, 유지는 말없이 석순으로 다가갔다. 그러곤 나란히 있는 석순의 밑동에 차례대로 손전등을 비추었다.

보이지 않는다. 머리의 일부 같은 파편도 찾을 수 없었다. 즉, 바닥으로 떨어져서 산산조각 난 것도 아니다.

"아까 위에서 들여다봤을 때는 분명히 있었는데……." 유지가 낮은 목소리로 중얼거렸다.

경사면의 구멍에서 들여다본 것은 12~13분쯤 전이다. 그사이에 머리가 사라진 것이다. 섬뜩한 오한이 온몸을 마구 뛰어다녔다.

있을 수 없는 일이 일어났다. 그 사실을 내 눈으로 직접 확인하고 나는 바들바들 떨었다.

"이럴 수가……."

유지의 창백한 얼굴에 경련이 일었다. 치아가 연신 따닥따닥 부딪쳤다. 주변을 둘러보고 몇 걸음 뒤로 물러서더니 그는 갈라진 목소리로 중얼거렸다.

"지, 진짜…… 다시 찾으러 온 거야? 그래서 다시 찾아간 거야?"

그의 입에서 내가 상상한 것과 똑같은 말이 흘러나왔다.

떨리는 손전등의 둥근 빛이 흠집투성이의 석순을 비추었다.

찰싹 하고 어디선가 물이 튕겼다. 그것이 신호라도 되는 것처럼 유지가 발길을 돌리더니, 돌계단을 향해 정신없이 뛰기 시작했다. 주변은 순식간에 어두워졌다.

"같이 가!" 나는 목이 터져라 소리쳤다.

감정이 폭발하고, 눈에서 눈물이 흘러넘쳤다.

정신이 들자 목이 터져라 비명을 지르면서 돌계단을 뛰어올라 유지를 추월하려고 했다. 나는 살려줘, 싫어, 무서워, 엄마, 유지, 라고 외치면서 오직 달리고 또 달렸다.

밖으로 나와서도 뜀박질을 멈추지 않고, 나와 유지는 죽을 힘을 다해 할아버지 집까지 뛰어갔다.

나중에 들은 바에 따르면, 그날 나는 신발도 벗지 않고 집 안으로 뛰어들어 엉엉 울면서 엄마 품에 매달렸고, 유지는 방에 틀어박혀 한동안 나오지 않았다고 한다.

무슨 일이야, 라고 어른들이 물어도 대답하지 않고 그저 소리

내어 울기만 했다는 것이다.

울다 지쳐서 잠든 후에는 다음 날 아침까지 일어나지 않았다. 저녁 식사 때 엄마가 몇 번이나 깨우려고 했지만 가느다란 숨소리조차 내지 않고 일어나지도 않았다고 한다.

내가 기억하는 것은 다음 날 아침의 일이다.

잠에서 깬 다음에 맨 처음 든 생각은 '전부 꿈이 아닌가?' 하는 것이었다.

유지의 방에 갔더니 그는 방바닥에 누워서, 베개 대신 배낭을 베고 게임보이로 게임을 하고 있었다. 그러곤 나를 힐끔 쳐다보더니 즉시 게임으로 돌아갔다.

"저기……."

그는 내 말을 가로막고 협박하듯 말했다. "어른들에게는 절대로 말하지 마. 무서운 일이 벌어질 테니까."

그 말을 듣고 내가 겪은 일이 모두 사실임을 깨달았다. 그리고 새삼 무서워졌다.

우리 가족이 집에 올 때까지 유지는 나를 놀리지도, 빈정대지도 않고 조용히 지냈다. 공포에 질린 채 동굴에서 도망치는 모습을 내게 보여서 거북했던 것이리라.

집에 오는 차 안에서 부모님이 눈치채지 못하도록 조심하면서 나는 연신 바들바들 떨었다. 의논할 상대는 아무도 없었다. 같이 있었던 유지와도 한동안 만날 수 없다. 혼자 공포에 휩싸여 있는 상황에 형용할 수 없는 불안감을 느꼈다.

그 이후, 얼굴을 마주칠 때마다 유지는 작은 목소리로 속삭이듯 물었다. "……아무에게도 말하지 않았겠지?"

"말 안 했어." 나는 솔직히 대답했다.

그리고 사라진 머리를 떠올리고 전율에 휩싸였다.

3년 전, 대학에 들어간 유지는 집을 떠나 혼자 살게 되면서 할아버지 집에 오는 일도 없어졌다. 큰아빠, 큰엄마와는 잘 지내는 듯하지만, 1년 내내 아르바이트를 하느라 바쁘다고 한다.

나는 지금도 이따금 그 동굴에 있는 꿈을 꾸고 가위에 눌리고 있다.

*

"고마워. 이번엔 감정이 충분히 들어갔어."

이야기를 마치자 노자키가 빈정댔지만 화는 나지 않았다. 소리를 내서 말했더니 그날의 기억이 생생하게 되살아나고, 아직까지 지금의 현실로 돌아오지 않은 듯한 감각에 휩싸였다.

탁자 위의 물잔에는 보리차가 가득 들어 있었다. 입이나 목을 적시는 것도 잊어버릴 만큼 이야기에 집중한 모양이다. 나는 물잔을 들고 단숨에 벌컥벌컥 들이켰다.

노자키는 내가 물잔을 내려놓을 때까지 기다렸다가 입을 열었다. "그 후에 동굴에 간 적이 있어?"

"아니, 한 번도 없어. 어쩐지 금기라고 할까, 가는 건 물론이고 딴사람에게 말해서도 안 될 것 같은 기분이 들었어."

"다들 참 순진하군." 노자키는 한쪽 뺨만을 움직이며 웃었다. "아까 현장 검증을 하러 가는 도중에 지나가는 할아버지한테 물어봤어. 나도라키의 동굴에 들어가신 적이 있나요, 아니면 동굴에 들어간 사람을 아시나요, 하고."

"그랬더니 뭐라셔?"

"거긴 옛날부터 출입금지 구역이야, 그런 곳에 들어갈 리 없잖아, 라고 진지하게 말씀하시더라. 그렇게 있으나 마나 한 울타리라도 일부러 뚫고 들어가는 사람은 이 마을에 없는 것 같아. 그래서 내가 직접 들어갔다 왔어."

"뭐? 동굴에?"

노자키가 코끝으로 비웃더니 말했다. "그럼 거기 말고 어디에 들어갔겠어? 돌계단도 있었고, 흠집투성이의 높다란 석순도 있었고, 바닥에 떨어진 금줄도 있더라. 동굴 안엔 방금 네가 말한 대로…… 머리가 없었어. 바닥도 꼼꼼히 살펴봤는데 머리 같은 건 한 조각도 보이지 않았고."

역시 사실인가 보다. 있어야 할 게 홀연히 사라졌다는 건. 빼낼 수 없을 만큼 높은 곳에 있었던 게 감쪽같이 사라졌다는 건…….

"분명히 나도라키 소행일 거야." 내 입에서 그런 말이 흘러 나왔다. "금줄이 바닥에 떨어져 있었잖아? 그걸 이용해 석순의 맨 위까지 기어 올라간 거 아니야? 결계니 방어막이니, 뭐라고 하는진 모르겠지만 그런 게 없어진 거야."

"밖에서 들여다본 다음에 금줄이 떨어졌다는 거야?"

"그래. 유지가 들여다본 직후에. 나도라키는 결국 자기 머리를 되찾아간 거야."

"그러고는 지금은 말짱해져서 이 주변을 얼쩡댄다고? 남의 집에 몰래 들어가서, 그 집 사람을 병에 걸리게 하거나 죽이거나 하면서?"

"그건 몰랐는데, 지금 그러고 있어?"

노자키는 내 말을 한마디로 단칼에 잘라버렸다. "웃기는 소리 하지 마. 이 세상에 그런 건 없어. 괴물, 요괴, 유령…… 실제론 아무엇도 존재하지 않아. 유지라는 네 사촌의 말처럼 나도라키는 역병 같은 걸 설명하기 위해 옛날 사람이 만들어낸, 한마디로 말하면 단순한 해석에 가까워."

"그러면 그 머리는?"

"당연히 가짜일 게 뻔하잖아? 그것도 유지가 말한 대로야."

"아니, 하지만……."

"넌 지금까지 엄청난 착각을 했어. 존재하지도 않는 괴물을 두려워한 거지. 초등학교 4학년 여름부터 고등학교 3학년인 지금까지 계속."

노자키는 그렇게 말하고 벌떡 일어섰다. 그러곤 보디 백을 어깨에 X자로 메더니 "가자"라고 하면서 나를 내려다보았다.

착각이라니, 무슨 말이지? 무슨 근거로 그런 말을 하는 거야?

나는 고개를 갸웃거리며 물었다. "어디에?"

노자키는 황당하다는 얼굴로 대답했다. "동굴이지 어디긴 어디야? 이 흐름에서 갈 곳은 거기밖에 더 있어?"

나는 옷을 갈아입고 방을 나섰다.

복도를 걸으면서 거실 쪽을 향해 목소리를 높였다. "할머니, 잠깐 머리를 식히러 산책 다녀올게요."

할머니의 목소리가 돌아왔다. "그래, 조심해서 다녀오렴."

한 박자 늦게 할아버지의 "어어"라는 무의미한 대답이 들렸다.

"1시쯤이면 돌아올 거예요." 노자키가 예의 있게 대답했다.

대문 밖으로 나가서 걷고 있는데, 뒤쪽에서 우리를 부르는 소리가 들렸다.

"얘들아, 잠깐만 기다려라!"

할머니였다. 어느새 검은색 운동복으로 갈아입고, 손에는 햇빛 가리개 모자를 들고 있었다. 어디 외출하시려는 걸까?

할머니가 난감한 표정을 지으며 종종걸음으로 다가왔다.

"너희, 혹시 나도라키 님한테 가는 건 아니지?"

나는 순간적으로 거짓말을 했다. "에이, 말도 안 돼요."

할머니가 반쯤 웃으면서 말했다. "아까 방에서 그 얘기를 했잖아? 유지와도 몇 번 갔다면서? 박진감 넘치게 말해서 그런지 잘 들리더구나."

"아니……." 나는 대답에 궁했다.

내 목소리가 밖으로 새어나갔나 보다. 낡은 일본 가옥이라곤 하지만 이렇게까지 벽이 얇을 줄은 몰랐다. 머리를 굴리며 변명거리를 찾고 있자 노자키가 순순히 시인했다.

"네, 거기에 가요."

"노자키, 너……."

"꼭 확인하고 싶은 게 있어서요. 신노스케를 위해서 필요한 일이에요."

"그래?" 할머니가 의아함이 깃든 눈길로 노자키를 바라보았다.

"게다가 전 예전부터 지방의 토속적인 얘기를 좋아해서, 앞으로 그런 책을 쓰고 싶어요. 출판사에 들어가거나 작가가 되거나 학자가 되어서요."

"세상에! 참 대단하구나." 할머니가 눈을 동그랗게 뜨고 감탄하면서 입가에 미소를 지었다.

노자키가 장래의 꿈을 말한 건 처음이라서 나는 흠칫 놀랐다. 그런 일이 잘 어울릴 것 같아서 저절로 고개가 끄덕여지기도 했다.

분위기가 좋은 것을 보고 노자키가 말했다. "그러니까 허락해주세요. 네?"

"하지만 위험하잖아."

"미래의 꿈을 위해서 꼭 가보고 싶어요."

"흐음……." 할머니는 잠시 생각을 하더니 햇빛 가리개 모자를 쓰며 말했다. "좋아. 걱정되니까 나도 같이 가마. 가즈 군의 꿈을 이뤄주고 싶기도 하고."

노자키는 한순간 당황한 표정을 지었지만 이내 만면에 미소를 지으며 고개를 숙였다. "고맙습니다, 할머니."

할머니 다리는 생각보다 훨씬 튼튼했다. 포장되지 않은 길도 가뿐하게 걸어갔고, 산길을 올라가도 숨을 헐떡이지 않았다. 반면에 나는 일찌감치 아킬레스건에 통증을 느꼈다.

내리막길에 접어들었을 때, 문득 생각이 나서 노자키에게 말을 걸었다. "유지는 모르는 게 없었어. 인어 미라에 관해서도 자세히 알고 있었고."

노자키는 앞을 향한 채 대답했다. "마니아라고 할 정도는 아니지만."

"나도라키가 역병이라는 얘기도 맞혔잖아?"

"맞혔다고 할 수 있을까, 누가 생각해도 그것밖에 없잖아?"

우리의 대화에 할머니가 끼어들었다. "대학도 좋은 곳에 간 것 같더구나."

유지가 간 대학은 간사이가쿠인대학으로 간사이 지역에서는 명문에 속하는 사립대였다. 마음에 들지 않는 사촌이었지만 머리가 좋기는 했다.

다시 감탄하고 있자 노자키가 나를 돌아보며 말했다. "그건 전부 서론에 불과해."

무슨 말인지 이해할 수 없어서 대꾸할 말도 생각나지 않았다.

당황해하는 내 모습을 보면서 노자키가 말했다. "이 세상에 귀신은 없어, 전부 지어낸 말이야, 그렇게 말하던 녀석이 갑자기 '아니야, 역시 귀신은 있어'라고 말하면 어때? 그러면서 겁을 먹고 벌벌 떨면 어떤 느낌이 들까?"

나는 순순히 대답했다. "글쎄……. 그러면 믿게 되지 않을까? 이 녀석이 그렇게 말할 정도라면 정말로 귀신이 있는 게 아닐까 하면서…… 어?" 그곳에서 말문이 막혔다.

노자키의 말이 방아쇠가 되어, 동굴에서 보았던 유지의 모습이 떠올랐다. 중요한 이야기가 시작되고 있다. '진상'이 밝혀지려고 하는 것이다.

"그렇지?" 노자키가 고개를 살짝 끄덕이며 말했다. "네가 나도라키를 믿고 공포에 떨도록 유지는 연극을 한 거야. 처음에 회의주의자인 것처럼 요괴를 부정해놓고, 그런 다음에 요괴에 겁을 먹은 것처럼 행동한 거지. 유지의 계획대로 넌 진지하게 받아들였어. 그래서 겁을 먹었지. 공포에 휩싸여 어른들 앞에서 어린애처럼 엉엉 울기도 하고. 질문에 제대로 대답할 수 없을 정도로."

"……자, 잠깐만." 나는 혼란스러운 생각과 감정을 가까스로 진정시켰다. "전부 유지의 연극이었다고? 전부 그 녀석의 작전이었다는 거야?"

"그래. 오랫동안 널 겁먹게 만들고 뒤에서 비웃기 위한 작전이었지. 한심한 짓이지만 멍청한 중학생이라면 얼마든지 그럴 수 있잖아? 미라의 머리가 사라진 것처럼 보여주고, 일단 자신이 겁을 먹은 것처럼 행동한 다음, 너를……."

"말도 안 돼! 그런 일은 있을 수 없어!"

나는 황급히 말을 자르고, 재빨리 걸어서 노자키와 나란히 섰다.

"사라진 것처럼 보이다니, 머리를 어떻게 떼어냈지? 그렇게 높은 곳에 있는 걸 유지가 떼어냈단 말이야? 그건 도저히 불가능해. 돌계단은 좁고 구불구불해서 사다리를 가져갈 수도 없어. 네 눈으로 봤다면 알 것 아냐?"

"그래. 네 말처럼 사람은 불가능해."

앞의 말을 뒤집는 대답을 듣고 머릿속은 더욱 혼란스러워졌다.

할머니가 생글생글 웃으면서 우리 둘을 바라보았다. 이야기를 듣는 게 아니라 나와 노자키가 진지하게 대화하는 모습을 즐기는 것처럼 보였다.

"무슨 말인지 모르겠어."

"이해할 수 있게 설명해줄게. 그러기 위해 입시 공부하는 와중에 여기까지 왔으니까."

노자키는 생색을 내듯 말하고 턱으로 앞쪽을 가리켰다. 동굴에서 말할 테니까 잠자코 가자는 뜻이리라. 조급한 마음을 억누르면서 나는 짐승 길을 걸어갔다.

덤불을 헤치고 나아가자 예전에 연못이었던 빈터가 나왔다. 그 후로는 비가 와도 물이 고이는 일은 없었고, 메마른 땅에는 군데군데 잡초만 있었다.

이 앞쪽은 경사면이다. 할머니가 내려가기는 힘들다. 손을 잡고 조심해서 내려가든지 다른 길을 찾아야 한다. 그렇게 생각하면서 빈터를 걷고 있을 때, 노자키가 걸음을 멈추었다.

"네가 가르쳐주지 않았다면 유지는 여기에 연못이 있었던 걸 몰랐겠지?"

나는 주변을 둘러보았다. 여기가 연못이었던 흔적은 거의 보이지 않았다.

"그건 그래."

"여기에 연못이 생긴 거, 초등학교 2학년 때라고 했지? 머리가
사라진 해의 2년 전?"

"응."

"연못이 있었던 때…… 즉, 2년 전쯤에 넌 여기서 잠자리 유충
같은 걸 관찰했고?"

"그래. 백중날에 산을 돌아다니면서 곤충 채집을 했거든. 무서
워서 동굴엔 가지 않았지만……."

"그래서 여기가 연못이었다는 걸 알았구나."

나는 답답함을 견디지 못하고 물었다. "그게 어쨌단 건데?"

계속 사실만 확인할 뿐이라서 이야기의 방향이 보이지 않았다.

노자키는 찌르는 듯한 시선으로 나를 바라보며 말했다. "유지
는 그동안 여기에 안 왔지? 여름 특강에 참석했는지 공부 때문에
합숙했는지는 모르겠지만. 그런데 여기에 연못이 있었다는 걸 어
떻게 알았지? 날씨가 좋아서 물이 말랐다는 건 단순한 추측만으
론 알 수 없잖아? '그동안 맑은 날이 계속됐거든'이라는 건 날씨
가 좋아서 물이 말랐고, 예전에 연못이 있었다는 걸 알았다는 거
아니야?"

말이 기억을 마구 휘저었다. 유지의 말을 당연하게 받아들였던
내가 어리석게 여겨졌다. 그렇다. 유지의 말은 분명히 이상하다.

"그렇다면…… 유지가 연못을 봤다는 거야? 연못이 있었을 때
여기에 왔다는……."

"그래. 넌 말하지 않았지?"

"물론이야. 부모님과 할아버지, 할머니한텐 말했지만."

할머니가 고개를 끄덕이며 말했다. "그래. 하지만 가즈 군, 난 유지한테 말해주지 않았단다. 그런 기억은 없사옵니다."

장난스럽게 말하는 할머니를 보며 노자키는 상큼한 미소를 지었다. "죄송합니다."

나는 잠시 생각하고 나서 말했다. "그럼 공부했던 2년 사이에 몰래 와본 거야? 뭐 때문에……."

노자키는 고개를 가로저으며 말했다. "아니, 그렇지 않아. 그동안 계속 맑은 날이 계속됐다는 게 거짓말이야. 유지는 그해에 여기서 연못을 봤어. 물이 없어지는 과정도 봤고. 이유도 알고 있어. 하지만 너에게 사실을 말해줄 수는 없었지."

"왜?"

내 질문에 대답하지 않고 노자키는 다시 걷기 시작했다. 나와 할머니는 말없이 그의 뒤를 따랐다.

"이다음 이야기는 검증이 불가능해. 위험하니까."

"위험하다고?"

"죽을지도 몰라. 그래서 실험할 수 없어. 유지가 질척거리는 땅을 걸어찼다는 건 이 주변이야?"

"아, 그거? 그건 저쪽이야. 아마 저 주변일걸?"

노자키는 내가 가리킨 곳으로 성큼성큼 걸어갔다.

"생각해보면 유지의 행동은 너무 이상해. 얘기만 들어선 위험한 녀석 같지만 장난꾸러기는 아니야. 자기 스스로 신발에 흙탕물을 묻히고 싶어 하는 녀석 같진 않아."

"뭐, 그건 그래."

막연하게 기억했던 일이다. 그 일이 얼마나 부자연스러운지 노자키의 지적을 받고 약간 비참한 기분이 들었다.

노자키는 발끝으로 땅을 몇 번 걸어찼다.

"유지는 진흙으로 바닥의 균열을 숨겼어. 그게 네 눈엔 땅을 걸어차는 것처럼 보인 거지."

"뭐?"

땅의 균열? 무슨 말이지?

말없이 쳐다보자 노자키의 설명이 이어졌다. "이제 와서는 알도리가 없지만, 그해 그 무렵, 이 주변에 커다란 균열이 생겼어. 아마 연못에 고인 물의 무게로 인해 자연스럽게 생겼겠지. 물은 단숨에 균열에 흡수되어서 연못에는 거대한 소용돌이가 생겼어. 유지는 너희 가족이 오기 이틀 전에 여기에 와서 그걸 목격했고. 그러곤 그걸 보는 사이에 어떤 생각이 들었지."

"어떤 생각?"

노자키는 잠시 사이를 두고 나서 말했다. "엄청나게 많은 물이 이 밑에 있는 동굴로 흘러 들어가는 게 아닐까 하고."

"그러면 큰일이잖아!" 할머니가 눈을 동그랗게 뜨며 말했다.

"유지도 그렇게 생각했겠죠. 그런 경우에 빨리 확인하려면 어떻게 하는 게 좋을까요? 그건 간단해요. 경사면에 있는 구멍을 보면 되죠."

노자키는 미소를 짓고는 연못이었던 땅을 뛰어가서 경사면을 보며 다시 힘차게 뛰어 내려갔다.

"이런 식으로 말이에요. 어쩌면 구멍의 바로 옆까지 갔을지도 몰라요."

그 모습에서 이 이야기에 푹 빠져 있다는 사실을 알 수 있었다.

할머니가 미간에 주름을 잡더니, 내가 쳐다보는 걸 알아차리고는 난감한 미소를 지었다. "무슨 말인지 모르겠구나. 구멍은 또 뭐란 말이니?"

가끔 끼어드는 일은 있어도 이야기의 본줄기는 이해하지 못하는 듯했다. 그리고 동굴의 자세한 형태는 모르는 것 같았다. 나는 적당히 대답하고 걷기 시작했다.

심장이 세차게 쿵쾅거렸다. 노자키의 말로 인해 머릿속에서 영상이 펼쳐졌다. 소용돌이치는 연못. 그것을 어이없는 얼굴로 바라보는 유지. 유지는 동굴이 신경 쓰여서 곧장 뛰기 시작한다. 지금 노자키가 있는 곳으로 간 것이다.

그러곤…….

노자키가 구멍의 바로 옆에서 걸음을 멈추고, 내 쪽을 올려다보면서 큰 소리로 말했다. "유지는 물이 흘러가는 걸 보고 있었어. 물줄기가 꽤 셌을 거야. 그런데…… 이제 너도 알겠지? 구멍 안에서 나도라키의 머리가 나왔어. 동굴 광장에 물이 고인 탓에, 부력에 의해 석순에서 빠져서 이 구멍에서 흘러나온 거야."

나는 망연히 노자키를 내려다보았다. 조금 전에 그가 말했던 '사람은 불가능해'란 말의 진의를 알고 깜짝 놀랐다. 노자키가 천천히 경사면을 기어올라 이쪽으로 다가왔다.

"유지는 머리를 주웠어. 그리고 널 겁먹게 하려고 생각했지. 동굴에 가자고 해놓고 이틀이나 참은 건 뭐 때문일까? 그동안 너를 공포에 떨게 하기 위해서가 아니야. 동굴에서 물이 빠지기를 기다린 거지. 밖에 나간 건 그걸 확인하기 위해서였고. 동굴에 가기 전날의 오전과, 동굴에 간 날 너를 데려가기 직전에."

할머니가 걱정스러운 얼굴로 노자키를 보았다.

"내려가서 구멍을 들여다볼래?" 노자키는 경사면을 다 올라오더니 손의 흙을 털어내곤 내가 대답하기 전에 다시 물었다. "초등학교 4학년 때의 너는 거절했어. 그렇지?"

"응."

그렇다. 그날 나는 구멍을 들여다보겠느냐는 유지의 말을 거절했다. 유지에게 무시당하리란 걸 알면서도 들여다볼 용기가 나지 않았다.

"유지는 알고 있었어. 네가 구멍을 통해 안을 들여다볼 일은 없을 거라고. 그래서 아슬아슬한 거짓말도 당당히 할 수 있었지. '이쪽에서도 보여'라고 말이야. 대담하고 주도면밀하며 효율적인 행동이야. 솔직히 그런 점은 감탄했어."

노자키는 후욱 숨을 내쉬었다. 할머니가 뭐가 뭔지 모르겠다는 얼굴로 그를 바라보았다.

이쪽에서도 보여. 의외로 머리칼이 부석부석하네. 이쪽을 쳐다보면 더 재미있을 텐데…….

그렇게 말함으로써 유지는 '고작 12~13분 만에 머리가 사라졌다'는 불가사의한 상황을 날조해서, 내가 철석같이 믿도록 만들었다. 공간적인 제약인 '절대 빠지지 않는 곳에서 사라졌다'는 것만으론 만족하지 못하고 시간적 제약까지 덧붙인 것이다. 내가 구멍을 들여다볼 리 없다고 확신하고.

대담하고 주도면밀하며 효율적인 행동이란 말이 이해되었다.

노자키의 말을 조금씩 이해하면서도 나는 위화감을 씻을 수 없었다. 의문이 점점 더 부풀어 올랐다.

"이럴 줄 알았다면 녹차라도 가져올 걸 그랬구나." 할머니가 말했다.

노자키가 대답했다. "그러게요, 저도 미처 생각을 못 했어요."

나는 그런 노자키를 보면서 물었다. "……물에 떠? 나도라키의 머리가 물에 뜨지 않으면 지금까지 한 얘기는 성립하지 않아. 원숭이나 작은 동물의 두개골 같은, 뼈는 다 물에 가라앉아. 그렇다면 그 머리도 분명히……."

"떠." 노자키는 단호하게 말했다. "본인 입으로 말했어. 실제로 구멍에서 흘러나왔고, 상당히 가벼웠다고."

"뭐?"

"지난주에 유지에게 물어봤어. 이메일이란 거 알지? 컴퓨터나 휴대폰으로 보내는 편지 말이야. 거기에 '나도라키의 머리에 관해서 말씀해주세요, 지금 가지고 있죠?'라고 하면서 내가 추리한 걸 전부 써서 보냈어. 그랬더니 그저께 답장이 왔더라고."

"뭐? 주소를 어떻게 알아냈어? 아니, 유지가 도메인을 가지고 있어? 나도 모르는데?"

"대학 컴퓨터 수업에서 만든 본인의 개인 사이트야. 프로필과 자질구레한 글들이 실려 있는, 재미라곤 하나도 없는 것이지. 그곳에 대학에서 받은 이메일 주소가 있었어. 우리 아버지 컴퓨터로 조사해서 알아냈지. 즉……." 노자키는 나를 똑바로 쳐다보며 덧붙였다. "난 이미 진범의 고백도 들었어. 지금까지 한 얘기는 추리가 아니라 엄연한 사실이야."

"이메루, 라는 게 있구나. 흐음, 가즈 군은 참 똑똑하네." 할머니가 또 감탄하며 말했다.

나는 온몸의 힘이 빠져서 꼼짝도 할 수 없었다.

요괴의 소행이라고 믿었던 것, 그토록 두려워했던 것이 자연현상과 우연과 중학생의 계획이었다는 사실을 알고 넋이 나간 것이다. 그걸 알아차리지 못한 나의 어리석음에 어이가 없었고, 그걸 알아차린 노자키의 예리함에 경의를 느꼈다.

"굉장하다! 노자키, 뭐라고 인사를 해야 좋을지……."

노자키가 냉정하게 대꾸했다. "아직 끝나지 않았어. 지금부터 대단원의 마무리에 들어갈게. 할머니, 조금만 더 같이 계셔주세요. 좀 돌아가긴 하지만 동굴에 가려고요."

"괜찮아. 여기까지 왔으니 끝까지 같이 있어야지." 할머니는 치아가 없는 입을 벌리고 웃었다.

싸늘한 공기가 피부를 어루만지고, 금속 재질의 냄새가 코를 찔렀다.

가을에 접어들었기 때문인지, 여기는 벌써 추웠다. 하지만 불쾌한 기분은 들지 않고, 그 싸늘함이 오히려 상쾌하게 느껴졌다.

그동안 성장한 탓에 좁았던 돌계단은 더욱 좁았다. 뒤쪽에서 "아이고, 무서워라!"라고 혼잣말처럼 중얼거리는 할머니의 걸음걸이에 맞춰야 해서, 좀처럼 앞으로 갈 수 없었다. 그래도 숨이 막히지도 않고 조바심이 나지도 않았다.

광장에 도착했을 때는 순식간에 압도되었다.

높은 천장. 구멍에서 새어 들어오는 햇살. 그 빛을 받은 석순.

전부 청정하고 장엄했다. 그리고 아름다웠다. 나는 잠시 오랜 세월에 걸쳐 자연이 만든 형상과 색채를 넋을 잃고 바라보았다. 물 떨어지는 소리마저 청정하게 느껴졌다.

"굉장하다……." 나도 모르게 중얼거렸다.

"그렇지? 나도 오늘 아침에 왔을 때, 30분쯤 쳐다보았어." 손전등을 든 노자키가 부끄러운 듯 대답했다.

할머니는 말없이 석순을 올려다보았다. 할 말을 잃어버린 것이리라.

"지금은 하나도 안 무서워. 왜 그토록 무서워했는지 모르겠어."
하하, 하고 내 입에서 작은 웃음소리가 새어나왔다.

노자키가 발밑으로 손전등을 향하고 젖은 바위를 비췄다. "구
석구석 확인했는데 물웅덩이는 하나도 없었어. 바닥이 젖기는 했
지만. 네가 들어왔을 때는 물이 빠진 직후라서 여기저기에 물이
고여 있었던 거야."

그렇구나, 라고 건성으로 대답하면서 나는 어둠 속에서 희미하
게 떠오르는 노자키의 얼굴을 바라보았다.

"난 바보야. 이렇게 멋진 경치를 두려워하다니."

내 말이 끝나기도 전에 노자키가 야단치듯 말했다. "두려워하
는 것 자체는 바보가 아니야. 바보는 공포에 휩싸여 사물을 제대
로 보지 못하는 사람이고, 올바르게 인식하지 못한 채 그릇된 행
동을 하는 사람이지. 영혼도 있고, 귀신도 있다, 그렇게 믿고 겁을
먹으면 보아야 할 걸 못 보게 되니까."

노자키의 한마디, 한마디가 가슴과 머리에 스며들었다.

"그러면 너무 안타깝잖아?"

"……그래." 나는 그 말밖에 할 수 없었다.

솟구치는 감정과 사고를 어떻게 표현해야 좋을지 모르겠다.

"그리고 또 하나." 노자키는 기억을 더듬듯 얼굴을 찡그리면서
손으로 관자놀이를 만졌다. "유지가 전해달라는 말이 있어. '신노
스케, 미안해. 그때의 나는 정말로 철이 없었어. 용서해주지 않아
도 되니까 한 번 만나주지 않을래? 직접 만나서 사과하고 싶어.'
……미리 말하지만 내가 그렇게 하라고 한 거 아니야. 본인이 직
접 써서 메일로 보내온 거야."

진심으로 너에게 사과하고 싶은 거지, 라고 말하며 관자놀이에 댔던 손을 내렸다.

나는 믿을 수 없는 심정으로 노자키의 말을 들었다. 동굴의 반향조차 놓치지 않으려고 귀를 기울였다.

그동안 마음속에 쌓였던 응어리와 칙칙한 그을음이 희미해졌다. 나도라키만이 아니라 유지에게 가졌던 공포도 사라졌다. 기분 나쁜 사촌, 심술궂고 무서운 친척이었던 유지를 지금은 만나볼까 하는 생각이 들었다.

"이게 전부야."

노자키는 말을 마치자 후우욱 하고 과장스럽게 숨을 토해냈다.

짝짝짝. 할머니의 박수 소리가 울려 퍼지며 위로의 말이 들려왔다. "수고했구나. 뭐가 뭔지 잘 모르겠지만."

"노자키, 고마워." 생각하기도 전에 내 입에서 인사말이 나왔다.

"고맙긴 뭘. 입시 공부에서 머리를 식히기에 딱 좋았어."

노자키는 냉정하게 말하고 나에게서 시선을 돌리더니, 쑥스러움을 감추기 위해 일부러 발소리를 울리며 걸어 다녔다.

터져 나오려는 웃음을 참고 있자 그는 다시 말을 이었다. "유지는 지금도 머리를 가지고 있대. 돌려줄 수도 없고 버리기도 찜찜해서 계속 가지고 있었다더라고. 지금은 혼자 사는 원룸 아파트의 벽장 안에 넣어뒀다나 봐."

"그렇구나."

"유지의 집이 어디였더라?" 할머니가 가벼운 말투로 물었다.

"고토엔이에요. 그건 왜요?"

"아니, 갑자기 마음에 걸려서. 미안하구나. 늙으면 이래서 안 돼. 금방 이야기에 끼어든다니까." 할머니는 메마른 웃음을 지으며 말했다.

"한 가지 아쉬운 건 이름의 유래였어. 아무리 조사해도 알 수 없었지." 노자키가 멀리서 한숨을 쉬며 손전등으로 여기저기를 비추더니 말했다. "옛날 기비국(吉備國)에 한 가지 전설이 내려오고 있어. '우라'라는 이름의 요괴가 있었는데, 조정에서 파견된 기비쓰히코노미코토란 사람에게 머리가 잘려서 퇴치되었대. 거기서 이야기가 더 이어지지만 일단 그건 제쳐둘게. 중요한 건 이야기가 비슷하다는 것과, 기비국이라면 지금의 오카야마, 즉 이곳의 이웃 현이란 거야. 어쩌면 관계가 있을지도 몰라. 이름도 '우라'와 '나도라'로 비슷하고……."

"'나도라'라는 이름의 요괴*라서 '나도라키'인 거야?"

"……그건 좀 무리겠지?"

"내 생각도 그래."

그토록 두려워했던 동굴 안에서 요괴 이야기를 나누고 있다. 그것이 의외이기도 했고 기쁘기도 했다.

노자키가 천장을 올려다보며 말했다. "정말로 뭐지?"

그때 뒤에서 할머니 목소리가 들렸다. "그거 말이야……."

할머니는 광장의 구석에서 키 높이만 한 석순을 어루만지고 있었다. 내가 있는 곳에서는 어둡고 일그러져서 움직임밖에 보이지 않았다.

"없단다."

"네?"

"옛날 사람이 이름 같은 건 없다고 했어. 그렇게 쓰여 있지."

---

* 요괴나 귀신을 나타내는 '귀(鬼)' 자의 일본어 발음이 '키'이다.

멀리서 노자키가 놀라는 것이 기척으로 전해졌다.

할머니가 석순에 기대는 것이 보였다.

"그건 인간이 아닌 것이고 자세한 건 모른다. 지금은 '이름도 없는(나모나키)' 것이다…… 그게 언젠가부터 나도라키가 됐단다. 인간은 금방 죽으니까 처음에 누가 말했는지도 어느새 잊히게 되었지. 진짜와 가짜의 차이도 알 수 없게 되고. 참 재미있구나. 이 마을의 이름과 아주 비슷해."

무묘초를 말하는 것이다. 이름도 없는 마을, 무명 마을에서 유래하는 마을 이름.

"그거, 조사하신 거예요? 아니면 전해 내려오는 이야기예요?"

노자키의 발소리가 내 쪽으로 다가왔다. 노자키의 손에 있는 손전등 빛이 얼굴을 직격해서, 나는 순간적으로 눈을 감고 몸을 돌렸다. 8년 전, 유지와 같이 왔을 때와 똑같다. 기억이 되살아났다.

"미안해."

노자키가 어깨를 잡아준 덕분에 가까스로 넘어지지는 않았다.

몸을 바로 세우고, 빛이 비치는 쪽으로 시선을 돌리자…….

할머니가 없어졌다.

석순 옆에서 홀연히 모습을 감춘 것이다.

"어? 할머니?"

나보다 먼저 노자키가 불렀다. 그는 황급히 뛰기 시작했다. 호흡이 흐트러졌다. 조바심이 솟구치고 있다는 걸 숨소리로 알 수 있었다.

불안이 가슴속으로 퍼져나가며 곁가지를 뻗었다. 배의 안쪽이 붕 뜨고, 불쾌한 식은땀이 등줄기를 타고 내려갔다.

"할머니, 어디 계세요?" 나는 헐떡이면서 소리쳤다.

목소리가 동굴 벽에 부딪혀서 내 귀를 찌르더니, 곧바로 고막과 머릿속을 마구 할퀴었다. 여기저기 정신없이 뛰어다니는 노자키의 발소리가 몹시 불쾌하게 느껴졌다.

청정한 공기는 온데간데없이 사라지고, 무겁고 끈적한 느낌이 온몸에 달라붙었다.

"……데라니시!"

노자키가 부르는 소리가 들렸다. 돌계단 근처에서 손짓을 하고 있다. 황급히 다가가자 그는 손전등을 발밑으로 향했다. 빛 속에서 떠오른 것은 으깨진 수박 제등이었다.

도려내진 눈과 코, 입이 내 쪽을 향하고 있었다.

눌러서 평평해진 붉은색 일본 초가, 초승달처럼 생긴 입에서 튀어나와 있었다.

동굴의 구석구석까지 찾아봤지만 할머니는 없었고, 연못이었던 빈터와 산길에도 보이지 않았다. 망연자실해서 집으로 돌아왔을 때는 이미 저녁 무렵이 되어 있었다. 오렌지색 저녁놀이 파란 기와지붕을 비추었다. 나와 노자키는 녹초가 되었지만, 신경은 바늘 끝처럼 예민해서 지금이라도 소리를 지르고 싶은 심정이었다.

덜컹덜컹 현관문을 연 순간, 무무를 입은 할머니가 돌아보며 말했다. "너희들, 이제 오니?"

두 손에는 슈퍼마켓 봉투가 들려 있었다.

"아……." 내 입에서 갈라진 목소리가 새어나왔다.

노자키가 정신을 차리고 재빨리 슈퍼마켓 봉투를 받았다.

"제가 들게요."

"아유, 고맙기도 해라. 어쩜 이렇게 싹싹할꼬." 할머니는 빛나는

함박웃음을 지으며 샌들을 벗었다. "안 늦어서 다행이구나. 저녁
찬거리 사는 걸 깜빡해서, 허겁지겁 만다이에 다녀오는 길이야."

만다이는 가장 가까운 곳에 있는 슈퍼마켓 이름이다. 지금 이
상황은 꿈을 꾸는 게 아니라 현실인 모양이다.

차고 쪽에서 할아버지가 나타나서 "왔니?" 하고 손을 들었다.
주머니에서 삐져나온 차 열쇠가 보였다.

"그것 봐. 아슬아슬했잖아. 그래서 그렇게 가자고 했는데, 계속
수다를 떨더라니." 토방으로 들어오자마자 할아버지가 할머니에
게 잔소리를 했다.

어이는 없지만 화가 나지는 않은 말투였다. 할머니가 뭐라고
대꾸했지만 내 귀에는 들리지 않았다.

노자키가 두 분의 대화에 끼어들어 진지한 표정으로 물었다.
"저기…… 슈퍼마켓에 그렇게 오랫동안 계셨어요?"

그 말에 대답한 사람은 할아버지였다. "오늘 낮부터 계속 있었
단다. 할멈이 스미다 영감님 댁의 마사코 씨를 우연히 만나서 수
다를 떠는 바람에, 어제도 만났는데 말이야."

"하여간 잔소리는. 알았으니까 그만하시구려." 할머니는 복도
로 오르며 말했다. "배고프지? 조금만 기다리렴. 금방 밥해줄 테
니까."

그러곤 부엌으로 향했다. 할아버지가 투덜거리면서 할머니 뒤
를 따라갔다.

"어떻게 된 거지……." 두 사람의 등을 바라보면서 노자키가 황
당한 얼굴로 중얼거렸다.

그때 할아버지의 느긋한 목소리가 들렸다. "할멈, 수박 제등이
없어졌어!"

유지의 사망 소식을 들은 건 그로부터 보름 후의 일이었다.

같은 곳에서 아르바이트하는 선배가 발견했는데, 혼자 사는 아파트의 고타쓰*에 엎드린 채 싸늘한 시신으로 변해 있었다. 사망한 지 이미 일주일이 지났고, 확실한 사인은 모르지만 병환으로 사망한 것 같았다.

다만…… 온몸에 새빨간 종기가 나 있었다고 한다.

얼굴과 손은 물론이고 귀나 두피까지.

엄마가 창백한 얼굴로 이야기를 해주었지만 내 눈으로 확인할 수는 없었다. 중요한 모의시험과 겹치는 바람에 장례식에 참석할 수 없었던 것이다.

노자키와 같이 유지의 아파트에 간 것은 사망한 다음 달 토요일이었다.

좁은 원룸이었다. 나와 노자키는 초췌해진 큰아빠와 큰엄마, 친했던 친구 두 명과 같이 말없이 유품을 정리했다. 침대 주변은 친구들이 정리하겠다고 해서, 나와 노자키는 옷과 침구를, 큰아빠와 큰엄마는 그 이외의 부분을 각각 담당했다.

노자키가 적당한 타이밍을 노려서 태연한 얼굴로 벽장문을 열었다. 나와 노자키는 이불과 옷상자를 전부 꺼낸 뒤, 골판지 상자 안에 있는 내용물을 일일이 확인했다.

상자의 맨 안쪽에서 구깃구깃해진 커다란 갈색 종이봉투가 나왔다. 뭔가 들어 있는 것 같지는 않았지만, 만일을 위해 봉투의 입구를 열고 들여다보았다.

안에는 톱밥 같은 것과 잿빛 머리칼 같은 것이 들어 있었다. 어

---

* 일본에서 사용하는 난방용 탁자.

디선가 맡은 적이 있는 냄새가 코를 찔렀다. 그 동굴 냄새였다. 가루에 섞인 것 같기도 하고 물에 섞인 것 같기도 한, 금속 재질의 냄새.

옆에 있는 노자키의 얼굴이 입술까지 새하얗게 질렸다.

"……되찾기 위해 온 건가?" 그는 낮은 목소리로 속삭이듯 말했다. "내 탓이야. 내가 잘난 척하면서 하나부터 열까지 순서대로 말해달라고 해서……. 이, 이 집이 어디에 있는 것까지도……."

크게 벌어진 노자키의 눈이 고뇌와 후회, 공포로 기이하게 빛났다.

"왜 그러니?" 큰엄마가 물었다.

나는 죽을 힘을 다해 머릿속을 헤집어서 노자키에게 할 말을 찾았다.

이 세상에 나도라키 같은 게 어디 있어?

요괴 같은 게 있을 리 없잖아?

수박 제등을 얼굴에 뒤집어쓰고 인간으로 둔갑하는 요괴가 있다는 게 말이 돼?

두려워하지 마. 그렇지 않으면 올바른 인식을 가질 수 없어. 사실을 잘못 판단하면 그릇된 행동을 할 거야.

여기에는 분명히 현실적인 이유가 있어.

그날 슈퍼마켓에 있었다던 할머니가 그 시간에 계속 우리와 같이 있었지만.

유지는 온몸에 종기 같은 것이 나서 죽어버렸지만.

이 종이봉투에선 동굴의 냄새가 나지만.

딱 그 머리가 들어갈 만한 크기이지만…….

분명히 현실적으로 설명할 수 있을 거야.

"신노스케, 왜 그러니? 힘들어서 그래?"

큰엄마의 긴장된 목소리가 뒤에서 들렸다.

나는 그제야 겨우 내가 바들바들 떨고 있다는 걸 알아차렸다.

옮긴이의 말

애절함과 안타까움이 배어 있는
약자를 위한 호러

『보기왕이 온다』로 심사위원 만장일치의 일본 호러소설대상을 받으며 화려하게 데뷔한 사와무라 이치. 그 이후 『즈우노메 인형』과 『시시리바의 집』을 통해 주인공인 히가 자매는 수많은 사람들의 사랑을 받으면서 막강한 팬덤을 형성하게 된다. 『시시리바의 집』을 내놓은 지 약 1년 4개월. 사와무라 이치가 다시 돌아왔다! 팬들이 그토록 기다리던 히가 자매 시리즈를 들고!

이 작품에는 표제작인 「나도라키의 머리」를 비롯해 여섯 편의 단편이 실려 있다.

「5층 사무실에서」

어느 임대 빌딩 5층에서 입주자가 계속 바뀐다. 밤이 되면 어린아이의 '아프다'는 목소리가 들리면서 갑자기 자신도 통증에 휩싸인다는 것이다. 건물주인 우메모토는 '진정꾼'에게 영혼을 진정시켜달라고 의뢰하지만 오히려 진정꾼이 겁을 먹고 도망쳐버린다. 우메모토는 지푸라기라도 잡는 심정으로 영능력자에게 의뢰하는데, 상대는 바로 마코토였다.

「학교는 죽음의 냄새」

미하루가 다니는 미쓰카도 초등학교에는 비 오는 날에만 체육관에 나타나는 유령이 있다. 학교 괴담에 관심이 있던 미하루는 동급생의 증언을 듣고 하얀 소녀의 영혼을 만나 그 정체를 파헤치려고 하는데, 그곳에서 알게 된 것은 유령보다 무서운 진실이었다.

「술자리 잡담」

같은 직장에 다니는 세 남자는 퇴근 후에 술집에서 부하 여직원에게 막말을 하거나 성희롱을 하면서 쌓인 스트레스를 푼다. 상대는 평소에 말이 없고 내성적인 여직원이지만, 오늘은 좀 이상하다. 평소와 달리 세 사람에게 논리적으로 반박하기 시작한 것이다.

「비명」

아카기 치구사는 대학교 호러영화 동아리에서 제작하는 독립영화에 출연하기로 한다. 촬영 장소는 이스마 산 정상. 여학생이 교제하던 남학생에게 목이 졸려 살해된 곳으로, 그 이후 그곳에서는 여성의 비명이 들리거나 남성의 영혼이 나타난다고 한다. 촬영을 시작한 뒤, 호러영화 동아리에는 살인사건을 비롯해 잇따라 기묘한 일들이 벌어지는데……

「파인더 너머에」

《월간 불싯》의 편집자인 스오는 오컬트 작가인 노자키와, 한때 인기 카메라맨이었던 묘진과 함께 기묘한 현상이 발생한다는 스튜디오에 촬영을 하러 간다. 촬영은 그럭저럭 무사히 끝났지만, 묘진이 찍은 사진에는 스튜디오에서는 결코 찍을 수 없는 사진이 섞여 있었다.

「나도라키의 머리」

데라니시는 초등학교 4학년 백중 때, 부모님과 함께 친할아버지 집에 놀러 간다. 그 지역에는 '나도라키의 전설'이 내려오고 있는데, 사촌 형인 유지는 그 전설을 이용해 데라니시를 공포로 몰아넣는다. 노자키는 고등학교 3학년인 지금까지 가위에 눌리는 친구 데라니시를 위해 진상을 밝혀내기로 하는데…….

이 작품에는 각각 히가 자매나 노자키가 등장한다. 특히 마코토와 노자키가 처음에 어떻게 만나게 되었는지 알 수 있는 「파인더 너머에」에서는 저도 모르게 미소를 짓게 된다. 그렇다고 『보기왕이 온다』를 비롯해 전작을 읽어야만 이번 작품을 즐길 수 있는 것은 아니다. 사와무라 이치를 처음 만나는 독자들도, 히가 자매를 모르는 독자들도 즐겁고 재미있게 읽을 수 있다. 아마 이 작품을 읽고 나면 사와무라 이치의 전 작품을 읽고 싶어지지 않을까?

사와무라 이치가 장편을 잘 쓴다는 것은 익히 알고 있었지만, 단편을 이렇게 치밀하고 짜릿하게 쓰는 줄은 몰랐다. 여섯 편 모두 소재는 물론이고 주제도 전부 다르지만, 숨 막히는 내용 전개와 놀라운 반전에 다만 망연한 표정을 지을 뿐이었다. 특히 「학교는 죽음의 냄새」는 제 72회 일본추리작가협회상 단편 부문 수상작이기도 하다.

사와무라 이치의 호러에는 몇 가지 특징이 있다.

첫째, 사회적인 이슈가 담겨 있다. 이 작품에도 각각 상사의 갑질 문제와 학교 내의 따돌림 문제 등이 등장한다.

둘째, 애절함과 안타까움이 가득 담겨 있다. 그의 호러에는 찝찝함이나 꺼림칙함이 없다. 단지 애절함과 안타까움이 있을 뿐.

셋째, 약자를 위한 마음이 곳곳에 스며들어 있다. 그의 호러를 읽다 보면 그가 사회적 약자를 얼마나 따뜻하게 바라보고 있는지 온몸으로 느낄 수 있을 것이다.

P.S. 「비명」에는 히가 자매도, 노자키도 나오지 않는다. 그렇다면 그곳의 등장인물은 히가 자매와 어떤 관계가 있을까? 이것에 대한 답은 당신이 말할 차례다.

2023년 6월
이선희

나도라키의 머리

1판 1쇄 인쇄 2023년 6월 10일
1판 1쇄 발행 2023년 6월 19일

지은이 사와무라 이치 **옮긴이** 이선희
펴낸이 김영곤 **펴낸곳** (주)북이십일 아르테

책임편집 원보람 **일러스트** 산호 **디자인** 데시그
문학팀 김지연 임정우
해외기획실 최연순 이윤경
출판마케팅영업본부장 민안기
출판영업팀 최명열 김다운
마케팅2팀 나은경 정유진 박보미 백다희
제작팀 이영민 권경민

출판등록 2000년 5월 6일 제406-2003-061호
주소 (우 10881) 경기도 파주시 회동길 201(문발동)
대표전화 031-955-2100 **팩스** 031-955-2151

아르테는 (주)북이십일의 문학 브랜드입니다.

ISBN 978-89-509-2741-7 03830